'Gisteren met tranen in m'n ogen

noten!' – Olaf Tigchelaar, Boekh

'Jeetje, echt heftig dat boek van Lex. Prachtig en aangrijpend boek, ik was er echt door geraakt.'
– Marjoleine Wolf, De Amsterdamse Boekhandel

'In één adem uitgelezen! Dikke tranen over de wangen.'
– Lauret de Veen, Boekhandel Stevens

'Ik ben zeker fan van Lex! Hij heeft de gave om een loodzwaar onderwerp op een bedrieglijk vlotte en met (zwarte) humor doordrenkte manier te brengen, maar absoluut niet in te boeten op inleving en empathie. Heel erg knap.'
– Liobe Kamminga, Boek&Koek

'Een hartverscheurend, eerlijk boek dat je dichtslaat met tranen in je ogen, vooral als je dan de cover met gelezen ogen weer bekijkt…' – Hans Loeve, Boekhandel Riemer

'De schrijver heeft mij doen huilen, lachen en soms walgen, maar hij heeft er vooral voor gezorgd dat ik hoofdpersoon Quintin voor altijd in mijn hart heb gesloten. Wat een dijk van een roman!' – Margreet de Haan, Boekhandel 't Spui

Lex Paleaux

Liften naar de hemel

Ambo|Anthos
Amsterdam

MIX
Papier | Ondersteunt verantwoord bosbeheer
FSC® C014496

Eerste druk september 2024
Tweede druk oktober 2024

ISBN 978 90 263 6606 2

Omslagontwerp Marry van Baar
Omslagillustratie © Melissa Karlberg / Arcangel Images
Foto auteur © Dirk-Jan van Dijk

Verspreiding voor België:
Veen Bosch & Keuning uitgevers nv, Antwerpen

But when the day is done and the sun goes down
And the moonlight's shining through
Then like a sinner before the gates of Heaven
I'll come crawling on back to you

Jim Steinman

1

‘Ben je nerveus? Het zweet staat op je voorhoofd, maar misschien is dat ook niet zo gek.’

Ik keek in de donkerbruine ogen van de stewardess en wist niet wat ik moest zeggen. Hoewel ik zestien was, voelde ik mij een twaalfjarige die voor het eerst naar de middelbare school zou gaan. Ik had geen flauw benul van wat ik kon verwachten en wist dus ook niet waar ik nerveus voor moest zijn. Haar panty glom een beetje, dat gaf een gek gevoel in mijn onderbuik en daarbeneden. Haar Nederlands had een Engels accent. Het verbaasde me dat ze Nederlands sprak, het stelde gerust. Ik trommelde met mijn vingers op mijn walkman en hield hem omhoog.

‘Kijk, deze is nieuw, mijn vorige was gevallen. Speciaal voor deze reis heb ik een extra sterke gekocht, het is een Sony Sportswalkman model WM-B53.’

De stewardess bekeek de knalgele, plastic behuizing aandachtig en probeerde te ontcijferen wat er op het cassettebandje stond.

‘Bon Jovi, het is hun debuutalbum met hun doorbraakhit “Runaway” erop, kent u die?’

Ze schudde glimlachend haar hoofd en gaf mij de walkman terug.

'Zo te zien ben jij dol op muziek.' Ze wees naar mijn open rugzak waarin verschillende cassettebandjes voor het grijpen lagen. De meeste waren door mijzelf opgenomen, een aantal waren originelen die ik van mijn zakgeld had gekocht. Ik pakte een van de bandjes en liet haar het hoesje zien.

'Dit album heet *A Kind of Magic* en het is van de band Queen, het komt uit in 1986. Ik ben hun allergrootste fan, denk ik.'

'Nou, grootste Queen-fan aller tijden, we gaan zo vertrekken en ik kan me best voorstellen dat het een magische ervaring zal zijn voor iemand die nog nooit heeft gevlogen. Als je me nodig hebt moet je op dit belletje drukken.'

Ik bestudeerde het knopje en vervolgens haar weglopende pantybenen aandachtig. Het gigantische vliegtuig van Northwest Airlines zat propvol en iedereen leek iets van haar te willen. Ze was naar alle passagiers even vriendelijk en vol aandacht. Af en toe keek ze mijn kant op en kreeg ik een knipoog. Ik nam mij voor om haar beste passagier te zijn en luisterde geconcentreerd naar de instructies van de piloot. Mijn Engels was goed, en dat was bijzonder aangezien ik mijn mavo niet eens had afgemaakt. Urenlang luisteren naar de stem van Freddie Mercury en in een Engels woordenboek de onbekende woorden opzoeken, had mij meer gebracht dan de lesstof op school. Het kostte me dan ook geen enkele moeite om de gezagvoerder te volgen.

Mijn reis ging beginnen. Ik was onderweg naar Canada, de stad Winnipeg in de provincie Manitoba om precies te zijn. Er was een tussenstop in Minneapolis en na een reis van zo'n vijftien uur zou ik bij mijn nieuwe thuis aankomen.

Ik snakte naar een frisse start; een aantal maanden daarvoor was ik ontslagen uit een psychiatrische jeugdinrichting. Ik had er een halfjaar doorgebracht en had me met goed gedrag de vrije wereld in weten te bluffen. Mijn thuiskomst verliep niet zoals ik me had voorgenomen. Het plan was om de mavo af te maken, me onberispelijk te gedragen en mijn leven, dat ik voor een deel zelf de vernieling in had geholpen, weer op de rit te zetten. Ik ging drie maanden lang weer naar school, tot ik Veronique leerde kennen.

Zij was drieëntwintig en werkte op een kantoor vlak bij het centraal station. De eerste keer dat ik in de bus naast haar ging zitten had het geregend, ik stapte als een verzopen kat de bus in. Niemand had behoefte aan een kletsnatte puber naast zich, maar Veronique glimlachte en schoof haar leren aktetas op schoot om plaats te maken voor mij.

'Regent het?'

Ik lachte, zoals ik voor mijn gevoel in jaren niet had gelachen. Ik werd gezien door iemand die mij niet kende en dus ook geen oordeel kon hebben. Het gesprek dat volgde zou het eerste van vele zijn. Ik keek uit naar de busritjes, die mij niet lang genoeg konden duren. Ik maakte Veronique aan het lachen, zij luisterde, informeerde en legde af en toe haar hand op mijn knie als mijn gedachten leken af te dwalen. Soms zat er iemand anders naast haar in de bus, dat ergerde me enorm. Ik probeerde dan in haar gezichtsveld te gaan zitten en gedurende de rit naar het busstation spraken we dan toch, enkel door elkaar aan te kijken.

'Hoe laat begint je eerste les?'

Ik bladerde in mijn agenda. 'Halfnegen, aardrijkskunde van meneer Grit. Het enige vak dat ik leuk vind, maar ik ben blijven zitten dus ik ken de stof al.'

'Zullen we wat drinken in de stationsrestauratie?'

Veronique zei het terloops... spijbelen, ik kreeg een kriebel in mijn buik bij het idee. Het gaf me het gevoel dat ze me niet als een kleine jongen zag.

Een kwartier later zaten we in het restaurant waar de uitstraling van de serveerster net zo flets was als de kleedjes op de vierkante tafels. Reizigers zonder duidelijk einddoel staarden voor zich uit, roerden verveeld in een kop koffie, of lazen een stukgelezen krant van een vorige passagier. Veronique en ik dronken thee, we kwamen erachter dat we allebei niet van koffie hielden. Het werd een ochtend die bepalend zou zijn voor het verdere verloop van mijn schoolcarrière.

Naast de busritjes was een bezoek aan de stationsrestauratie een vervolg in onze routine.

Ik spijbelde dagelijks en boog mijn realiteit om tot een waarheid die mijn familie accepteerde.

Zodra Veronique naar kantoor vertrok, stapte ik in de bus naar huis. Een route die ik haatte tot in het diepst van mijn ziel.

Een verkeerde afslag, in combinatie met een moment van onoplettendheid, hadden mij hardhandig kennis laten maken met een wereld waarin volwassenen de dienst uitmaakten. Ik voelde me een marionet. De touwtjes aan mijn ledematen werden bediend door handen die gestuurd werden door lust en geweld. Het enige wat ik zelf mocht bepalen was of ik dat lot lijdzaam zou ondergaan of niet. In de jaren die volgden koos ik ervoor om te vechten. Dit deed ik door mijn knokkels stuk te slaan op muren, deuren en in sommige gevallen mensen.

De busritten en aansluitende koppen thee met Veronique brachten lucht en licht in mijn bestaan. In haar wereld was er geen ruimte voor list en bedrog en kon ik gewoon mezelf zijn. Zodra de bus op de tweebaansweg in de richting van mijn dorp raasde verdween het fijne gevoel, om plaats te maken voor een onbestemd verlangen om te verdwijnen, het liefst voor altijd. Enkele haltes voor mijn huis stapte ik uit en klom over het hek van de aangrenzende haven. Daar kroop ik in een verlaten kajuitbootje en viel op het wiegen van de golfslag in slaap. Halverwege de middag wandelde ik de laatste kilometers naar huis, waar ik direct doorliep naar mijn slaapkamer. Mijn ouders kregen een mompelende groet en daarmee was de limiet van mijn contact met hen bereikt. Hoe meer ze aandrongen, hoe meer ik mij in mezelf terugtrok, meestal zwijgend, soms ook met verbaal of fysiek geweld. De periode in een psychiatrische jeugdinrichting had mij geleerd om mijn mond te houden en me zo veel mogelijk te onttrekken aan welke vorm van toezicht dan ook. Wat school betrof hoefde ik mij geen zorgen te maken, zij waren allang blij dat ze mij niet meer zagen. De onrust die ik in de jaren daarvoor had veroorzaakt kon ik wegnemen door een kort briefje aan de directeur te overhandigen.

'Wat heb je nu weer uitgehaald, Quintin?'

Hij ging ervan uit dat ik uit de les was gestuurd, ik kon het hem niet eens kwalijk nemen.

Geachte heer Bos,

Quintin zal voor onbepaalde tijd niet naar school komen. Zijn persoonlijk herstel zal meer tijd vergen dan eerder gedacht. Voorlopig blijft hij thuis, uiteraard houden we u op de hoogte van zijn progressie.

Met vriendelijke groet,

De handtekening van mijn vader had ik door de jaren heen al zo vaak vervalst dat ik er nauwelijks meer bij nadacht. Meneer Bos las het briefje, kauwde op het pootje van zijn bril en keek mij tot slot onderzoekend aan.

'Beste jongen, ik wens je veel voorspoed, Gods troost in gebed en ik hoop je snel weer op school te zien.'

Ik schaamde me niet eens voor mijn bedrog en trok een zielig gezicht om mijn terugkomst tot in het oneindige uit te kunnen stellen. Iedere doordeweekse ochtend hield ik vast aan mijn routine waardoor het maanden duurde voor mijn ouders erachter kwamen.

Het was Veronique die een einde maakte aan het wereldrecord spijbelen. Dat deed ze door op een ochtend niet in de bus te zitten, voor mij reden genoeg om de volgende halte weer uit te stappen. Achteraf bleek ze geveld te zijn door de griep. Geen Veronique? Dan ook geen fictieve schooldag op de gereformeerd vrijgemaakte mavo. Ik wandelde terug naar huis in de wetenschap dat mijn ouders nog in bed zouden liggen. Dat bleek niet het geval: toen ik de achterdeur opende om naar binnen te sluipen, stond mijn vader in de keuken. De koffie die hij zojuist had ingeschonken bleef staan en het telefoongesprek met school dat volgde was voor iedereen, behalve mijzelf, verwarrend. Ze waren stomverbaasd en hun tientallen vragen had ik beantwoord met zwijgen. De koffie was koud geworden en werd met een woest gebaar in de gootsteen gegooid, het zorgde voor bruine spettertjes op de tegeltjes boven het aanrecht.

Mijn moeder zat aan de keukentafel en wreef over haar voorhoofd om een opkomende migraineaanval te smoren, terwijl mijn vader, met zijn vingers in zijn baard, op zoek ging naar antwoorden.

'We weten het niet meer, Quintin...'

Mijn moeders stem klonk vreemd berustend; terwijl ze het zei bleef haar hoofd in haar handen rusten, moegestreden. Vroeger konden ze nog weleens boos worden, soms wanhopig, zich afvragend wat ze toch verkeerd hadden gedaan en met mij aan moesten.

De opname in de jeugdinrichting was een noodgreep geweest, waarvan mijn ouders gevoelsmatig wisten dat het niet de juiste plek voor mij was. Het telefoontje dat een halfjaar later volgde kwam dan ook als een opluchting.

'U mag uw jongen op komen halen, we kunnen niets meer voor hem betekenen.'

Mijn ouders en de rest van de familie hoopten, net als ik, op een schone lei. Het gevoel van onmacht bleek sterker dan mijn wens om weer een deel van het gezin te zijn. Mijn familie zou voor altijd bestaan uit vier plus een.

De dagen na het uitkomen van mijn bedrog bleven in stilte gehuld. Ik vond dat het minst erg van iedereen. Ik sloop 's nachts het huis uit en wandelde urenlang door het dorp. De stem van Freddie Mercury drong via mijn koptelefoon mijn gedachten binnen. Naar school gaan hoefde ik niet meer, mijn ouders hadden het opgegeven. Ineens mocht ik zonder smoesjes in bed blijven liggen. Ik miste mijn gesprekken met Veronique, maar geen school betekende ook geen buskaart en dus belde ik haar af en toe stiekem. Dat was leuk, ook al was het niet helemaal hetzelfde. Er kwam een bepaald ritme in mijn bestaan dat mijn ouders op de zenuwen ging werken. Overdag lag ik als een zoutzak op de bank of mijn bed, in de avond kwam ik pas tot leven. Dat ik te bang was om te slapen wilde ik ze niet vertellen.

Op een woensdag aan het begin van de middag liep ik slaapdronken de woonkamer binnen. Mijn Friese oma zat op de stoel met een breiwerk op haar schoot.

'Dag jonkje, je bent er vroeg bij...'

Ze zei het zonder op te kijken, de lach in haar stem kon ze niet voor mij verbergen.

'Goedemorgen beppe, wat doet u hier nou?'

Ze hield de trui in wording omhoog en keek me over de col met kritische blik aan.

'Even omdraaien, voor de maat.'

Ik deed wat me gevraagd werd en voelde haar handen voor een kort moment op mijn schouders rusten.

'Je bent eigenlijk al geen jonkje meer.'

Ik draaide me om en keek in de ogen van de vrouw die, samen met mijn opa, zo bepalend was geweest voor de fijne momenten in mijn jeugd. De rimpeltjes rond haar ogen leken op spinnenwebben die de herinneringen aan een geleefd leven probeerden vast te houden.

'Wat zou je het allerliefste willen?'

Haar vraag bracht me van mijn stuk. Ik durfde mijn diepste wens niet uit te spreken omdat ik wist dat je de doden niet uit de hemel mocht wensen. Een groter egoïsme was immers niet denkbaar. Mijn opa overleed in het ziekenhuis. Onderweg naar de hemel nam hij als bagage de belofte om mijn vertrouwen niet te beschamen met zich mee. Ik hoopte dat God het hem daarvoor niet te moeilijk had gemaakt.

Ik keek mijn oma aan en haalde mijn schouders op. Daar nam ze geen genoegen mee en ze tikte met haar wijsvinger op mijn neus.

'Nee jonkje, vertel, wat is je grootste wens?'

'Ik wil ergens heen waar niemand me kent, waar ik opnieuw kan beginnen!'

Ze staarde een moment voor zich uit, knikte mij toe en nam het breiwerk weer in haar handen.

'Ga buiten een frisse neus halen, het is prachtig weer. Dan kan ik met heit en mem praten en deze trui voor je afmaken.'

Toen ik wegliep klonk het getik van de breinaalden alsof ze een duel op leven en dood uitvochten.

Net als destijds bij mijn opname in de inrichting, leek ook nu alles in een stroomversnelling te komen. De dominee van onze kerk kende een gezin in het buitenland dat mij wel op wilde nemen, ik zou daar naar school kunnen gaan. Mijn gastgezin was een Nederlandse familie die vijftien jaar geleden was geëmigreerd.

Een aantal weken later zat ik op de slaapkamer van mijn ouders te wachten op een telefoontje vanuit Canada. Nadat ik mij had voorgesteld werd mijn Engels direct aan een test onderworpen. De man aan de telefoon heette Heres Decker, hij was directeur van een middelbare school en deed vrijwilligerswerk namens de kerk. Iets in zijn stemgeluid bezorgde mij koude rillingen. We belden die dag een halfuur en we zouden in de weken die volgden nog een aantal keren met elkaar spreken. We hadden het tijdens die gesprekken over de gebruiken van het land en de huisregels van de familie Decker.

Veronique wilde voor mijn vertrek nog een keer afspreken. Dat deden we door samen naar de bioscoop te gaan. We gingen naar *The Lion King*. Ik had tegen mijn ouders gezegd dat ik naar mijn beste vriend ging. De zoveelste leugen uit mijn mond. Van de film kan ik me weinig herinneren, ik zat langer naast haar dan tijdens welke busrit dan ook, en een betere invulling van de avond kon ik mijzelf niet wensen.

Op de terugweg wilde ik geen afscheid nemen, dat had ik de laatste jaren al te vaak moeten doen. De kus op mijn wang gloeide nog uren na.

Tijd om daarover verdrietig te zijn kreeg ik niet. Er moesten spullen worden gekocht voor mijn grote oversteek. Ik voelde mij onoverwinnelijk met mijn spiksplinternieuwe legerkisten. Op de dag dat ik ze had gekocht vulde ik ze met natte kranten om de juiste pasvorm te garanderen. Ze zouden volstrekt nutteloos blijken in de arctische temperaturen van een Canadese winter.

'Wat vind je van deze?'

Ik stond met mijn moeder bij de Scapino in Dokkum. Ze had een paars skipak met knalroze binnenkant vast. Ik trok een bedenkelijk gezicht en gluurde naar een minder opvallende versie. Mijn moeder zag mij loeren en kwam direct met een argument waar geen kruid tegen gewassen bleek.

'We nemen deze, die is in de aanbieding!'

Hoewel ik het dure vliegticket van mijn oma had gekregen, was deze hele onderneming nog best prijzig. Kostgeld voor de familie Decker, een nieuwe koffer en kleding die beter bestand was tegen een kou waar ik me nog absoluut geen voorstelling van kon maken. Het skipak zou me enorm doen opvallen en dat was juist wat ik niet wilde. Het donkerblauwe, met de strepen van het Adidas-logo, liet ik voor wat het was en ik nam de fluorescerende variant mee de paskamer in.

Ik keek in de spiegel: mijn armen kon ik niet strak langs mijn lichaam houden en ik leek twintig kilo zwaarder dan de vijfenzestig die de weegschaal aangaf. Eén ding was zeker, mijn nieuwe outfit was warm. Het zweet druppelde over mijn voorhoofd, precies op dezelfde manier zoals nu in het vliegtuig.

Ik keek het gangpad af omdat ik contact wilde maken met mijn stewardess, wat mislukte. Mijn zicht werd belemmerd door een beige pantalon van een grote man.

Net als ik zweette hij ook, hij veegde zijn voorhoofd met een zakdoek af. Dat deed hij heel knap, want tussen de pink en ringvinger van zijn linkerhand hield hij ook nog zijn vliegticket vast. De zakdoek was wit met een blauw randje. Toen mijn opa nog leefde had hij er ook zo een, die gebruikte hij alleen als hij naar de kerk ging. Zondags snot verdiende blijkbaar een witte zakdoek met een mooie rand, doordeweeks snoot hij zijn neus door met zijn vinger het ene neusgat dicht te duwen en krachtig door het andere gat uit te blazen.

Ik vermoed dat de meneer die ik door het gangpad zag hobbelen enkel zondagse varianten had. Ondanks zijn enorme postuur had hij iets chics. Hij schoof de katoenen stof in zijn broekzak en keek op het ticket. Onze blikken kruisten elkaar, de twee stoelen naast mij waren leeg en deze man kon ze allebei met gemak vullen. Hij keek naar de nummers boven de bagagevakken en knikte mij toe.

'Volgens mij ben ik je medereiziger, jonge vriend.'

Ik liet hem mijn ticket zien en hij, op zijn beurt, dat van hem.

'Ik heb eigenlijk een kaartje voor bij het raam, als u daar liever wilt zitten is dat goed, hoor.'

'Je hebt zeker nog niet eerder gevlogen?'

Ik vertelde hem dat het inderdaad mijn eerste keer was en dat ik best nerveus was. De man stak zijn hand uit en de mijne verdween volledig in die van hem.

'Mijn naam is meneer Welkoop, jij mag Dennis zeggen.'

Ik veerde overeind en vertelde hem dat de beste voetballer uit mijn dorp ook Dennis heette en dat mijn naam Quintin was.

'Aangenaam kennis te maken, kerel. Zullen we het als volgt doen? Jij zit tijdens het opstijgen bij het raam, als je daarna nog steeds wilt ruilen vind ik dat wel fijn.'

Ik knikte, tenslotte had het gangpad een enorm voordeel, namelijk dat ik naar de pantybenen kon kijken.

'Fijn, dat is dan afgesproken, gaan we het straks nog even over je outfit hebben, oké?'

Dennis installeerde zich en nam een aantal boeken uit zijn tas. Hij bestudeerde ze zorgvuldig, om uiteindelijk een exemplaar naast zich op de stoel te leggen. Ik keek met een schuin oog naar de titel.

'Lees je graag? Dit boek heb ik van mijn zus geleend, ze is een groot bewonderaar van deze schrijver. Ik ken hem nog niet, volgens haar heeft hij een "heerlijke pen".'

Dennis drukte mij het boek in handen zodat ik het goed kon bestuderen. Het laatste boek dat ik had gelezen was *Oorlog zonder vrienden* van Evert Hartman, een kinderboek.

Het omslag was roze en lichtblauw, de twee kleuren werden gescheiden door het blote lichaam van een vrouw. De naam van de schrijver bedekte haar ronde vormen in zachtgele letters, alsof hij haar naaktheid wilde afschermen tegen de ongewenste blikken van toevallige passanten.

De titel van het boek was een verwijzing naar zijn eigen naam. Ik vond het bijzonder dat iemand een boek over zichzelf durfde te schrijven en las aandachtig de achterkant van het boek.

'Ik laat jou straks nog wel een stukje lezen, tenslotte hebben we een lange vlucht voor de boeg, eerst wil ik er zelf graag in beginnen.'

Ronald Gipharts roman *Giph* werd door Dennis voorzichtig uit mijn handen getrokken en hij begon geconcentreerd te lezen. Ik rommelde in mijn tas met cassettebandjes en koos voor The Eagles.

Een van de twee gitaristen van de band, Don Felder, had nog niet zijn eerste noten gespeeld of Dennis tikte mij op mijn schouder. Ik drukte op 'stop' en spoelde een aantal seconden terug, ik hield er niet van om halverwege een liedje te beginnen en misschien zou ik toch in het boek mogen lezen. Ik keek hem vragend aan.

'Irritant hè, als mensen je storen, sorry daarvoor. Ik vergat het je bijna te vragen, wat is het verhaal achter 's werelds meest oncomfortabele reisoutfit?'

Ik plukte verlegen aan mijn broek en dacht aan de koffer die ik gisteravond voor de zoveelste keer had in- en uitgepakt. Hoezeer ik ook mijn best had gedaan, het lukte me niet om al mijn kleding mee te krijgen. Mijn broer opperde een extra plastic tas mee te nemen, ik had mijn twijfels of dat wel was toegestaan. Bovendien had mijn moeder de grootste koffer gekocht die er te vinden was en de nieuwe kleding thuis laten was geen optie.

’s Nachts had ik een oplossing bedacht voor het gebrek aan ruimte. Bij het opstaan keek ik voor de laatste keer vanuit mijn raam naar de achtertuin. Het had gevroren en rijp bedekte het grasveld. Ik knikte tevreden omdat mijn idee door dit winterweer minder gek overkwam. In een vloeiende beweging trok ik de rits van de koffer dicht. Ik liep naar beneden en zag mijn ouders klaarstaan om mij naar Schiphol te rijden. Mijn vader bekeek mij van top tot teen.

‘Je veter zit los.’

Hij wees naar mijn linkerkist. Moeizaam bukte ik om de veter met een dubbele knoop vast te snoeren. De onderkant van mijn broekspijp bestond uit een dikke laag elastiek die ik over het zwarte leer schoof. Het zag er niet uit, dat voelde ik en was af te lezen aan de gezichten. Gelukkig zei niemand er iets van. Het afscheid op Schiphol was kort. Niet omdat we boos op elkaar waren, maar omdat ik zo snel mogelijk aan mijn nieuwe leven wilde beginnen.

De meewarige blikken van het personeel bij de incheckbalie en de douane nam ik voor lief. Mijn koffer en ik namen afscheid van elkaar toen hij op de lopende band naar de buik van het vliegtuig verdween.

‘... en daarom heb ik het nu zo warm.’

Dennis sloeg zich bulderend van het lachen op zijn knieën en trok zijn zondagse zakdoek tevoorschijn om zijn tranen te drogen.

‘En dus besloot jij vanochtend om in je skipak een reis van vijftien uur aan te gaan zodat je alles in je koffer kwijt kon? Kerel, wat een geweldig verhaal. Zodra we opgestegen zijn zorg ik ervoor dat jij wat te drinken krijgt.'

Ik knikte opgelucht en veegde een zweetdruppel van mijn neus. Op exact hetzelfde moment reed het vliegtuig naar de taxibaan: we zouden ieder moment kunnen vertrekken.

2

'Kun je even op het belletje drukken? Ik krijg dit kreng niet dicht.'

Na een zoveelste poging om de riem rond zijn middel te krijgen, knikte Dennis wanhopig met zijn hoofd naar het knopje. De pantybenen kwamen al snel aangelopen. De stewardess lachte me toe, terwijl ze met haar handen op haar heupen de situatie opnam.

Ik had inmiddels de rits van het skipak tot mijn middel opengetrokken en mijzelf voor de helft uit het kledingstuk gewurmd. Ik tilde de lege mouwen op en liet trots zien dat het mij wel gelukt was om mijzelf vast te gespen. Dennis daarentegen had de twee uiteinden van de stoelriem in zijn handen en keek geïrriteerd omhoog.

'Dit rotding is te klein!'

'Meent u dat nou?'

De ranke handen van de stewardess grepen naar de gesp om die tot de uiterste rand van de riem te krijgen. Ze boog voorover en fluisterde Dennis toe dat hij zijn buik moest inhouden. Ik probeerde op mijn manier te helpen en hield mijn adem in.

Een zachte klik, gevolgd door een zucht van verlichting, was hoorbaar en Dennis knikte zijn redster in de nood dankbaar toe.

'Hoe heet je?'

'Melanie.'

'Bedankt voor je discretie en hulp, Melanie.'

Dennis zei het terwijl hij met zijn vingers op zijn buik trommelde.

'We gaan zo vertrekken, zodra we op de gewenste hoogte zijn kom ik wat te drinken brengen.'

Ik greep naar het koord om mijn nek waar een zakje aan vastgemaakt zat. Mijn moeder had het jaren geleden voor mij gemaakt, omdat ik een aantal keren mijn buskaart was kwijtgeraakt.

Dat was een dure grap en op een ochtend kreeg ik het bruine katoenen zakje in mijn handen gedrukt.

'Hier doe je in het vervolg je buskaart in en die komt er maar twee keer per dag uit, bij het in- en uitstappen, heb je dat goed begrepen?'

Ik reed al tijden niet meer in een bus, en het buideltje hing dan ook maanden ongebruikt aan de kapstok in de gang. Toen de voorbereiding voor mijn reis in volle gang was kwam mijn zus met het slimme idee om mijn reispapieren dicht tegen mijn lijf te houden, een extra verzekering dat ik ze niet kwijt kon raken. Ik frunnikte aan de stugge opening van het katoen om de inhoud nog eens grondig te inspecteren. Mijn ticket had ik in mijn paspoort geschoven en verder zat er twintig Canadese dollar in om tijdens de reis wat eten te kopen.

'Wat kost drinken in het vliegtuig?'

Dennis zag mij lichtelijk bezorgd naar de inhoud van mijn geldbuidel gluren en begon te grinniken.

'Kerel, het eten en drinken is gratis, het ticket was al duur genoeg.'

Ik haalde opgelucht adem en schoof de bruine stof met koord en al weer onder mijn overhemd.

'Ladies and gentlemen, we are ready for take-off.'

De piloot had de zin nog niet uitgesproken of het vliegtuig zette zich in beweging. Mijn mond was droog en ik had een kriebel in mijn maag. Het was allemaal zo onwerkelijk dat ik het gevoel kreeg boven mijn stoel te zweven en op mijzelf neer te kijken. Vanuit mijn ooghoek zag ik hoe Dennis de armleuning van zijn stoel omklemde alsof zijn leven ervan afhing. De aderen op de rug van zijn hand werden daardoor nog duidelijker zichtbaar. Met zijn wijsvinger speelde hij nerveus met het metalen klepje van het asbakje, maar dat leek zijn zenuwen niet te kalmeren. Het hielp niet dat we boven de vleugel zaten en de motoren zo hevig aan het loeien waren dat het leek alsof er een orkaan door het vliegtuig raasde.

'We kunnen het raamschuifje ook wel dichtdoen, hoor, ik moet toch nog een keer overstappen en zit dan ook bij het raam.'

Dennis knikte mij, zonder verder oogcontact te maken, toe. Het verbaasde me dat zo'n grote man zo bang was om te vliegen. Het zweet op zijn voorhoofd en de starre blik in zijn ogen, gericht op het kleine display in de stoel voor hem, spraken boekdelen.

De stippellijn die ons de route wees naar Minneapolis moet voor hem als een reddingslijn hebben aangevoeld, want hij weigerde op of om te kijken.

De snelheid waarmee de wielen over het asfalt denderden was ongekend. Dennis zag mij vanuit zijn ooghoek heen en weer bewegen, en dat haalde hem volledig uit zijn concentratie.

'Quintin, wat ben je toch aan het wiebelen, je maakt me nerveus!'

'De piloot vergeet te schakelen...'

Ik mompelde het hard genoeg om Dennis aan het lachen te krijgen.

'Jij hebt een gave, kerel. Ik haat vliegen, vooral het opstijgen, maar met je idiote opmerking vloog mijn angst het raam uit en wij de lucht in.'

Ik een gave hebben? Het maakte me verlegen.

De enige die altijd vertrouwen in mij had gehad was mijn opa. Zijn dood kwam onverwacht en ik miste zijn sturing, hoe subtiel ook, enorm. Wanneer het zeldzame geval van een goed cijfer zich voordeed kreeg ik een knipoog en een aai over mijn bol, alsof hij wilde zeggen: 'Ik heb nooit aan je getwijfeld.'

Ik sloot mijn ogen om die net zo snel weer te openen. De elleboog van Dennis prikte in mijn zij.

'Kijk, het lampje is aangesprongen, we mogen onze riemen losmaken. Ik sterf van de dorst. Wat wil jij drinken?'

Dennis zocht oogcontact met Melanie en gaf onze bestelling aan haar door. Niet veel later schoof ze twee appelsap voor onze neus.

'Ik had een wijntje besteld.'

'Dat weet ik, maar we hebben nog een lange vlucht voor de boeg en jij en ik gaan samen op onze jonge wereldreiziger letten, dat lukt beter met appelsap.'

Zonder verder nog iets te zeggen draaide ze zich om en liet hem met open mond van verbazing achter. Ik kon ondertussen mijn ogen niet van haar benen afhouden.

'Nou ja, zeg, heb ik dat! Zit ik dankzij jou op een alcoholvrije vlucht, en hou op met staren!'

Dennis hield zijn grote hand voor mijn ogen en tilde met de andere zijn glas appelsap op.

'Laten we proosten op een fijne reis en Melanies benen.'

Grinnikend proostte ik met Dennis.

'Je hebt een goede smaak, dat moet ik toegeven. Maak je geen zorgen, ze is niet mijn type, dus ik zal jullie geluk niet in de weg staan.'

'Wat is dan wel jouw type?'

Dennis glimlachte en wees naar een van de bandjes in mijn rugzak.

'Ik val op blond.'

Het cassettebandje was een van mijn originelen, vlak voor vertrek had ik het van mijn verjaardagsgeld gekocht. De blonde verschijning waar Dennis op doelde keek recht in de camera. Zelfverzekerd en dromerig tegelijk, alleen was het geen zij maar een hij. Om precies te zijn was het Roger Taylor, de drummer van Queen. Rondom hem zaten de andere bandleden, Freddie keek mij aan met zo'n blik van: 'Dat je dat niet doorhad.'

Ik schrok, kennelijk zichtbaar, want Dennis probeerde, ter geruststelling, zijn hand op mijn schouder te leggen. Ik drukte mijn lichaam zo veel mogelijk tegen het raampje.

Alles waar God en kerk mij voor hadden gewaarschuwd zat nu naast mij.

Ik voelde mijn lichaam trillen en probeerde de chaos die in mijn hoofd ontstond tot bedaren te brengen door alle gebeurtenissen van de afgelopen jaren in chronologische volgorde te zetten.

De ruzies thuis, de opname in de inrichting, Veronique, het spijbelen, maar ook de nare gebeurtenis die ik enkele jaren daarvoor had moeten ondergaan.

'Quintin... Ben je oké?'

Ik had om eerlijk te zijn geen idee hoe ik mij voelde en durfde Dennis niet aan te kijken, laat staan hem antwoord te geven.

'Wil je dat ik Melanie vraag om mij ergens anders te laten zitten? Waar je ook bang voor bent, ik doe je geen kwaad.'

Ik beet zo hard op de binnenkant van mijn wang dat de pijn de verwarring verdrong. Ik had me voorgenomen nooit meer bang te zijn en dwong mezelf de confrontatie met Dennis' onderzoekende blik aan te gaan.

'Ik heb nog nooit met zo iemand als jij gesproken.'

Dennis kon een zacht gegrinnik niet onderdrukken en trommelde met zijn vingertoppen een roffeltje op zijn buik.

'Valt het je mee of tegen?'

Ik haalde mijn schouders op, keek naar de foto van Queen op het cassettebandje en dacht aan alle nachten dat Freddie mij troost gaf, door via zijn muziek tegen mij te praten.

'Volgens onze dominee ben jij zondig en worden mensen zoals jij in dit leven gestraft en ga je naar de hel als je doodgaat.'

'Denk jij dat ook?'

Ik zag mijzelf weer liggen op de stenen van het parkeerterrein, voelde mijn liezen branden toen het ondergoed van mijn lijf werd getrokken. Bloedend en gevuld met zijn nattigheid werd ik achtergelaten. Het geluid van de piepende banden die met hoge snelheid vertrokken werd de soundtrack van mijn leven en ik zou me vanaf dat moment opgejaagd voelen. De gedachte aan die kerel maakte me misselijk en ik voelde het appelsap via mijn slokdarm omhoogkomen. Ik wenste de man die mij dit had aangedaan de hel en nog veel meer toe.

Dennis haalde mij uit de negatieve spiraal van mijn herinneringen.

'Is Freddie ook in de hel, denk je?'

Hij wees naar mijn rugzak en ik werd woedend.

'Nee, natuurlijk niet, hoe durf je dat te zeggen!'

'Het was een vraag, geen aanname, rustig maar, kleine driftkikker.'

Ik prikte met mijn vinger in Dennis' vlezige bovenarm om mijn punt kracht bij te zetten.

'Freddie had een gave, die had hij van God gekregen en hij maakte heel veel mensen blij.'

'Ik kan het niet méér met je eens zijn, Quintin, maar volgens jouw geloof werd hij in dit leven gestraft met aids en Freddie is dood, en dus zal hij nu wel in de hel zijn...'

Ik vergat voor een moment dat ik naast een volwassen man zat en dat alle passagiers om ons heen ons gesprek konden volgen. Nog voor het tot een uitbarsting kon komen stond Melanie ineens voor onze neus.

'Wat is dit nou? Zitten jullie nou ruzie te maken? Ik dacht dat jullie vrienden waren geworden?'

'Dennis zegt allemaal stomme dingen!'

Melanie begon te lachen.

'Dat verbaast me niets. Luister, we hebben nog een lange vlucht te gaan en we zijn helemaal volgeboekt dus los het samen op. Ik ga nu wat lekkers halen en of jullie daarvan gaan genieten hebben jullie zelf in de hand.'

Mijn boosheid verdween met de zachtheid van haar stem en ik wilde mijn nieuwe leven niet met de zoveelste ruzie beginnen. Ik stak mijn hand uit. Dennis aarzelde geen moment en greep hem vast.

'Het spijt me, Quintin. Ik ben gek op Queen, altijd al geweest en Freddie is overduidelijk een held van jou, ook van mij. Ik wilde je alleen een beetje uit je tent lokken.'

'Nou, dat is je dan gelukt. Het spijt mij ook.'

We schudden elkaar de hand en daarmee was de kou uit de lucht. Op dat moment kwam Melanie met een trolley vol lekkernijen aanzetten.

'Kijk, zo zie ik het graag: mijn twee favoriete mannen die de vrede getekend hebben.'

We kregen ieder een bordje met zilveren bestek, Melanie had

een soort taartschep waarmee ze onze traktatie kon uitserveren. Ik was weleens uit eten geweest in het Van der Valk-restaurant bij ons in het dorp, en dit deed daar absoluut niet voor onder.

We kregen broodjes die in driehoekjes waren gesneden, gestapeld en belegd met allemaal luxe broodbeleg dat bij mij thuis alleen tijdens het kerstontbijt op tafel stond. Een prikkertje hield de piramide van genot bijeen.

'Gek vormpje, wel heel lekker.'

'Heb je nog nooit een clubsandwich gehad?'

Dennis vergat van verbazing te eten en hij hield het broodje voor zijn mond.

'Wij eten thuis alleen maar boterhammen; ik meestal met pindakaas.'

Ik weet niet waardoor het kwam, ineens begon ik te vertellen... Over mijn tijd in de jeugdinrichting en de bewoners daar, maar ook over mijn familie en de problemen die ik had veroorzaakt. Dennis knikte, luisterde en vergat te eten. Soms moest hij glimlachen wanneer ik vertelde wat voor rottigheid ik in de inrichting had uitgehaald en op andere momenten zag ik hem met zijn zakdoek tranen wegvegen.

Achteraf gezien was mijn openhartigheid denk ik een manier om mijn nieuwe start in te luiden. Ik dumpte de nare bijsmaak van mijn herinneringen op het bord van Dennis, als garnering naast zijn clubsandwich.

Door onze intensieve gesprekken vloog de tijd om. Af en toe sliep ik om vervolgens weer verder te gaan waar ik gebleven was. Dennis at en dronk voornamelijk. Speciaal voor mij hield hij het bij appelsap en water. Bij elke eerste slok maakte hij een kokhalsgeluidje, wat mij de slappe lach bezorgde. Een strenge blik van Melanie voorkwam dat we de andere passagiers te veel zouden storen met onze luidruchtigheid.

Dennis bleek eveneens op weg te zijn naar een nieuw leven. Zijn ouders hadden graag gezien dat hij bij hen in de zaak was komen werken, met als uiteindelijke doel het bedrijf overnemen, maar zijn grote passie was werken met computers. Hij had gesolliciteerd bij een bedrijf in Minneapolis en was na een strenge selectieprocedure tot zijn eigen verbazing aangenomen.

'Wat voor bedrijf hebben je ouders eigenlijk?'

'Dat ga ik jou niet vertellen, want inmiddels heb ik veel van jouw verhalen uit die kliniek gehoord en weet ik dat jij de koning van de kutgrapjes bent. Ik ga de resterende uren van deze vlucht niet naar jouw grijnzende smoelwerk zitten staren.'

Ik trok mijn onschuldigste gezicht in een poging Dennis over te halen zijn geheim te vertellen. Toen dat niet werkte probeerde ik op zijn schuldgevoel in te spelen door als een klein kind te mopperen over het feit dat ik mijn ziel en zaligheid met hem had gedeeld. Melanie deed ook een duit in het zakje, door Dennis langdurig in de ogen te staren, waarbij ze haar vingertoppen via haar dijbeen naar Dennis' knie liet wandelen en hem met zachte stem toefluisterde zijn geheim aan ons toe te vertrouwen.

Ik zag het schouwspel hoofdschuddend aan en boog naar voren, waarbij mijn kin bijna op Dennis' dikke buik rustte.

'Hij valt op mannen, dat getapdans met je vingers doet hem niks.'

'Hou op, jullie twee, ik zal het zeggen, maar als er iemand gaat lachen kijk ik jullie de rest van de vlucht niet meer aan, begrepen?'

Melanie knikte en ik stak mijn hand op en zwoer op alles wat ik liefhad dat er zich nog geen glimlach rond mijn lippen ging vormen.

'Vertel, wat voor bedrijf hebben je ouders?'

Dennis haalde diep adem, de knopen op zijn overhemd deden

een wanhopige poging in contact te blijven met het katoen, de spanning werd twee van hen te veel. Ze knalden Melanie om de oren, precies op het moment dat Dennis zijn mond opende.

'Mijn ouders hebben een sportschoolketen.'

Melanie stond met een rood hoofd op, draaide zich om en liep met schokkende schouders naar het kleine keukentje achter het gordijn. Dennis keek mij aan en ik beet voor de tweede keer tijdens de vlucht de binnenkant van mijn wangen stuk. Secondelang was het stil, ik bleef Dennis strak aankijken. Tranen stroomden over mijn wangen, maar ik lachte niet. Hij boog met samengeknepen ogen naar voren en tikte met zijn wijsvinger op mijn voorhoofd.

'Hoeveel grapjes zitten er nu in dat hoofd van je?'

Ik stak aarzelend mijn hand omhoog en Dennis zag mijn wijs-, middel- en ringvinger voor zijn ogen verschijnen.

'Hoeveel van die drie zijn er echt goed?'

Ik grijnsde van oor tot oor terwijl ik mijn wijs- en ringvinger liet zakken.

Dennis stompte mij lachend op mijn schouder.

'Je bent een mal ventje, jij komt er wel met die bijdehante bek van je.'

Het laatste deel van de reis verliep rustig. Melanie wist het probleem van de gesprongen knopen met twee kleine veiligheidsspelden op te lossen en Dennis informeerde naar de familie bij wie ik zou gaan wonen.

'... zeven stuks?!'

Ik knikte.

'Waarom zou je in godsnaam zoveel kinderen willen hebben?'

'Het antwoord heb je zojuist zelf gegeven. Het is een gelovig gezin en die doen twee dingen: bidden en ontzettend veel...'

'Neuken!'

Dennis schreeuwde het bijna uit en vier rijen verder dook het woedende hoofd van Melanie op en ze gebaarde dat we rustig moesten zijn.

'Ik wilde "vrijen" zeggen, maar oké.'

'Zeven kinderen, wat een hel. Hoe oud zijn die koters eigenlijk?'

Ik dook in mijn tas en pakte mijn boekje met aantekeningen.

Voorafgaand aan mijn reis had mijn zus mij aangeraden om alles wat belangrijk was op te schrijven. Ik vond het moeilijk om bij- van hoofdzaken te onderscheiden en mijn opschrijfboek stroomde dan ook al snel over van de nutteloze feiten. Althans, dat dacht ik toen ik de namen van alle kinderen, plus hun leeftijden, had opgeschreven.

'Esther is de oudste, zij is twaalf jaar, Zacharias is elf, Daniel en Abel zijn een tweeling van acht, Sarah, met een h, is vijf, Ruth, ook met een h, is drie, en baby Jacob is nog geen jaar.'

'Lieve vriend, jij gaat je handen vol krijgen aan dat kinderleger van God.'

Ik keek Dennis verbaasd en niet-begrijpend aan.

'Waarom zou ik mij met die kinderen moeten bemoeien? Ik kom daar om naar school te gaan en ik hoop dat ik ergens een bijbaantje kan krijgen.'

'O, dat bijbaantje ga jij krijgen, maar dan in de vorm van "oppas aan huis".'

Bij deze woorden kreeg ik een knoop in mijn maag. In ons dorp woonde een reformatorisch gezin. Ik had geen idee wat dat was, maar daar kwam ik tijdens een onverwachte ontmoeting al snel achter. Een mevrouw met een lange zwarte rok en gehaakt vestje sprak mij aan. Ze vroeg of de kinderen met wie ik voetbalde mijn broertjes waren en ik vertelde haar dat ik hun vaste oppas was. Ze vroeg of ik dat leuk vond en ik knikte enthousiast. Het oppassen was tot dan toe een van de fijnste baantjes die ik gehad had. Ik mocht uit de koelkast pakken wat ik wilde, er was kabeltelevisie en aan het eind van de avond kreeg ik ook nog eens vijf gulden. Toen de dame in de zwarte kleding mij vroeg of ik ook bij hen wilde oppassen aarzelde ik geen moment.

Drie dagen later was het al zover. Ze gingen naar de kerk en hun kroost werd onder mijn verantwoordelijkheid achtergelaten. Ik keek niet zozeer op van het enorme aantal kinderen, of het kerkbezoek, maar wel van het feit dat ze op woensdag naar de kerk gingen. Ik kwam er al snel achter dat de gereformeerd vrijgemaakte opvoeding bij mij thuis amateurvoetbal was vergeleken bij het Champions League-niveau van goddelijke verering binnen dit gezin. Het ontbreken van televisie en radio werd gecompenseerd met meerdere bijbels die door het huis verspreid lagen. De koelkast was enkel gevuld met groenten uit eigen tuin en flessen diksap. Wat de kinderen betreft, die waren beter gedresseerd dan de Von Trappjes uit *The Sound of Music.* Het oppassen was dodelijk saai en mijn huiswerk voor de daaropvolgende dag was nog nooit zo goed gemaakt. Aan het einde van de avond kwam de heer des huizes mij bedanken.

'Ik heb namens jou wat extra in de collectebus gedaan.'

Ik wist niet wat ik hoorde, maar durfde ook niet tegen hem in te gaan; iets in zijn blik gaf mij de kriebels. Na de zesde week werd ik bij binnenkomst gewaarschuwd dat een van de kinderen wellicht wat vaker naar beneden kon komen. De reden daarvan? Een kolonie wespen had zich in de spouwmuur genesteld, en vanwege een gat in het schuine gipswandje boven zijn bed was het een komen en gaan van de creaties van de Heer.

Het kind werd die avond drie keer gestoken en ik zat even zo vaak met een natte theedoek de boel fysiek en mentaal te sussen.

Bij thuiskomst gaf ik aan wat er zich boven had afgespeeld. Gods wegen, zo leerde ik, bleken ondoorgrondelijk. Mijn voorstel om iemand te bellen om het wespennest te laten verwijderen kon op weinig bijval rekenen. De week daarop was ik mijn onvrijwillige bijdrage aan de kerk spuugzat.

Ik raapte al mijn moed bij elkaar en vroeg om vijf gulden voor drie uur oppassen. De woede die ik daarmee opriep was ongekend. De ogen van de vader spuwden vuur en hij schreeuwde mij toe dat ik in de hel zou belanden en dat hij mij nooit meer in de buurt van zijn huis wilde zien.

Dennis staarde me voor de zoveelste keer tijdens de vlucht met open mond aan.

'Wat een verhaal... Die mensen waar je nu naartoe gaat, hoe goed ken je die?'

'Nou, helemaal niet. Ik heb ze een paar keer aan de telefoon gehad om kennis te maken, maar heb ze nog nooit gezien.'

Dennis dook in zijn tas en greep naar een blocnote waar een pen aan vastgeklemd zat. Hij schreef gehaast wat op en ik keek nieuwsgierig mee.

Dennis scheurde het papiertje af en drukte het mij in de handen.

'Stop dit in dat truttige zakje van je en raak het niet kwijt. Mijn telefoonnummer en adres staan erop. Als er iets is, wat dan ook, bel me.'

Het telefoonnummer was lang en te ingewikkeld om te onthouden en ik schoof het papiertje zorgvuldig tussen de pagina's van mijn paspoort.

'Zo mannen, zijn we vrienden voor het leven geworden? We gaan straks landen, maar niet voordat jullie deze documenten hebben ingevuld. Zorgvuldig invullen en niet jokken over de inhoud van jullie bagage. Dus mocht je heel veel drop en stroopwafels ingepakt hebben, eerlijk vermelden!'

Dennis voelde zich aangesproken en pakte mopperend zijn pen.

De formulieren waren in het Engels en hoewel ik exact begreep wat er stond werd ik toch nerveus. Stel nou dat ik per ongeluk iets verkeerd invulde en bij de douane aangehouden werd? Met een schuin oog keek ik naar Dennis die, met een diepe frons, zijn eigen formulier invulde.

'Niet spieken en je eigen huiswerk maken.'

'Ik ben bang dat ik het verkeerd invul. Waarvoor is dit precies?'

Dennis zuchtte diep, alsof hij zich afvroeg wat er van mij terecht moest komen met zoveel vragen en zo weinig kennis.

'Ik help je zo, komt goed, maak je geen zorgen.'

Dat was nou exact wat ik wel deed. Tot het moment dat Melanie de formulieren had gebracht was ik mij niet bewust geweest van alle mogelijke risico's en eventuele gevaren die mij te wachten stonden.

Ik had gewoon 'ja' geknikt toen de dominee mij vroeg of ik bij vrienden van hem in Canada wilde gaan wonen. Mijn oma was meegegaan naar het reisbureau om het ticket te kopen en samen met mijn vader regelde ik een paspoort. Dat ik mijzelf twee centimeter langer had gelogen was een eerlijke vergissing, omdat ik tijdens het opmeten was vergeten mijn kisten uit te doen. Allemaal handelingen die ik had uitgevoerd zonder dat ik me ervan bewust was waar dit allemaal toe zou leiden.

'Nou kerel, laat mij eens kijken wat ik voor jou moet invullen.'

Dennis stelde mij allerlei vragen en bij ieder antwoord vinkte hij mij dichter naar mijn nieuwe bestaan. Melanie controleerde nog eenmaal alle gegevens en knikte mij toe dat alles in orde was.

'Lieve mannen, we gaan over twintig minuten landen. Ik wilde nog even zeggen dat ik het een feestje vond om jullie aan boord te hebben.'

Dennis gaf haar een hand en ik zwaaide haar pantybenen na. Afscheid nemen was iets waar ik als kind al moeite mee had gehad en ik merkte dat het me nog steeds niet goed afging.

Minneapolis was bedekt met een dik pak sneeuw. Op de landingsbanen waren sneeuwschuivers bezig de weg vrij te maken voor de vliegtuigen die zich niet tegen lieten houden door de sneeuw die in dikke vlokken naar beneden kwam dwarrelen.

Melanie tikte mij bij het verlaten van het vliegtuig nog even op mijn schouder.

'Ga jij goed op jezelf passen? Ik hoop je nog eens te zien.'

'Bedankt voor alles, Melanie.'

Dennis duwde mij met zijn tas in de rug en maande me haast te maken.

Vervolgens liepen we naar de bagageband.

'Ik moet als de donder naar de wc, jij blijft hier staan. Ik kom zo snel mogelijk terug en dan breng ik je naar de juiste gate.'

Dennis wachtte mijn antwoord niet af en ging in gestrekte draf naar het toilet.

Het vliegveld van Minneapolis had iets kils. Of dat met het weer te maken had weet ik niet. Voor het eerst bekroop mij de gedachte of ik er wel verstandig aan had gedaan om dit avontuur aan te gaan. Ik keek naar de toiletdeuren waarachter Dennis, gezien de duur van zijn verblijf, het vermoedelijk zwaar had. De bagageband kwam sneller in beweging dan verwacht en tot mijn blijdschap zag ik mijn koffer als een van de eerste tevoorschijn komen. Ik sjorde hem van de band en bleef minutenlang staan. Dennis nam zijn tijd, zoveel was duidelijk. De grote borden met de bestemmingen veranderden om de haverklap, ineens zag ik mijn eindbestemming staan.

WINNIPEG verscheen, tussen alle andere steden, in heldere blokletters op het scherm. Ik trok mijn ticket tevoorschijn en controleerde het vluchtnummer.

Ik keek nog een laatste maal in de richting van de toiletten en besloot toen mijn reis te vervolgen. Op deze manier hoefde ik ook geen afscheid van Dennis te nemen. Ik nam mij voor om hem nog eens te bellen, tenslotte had hij mij zijn nummer niet voor niets gegeven.

3

'Je kan dit...'

Ik zei het hardop om mijzelf moed in te spreken. Mijn zakje met documenten had ik zorgvuldig onder mijn kleding verborgen, voor de zekerheid hield ik mijn hand op mijn borst. Het moet voor de doorgewinterde reiziger op het vliegveld van Minneapolis een vreemd gezicht zijn geweest. Een jongen in een paars skipak, met zijn hand op de borst alsof hij ieder moment het Amerikaanse volkslied kon gaan inzetten. Het was tijd geworden om me niet langer iets aan te trekken van de mening van anderen en geen beter land om daarmee te beginnen dan Amerika. Ik grabbelde in mijn rugzak naar een cassettebandje van Toto; het nummer dat door mijn koptelefoon schalde was 'Home of the Brave', met op het einde een jankende gitaarsolo, waarbij ik me moest inhouden om niet op de luchtgitaar te spelen alsof mijn leven ervan afhing.

Wanneer ik 's nachts wakker schrok en in herinnering de handen voelde die mijn kleding kapottrokken, de geur van shag en fruittella rook die me naar adem deed happen, of de stem hoorde die zei dat ik mijn bek moest houden, dan greep ik mijn walkman. Muziek was niet alleen een afleiding, maar ook vervanging van de troostende armen van mijn ouders die geen idee hadden van wat mij was overkomen.

Overdag luisterde ik naar nummers die de adrenaline door mijn lichaam lieten razen zodat ik me sterker voelde dan tien volwassen mannen. Ik liep dan door de stad en keek iedereen onverschrokken in de ogen. In de nacht waren de liedjes zacht en voelde ik mij minder alleen.

De muziek van Queen draaide ik constant. Hun afwisselende stijlen pasten bij mijn stemmingen die net zo veranderlijk waren als het weer. Dat het juist de gitaarsolo van Brian May en de stem van Freddie was die ik als laatste hoorde voordat die man zich aan mij vergreep, nam ik ze niet kwalijk. Tenslotte was het niet Brian die mijn kleren van mijn lijf had gescheurd of Freddie die eerst uitvoerig op een fruittella had zitten kauwen alvorens hij mij de adem benam.

De eerste weken na het voorval ontweek ik hun muziek, zoals ik de blikken van mijn familie ontweek. De schaamte die ik voelde was groter dan de liefde voor mijn muzikale helden.

In die periode leerde ik de muziek van Toto kennen, het was Steve Lukather, de gitarist, die mij uiteindelijk weer dichter bij Freddie en de anderen bracht. In een interview in de *Hitkrant* vertelde hij hoe de muziek van Queen hem altijd had geïnspireerd.

In de reflectie van de glazen afscheiding van de gates zag ik mijzelf staan. Ik zag er belachelijk uit, maar voelde me een ontdekkingsreiziger die op het punt stond om de Mount Everest te beklimmen.

Ik had één doel en dat was om het beste uit mezelf te halen. Mijn knorrende maag gaf aan dat er toch eerst wat gegeten moest worden. Ik keek om me heen en zag allemaal verschillende eettentjes. Van McDonald's tot een Chinees: alle denkbare smaken van de wereld kwamen bijeen in de vertrekhal van het vliegveld. Na lang aarzelen bestelde ik een pizzapunt en een cola en daarna nog een keer hetzelfde omdat ik zo'n honger en dorst had. Ondertussen hield ik nauwlettend de borden in de gaten, om er zeker van te zijn dat ik straks in het juiste vliegtuig zou stappen. Ik had net mijn laatste hap weggespoeld, toen een stem de passagiers voor de vlucht naar Winnipeg vroeg om zich gereed te maken. Meerdere mensen stonden op en liepen naar de gate. Sommigen gehaast, anderen juist verveeld, alsof het dagelijkse kost was om van Amerika naar Canada te vliegen.

Het vliegtuig was vele malen kleiner dan het vorige en ik was teleurgesteld toen ik erachter kwam dat er geen kleine schermpjes in de hoofdsteunen zaten. Dit vliegtuig had meer weg van een grote bus, maar dan zonder de warmte die Veronique iedere ochtend meegebracht had. Naast mij kwam een zuchtende Amerikaan met een cowboyhoed zitten. Met een strenge blik bekeek hij mij van top tot teen.

'You look quite ridiculous.'

Ik kon niet anders dan hem gelijk geven.

'I know, blending in was never my strong suit.'

De cowboy knikte instemmend. Het gesprek dat volgde ging over koetjes en kalfjes, in de meest letterlijke zin van het woord. Hij was boer, had een melkveehouderij en was onderweg naar Winnipeg voor de bruiloft van zijn jongste broer. Veel zin leek hij daar niet in te hebben, want ook de trouwerij bleek 'ridiculous'.

'Het kalfseizoen staat voor de deur, zo'n beetje de drukste tijd van het jaar en mijn broertje besluit dat dit hét moment is om een bruiloft te plannen, buitengewoon irritant.'

Het was fijn om te merken dat ik niet bang was om Engels te

spreken. Het was eigenlijk precies hetzelfde als wanneer ik Nederlands of Fries sprak.

'Ik ben thuis ook de jongste en mijn broer vindt mij ook irritant.'

De cowboyhoed knikte instemmend.

'Ik snap dat wel, ja.'

Hij vroeg me waar ik vandaan kwam en ik vertelde over mijn geboortedorp, het uitgestrekte Friese landschap dat in de zomer als een paradijs aanvoelde en in de winter guur en kil was.

'Dus je kent het boerenleven?'

Ik knikte en vertelde over de verschillende boerderijen in de buurt van mijn huis.

'Wat voor koeien? Holstein, MRIJ of Blaarkoppen?'

Ik haalde mijn schouders op. 'Geen idee, van die zwart-witte en sommige zijn bruin met wit, vroeger dacht ik altijd dat die chocomel gaven.'

'Er zit chocolademelk in dat brein van je!'

Ik negeerde zijn opmerking en wees naar de ketting om zijn hals.

'Wat is dat? Hangt daar een zakje aan, met uw paspoort erin? Ik heb dat ook, alleen bij mij is het een touwtje en geen ketting.'

Ik liet hem het zakje zien en de harde blik in zijn ogen leek wat te verzachten. De boerenhand omklemde de knopen van zijn overhemd en greep aarzelend naar de ketting van kleine metalen bolletjes. Hij haalde twee metalen plaatjes tevoorschijn en hield ze voor mijn ogen. Hij rammelde ze zachtjes heen en weer, waarbij het geklik van het metaal een hypnotiserend effect had.

'Dit zijn dogtags, die krijg je als je in het leger hebt gediend en voor de vrijheid van je land en dat van anderen hebt gevochten.'

Ik probeerde te ontcijferen wat er in het metaal gestanst was, maar de plaatjes verdwenen alweer onder zijn overhemd. Mijn opa en oma hadden de Tweede Wereldoorlog meegemaakt, als ik ernaar vroeg kreeg ik doorgaans een ontwijkend antwoord. Deze man was veel te jong om tegen de Duitsers gevochten te hebben. Ik keek hem vragend aan.

'Vietnamoorlog, jongen.'

Mijn ogen lichtten op. Over de oorlog in Vietnam had ik op school nauwelijks iets geleerd, maar op tv des te meer erover gezien. De serie *Tour of Duty* werd elke donderdagavond op Veronica uitgezonden en ik miste geen enkele aflevering. Ik vertelde hem erover en wist zelfs enkele woorden Vietnamees op te lepelen.

Dit ontlokte de cowboy een kleine glimlach. 'Je bent een vreemd ventje.'

Ik knikte, dat had ik al vaker gehoord.

'Je doet me denken aan een kameraad in mijn peloton. Net zeventien, was voor niets of niemand bang. Klein van stuk, net als jij. Hij werd een tunnelrat. Weet je wat dat is?'

Ik luisterde met open mond en vergat te reageren. De cowboy ging onverstoorbaar verder.

'Iedere keer als hij de tunnel indook, op zoek naar Vietcong, deed hij dat met een grijns van oor tot oor. Met ontbloot bovenlijf, zodat hij nergens achter kon blijven haken, een zaklamp, zijn M1911-pistool en C-4-explosieven, kroop hij door de nauwe gangen op zoek naar de vijand. Zijn laatste woorden, voor hij het gevaar tegemoet trad, waren telkens: "Benieuwd wie er gaat winnen, ik of God" en wanneer hij door ons weer uit de tunnel werd geholpen lachte hij zijn tanden bloot. "Tussenstand: Billy 4 – God 0".'

'Billy was dus een held!'

'Zo zou ik het niet willen noemen, "knettergek" was een betere omschrijving voor hem. Hij kende geen angst en het leek alsof zijn grote mond zijn gezond verstand altijd de baas was, komt je vast bekend voor.'

Ik kon niet anders dan enthousiast knikken.

De cowboy begroef zijn gezicht in zijn handen en schudde zijn hoofd.

'U was vast ook een held, hebt u medailles ontvangen voor getoonde moed? Hoeveel mensen hebt u neergeschoten? Bent u zelf ook geraakt? Is Billy nog uw vriend? Hoelang hebt u in Vietn–'

'Jij praat te veel. Kan je niet even stil zijn?!'

'Dat kan ik wel, maar dan kom ik niks te weten.'

De cowboy begon te vertellen. Naarmate zijn blik verder afdwaalde, werden zijn verhalen levendiger.

De klamme hitte en de dagenlange regen op zijn gezicht waren bijna voelbaar, de vuurgevechten drukten mij steeds dieper in mijn stoel en in de stilte van de nacht, waarbij het peloton sliep en de cowboy moest wachtlopen, vergezelde ik hem. Ik leerde, naast Billy, ook de namen van zijn andere kameraden kennen en de speciale band die ze hadden.

'We werden een familie, levend in een gesticht zonder muren, omringd door meer gekte dan ik in mijn verdere leven ooit nog zou tegenkomen.'

Ik dacht aan mijn tijd in de inrichting en aan de band die ik met mijn medebewoners had opgebouwd, hoe ze een deel van mijn leven werden en ze, net als bij de cowboy, permanent in mijn herinneringen zouden blijven wonen.

'Wat moet u blij geweest zijn toen u thuiskwam. Waar was dat eigenlijk?'

'San Francisco, ja, dat zou je verwachten, maar ik had geen thuis meer. In Vietnam moesten ze ons niet, logisch ook, achteraf gezien. In Amerika keken de mensen ons met de nek aan, noemden ons babymoordenaars en God weet wat voor onzin nog meer. Zelfs mijn familie wilde het contact met mij verbreken, tenslotte had ik mij vrijwillig aangemeld voor een oorlog waar zij op voorhand al tegen waren. Ik dacht toen het juiste te doen... De enige met wie ik contact bleef houden was mijn broertje, die had ook gediend en wist dus precies wat ik had doorgemaakt, met dat verschil dat hij opgeroepen werd en net als de overige leden van mijn familie een pacifist in hart en nieren was. Desondanks werd hij op dezelfde manier behandeld als de rest van ons veteranen en verhuisde uiteindelijk naar Canada. Ik kwam in Minneapolis terecht. Vraag me niet waarom, soms loopt het leven gewoon zo.'

Ik wist niet zo goed wat ik moest zeggen; hoewel mijn hoofd tolde van de vragen, durfde ik ze niet meer te stellen. De ogen van de cowboy stonden dof en zijn handen rustten op zijn knieen. Ik denk dat we een paar minuten zwijgend naast elkaar zaten toen we gelijktijdig diep ademhaalden. We lachten om onze timing en voor mij was het een teken om hem toch nog de vraag te stellen die mij zo op de lippen brandde.

'Hebt u nog contact met Billy?'

'Weet je, Quintin, het leven is een aaneenschakeling van ontmoeten en afscheid nemen, en beide gebeurtenissen vinden meestal onverwachts plaats. Zo ook met Billy, op een dag verdween hij in de tunnels en kwam simpelweg niet meer terug. Eigenlijk ging het met mijn familie precies hetzelfde. Zo kreeg ik nog een kaartje met Thanksgiving toen ik gelegerd was in Long Bihn. Bij terugkomst in San Francisco leek er van dankbaarheid weinig sprake. Ik denk dat ze zich niet zo goed raad wisten met hun verloren zoon en oorlogsmisdadiger, althans, in hun ogen.'

Het verdriet dat ik in de stem van de cowboy hoorde herkende ik, net als de teleurstelling die hij in de ogen van zijn familie meende te zien.

‘Waarom doe ik u denken aan Billy?’

‘Je hebt dezelfde felheid in je blik, je bent ook niet bang en zo kun je alleen zijn als je je diepste angst in de ogen hebt gekeken.’

Ik wilde niet meer herinnerd worden aan mijn diepste angst, maar wat begreep ik het beklemmende gevoel dat Billy had moeten doorstaan goed. ‘Soms voelt het alsof ik zelf ook in een donkere tunnel zit.’

De cowboy knikte begripvol. ‘Weet jij waar het salueren vandaan komt?’

Geen idee waarom hij daar ineens over begon, misschien om me af te leiden. Ik haalde mijn schouders op en keek hem aan.

‘Er zijn verschillende theorieën, degene die ik het mooiste vind, stamt uit de middeleeuwen. Wanneer ridders elkaar bij het steekspel voor het eerst ontmoetten, toonden ze elkaar hun gezicht, uit respect. Daarvoor moesten ze het vizier van hun helm omhoog doen, kijk zo.’

De cowboy strekte de vingers van zijn rechterhand en bewoog ze via zijn wang, langs zijn ogen tot de vingers tegen zijn slaap bleven rusten.

Ik knikte en nam me voor om zijn uitleg als waar aan te nemen.

De vlucht duurde slechts een paar uur en toen de landing werd ingezet had ik het gevoel, net als bij Dennis en Melanie, dat ik weer een vriend ging verliezen. Ik dacht aan wat de cowboy had gezegd over dat het leven een aaneenschakeling van ontmoeten en afscheid nemen was en kon niet anders dan hem gelijk geven. Hij hielp mij met mijn rugzak en schudde mijn hand.

‘Pas goed op jezelf, Quintin, en onthoud, er is altijd licht aan het einde van de tunnel, hoe donker het ook lijkt.’

Ik wilde nog zoveel zeggen, maar wist de woorden niet te

vinden, staarde naar mijn schoenen en plukte nerveus aan de rits van mijn skipak.

De cowboy volgde mijn blik.

'Legerkisten?'

'Ja, van het Nederlandse leger, ze zijn net nieuw en doen al geen pijn meer.'

De cowboy trok een bedenkelijk gezicht en kriebelde met zijn vingers onder zijn hoed.

'Verkeerde keuze, jongen, maar daar kom je wel achter. Het ga je goed.'

Hij liep naar de uitgang van het vliegveld. Ik stond op mijn koffer te wachten en keek hem na. Hij draaide zich om. Ik denk dat hij een meter of zestig van mij verwijderd was. Ik zag hoe hij mij in de menigte zocht en ik wiebelde heen en weer om in zijn blikveld te verschijnen. Met een korte hoofdbeweging maande hij mij rechtop te staan, liet zijn tas op de grond zakken, strekte zijn rug en gaf mij daarmee het juiste voorbeeld. Ik zette mijn legerkisten naast elkaar, trok mijn skipak recht en deed mijn rits omhoog om er zo netjes mogelijk uit te zien. De rechterhand van de cowboy bewoog met gestrekte vingers naar de uiterste punt van zijn wenkbrauw. Alles leek vertraagd te gaan toen ik mijn hand omhoog bracht en zijn groet beantwoordde. Zo stonden we enkele seconden naar elkaar te kijken, de veteraan en de jongen die op een onbekende missie ging. Zo onverwacht als zijn saluut kwam, zo plotseling liet hij zijn hand ook weer zakken, draaide zich om en liep weg.

4

Er stond niemand op mij te wachten.

In films had ik weleens gezien dat er mensen met een kartonnen bordje, met de naam van de reiziger, bij de uitgang stonden. Die bordjes waren er, de gespannen blikken die uitkeken naar de gezichten van de vermoeide reizigers ook, maar op geen ervan stond mijn naam en niemand leek naar mij uit te kijken. Mensen werden omhelsd en geholpen met hun bagage. Ik zocht in de drukte naar meneer Decker. Ik voelde nu pas hoe moe ik was.

'Jij moet Quintin zijn.'

Een tikje op mijn linkerschouder deed mij me omdraaien. Twee blauwe ogen, achter een bril met vierkant montuur, bekeken mij van top tot teen. Een keurig verzorgde snor sloot naadloos aan bij het kortgeknipte haar dat in een strakke scheiding was gekamd. Ik stak mijn hand uit om me voor te stellen.

'Kom, we gaan naar de auto.'

Mijn uitgestoken hand werd genegeerd en meneer Decker beende mij voorbij. Ik hobbelde zo snel ik kon achter hem aan. Om me heen zag ik koffers met wieltjes voortgetrokken worden en ik nam me voor om bij een volgende reis ook zo'n koffer te kopen.

'Doorlopen, graag.'

Mijn koffer sloeg bij iedere stap tegen mijn been en vertraagde me enorm.

'Quintin! Wat loop je te treuzelen, deze kant op.'

Ik voelde een hand in mijn nek, en de stevige greep van de vingers dwong mij naar de uitgang. Ik keek op en zag meneer Decker glimlachen. Althans, daar moest het voor doorgaan. Hij krulde zijn mondhoeken omhoog en zijn tanden kwamen tevoorschijn, vreemd genoeg lachten zijn ogen niet mee. Dat deed mij denken aan een hond bij mij in het dorp, een boxer genaamd Lola. Doorgaans een lief beest, maar af en toe kon ze vals uit de hoek komen en liet ze haar tanden zien.

'Waarom lach je? We moeten naar de auto. Ik sta dubbel geparkeerd, er is totaal geen reden om te lachen.'

De schuifdeuren gingen open en de kou die in mijn gezicht sloeg voelde als duizend naalden die mijn longen doorboorden. Het skipak van Scapino maakte geen schijn van kans. Meneer Decker kreeg zijn zin, mijn lach verdween en ik wist niet hoe snel ik achter hem aan moest lopen. Bij de auto stond ik verbijsterd stil. Dit kon toch niet het vervoermiddel zijn waarmee de kinderen naar school of het sporten werden gebracht?

'Stap in, het is koud.'

Daar was geen woord van gelogen, maar deze auto was wel gewend aan koude passagiers, het was een lijkwagen. Onderweg naar de laatste halte van mijn nieuwe leven kreeg ik een lift van de Dood. Het gitzwarte voertuig, een Cadillac Fleetwood, bleek door meneer Decker gekocht te zijn van een begrafenisonderneming die failliet was gegaan, een koopje dat hij blijkbaar niet had kunnen laten schieten. Ik mocht voorin zitten en keek over mijn schouder naar het interieur van de auto. Waar vroeger een persoon comfortabel languit van zijn laatste rit mocht genieten waren nu, tegenover elkaar, twee bankjes gemonteerd waar verschillende kinderstoeltjes op bevestigd waren. Daarvoor zat een grote achterbank voor de oudere kinderen. De gedachte dat mijn broer mij in deze auto zag zitten en mij keihard uit zou lachen zorgde ervoor dat ik moest grinniken, en dat werkte meneer Decker op de zenuwen.

'In huize Decker doen we niet aan binnenpretjes, die zijn doorgaans zondig van aard.'

Ik beet op de binnenkant van mijn wang, die tijdens de reis al flink wat te verduren had gehad. Ik had opeens spijt dat ik geen afscheid van Dennis had genomen en nam me voor om hem te bellen.

Zoveel als ik had gesproken in het vliegtuig, zo stil was ik nu. Ik was doodmoe. Knikkebollend zat ik naast meneer Decker, die net zo reed als hij eruitzag: uitermate correct. Na ruim een uur reden we een woonwijk binnen, waar het ene huis nog groter en mooier leek dan het andere. De woning van de familie Decker viel uit de toon. Het huis was een stuk kleiner dan de andere huizen en slecht onderhouden. Het verfwerk was aan het afbladderen en de dakgoot van de garage hing er wat verloren bij. De oprit zat vol met gaten en meneer Decker leek zijn best te doen er geen een te missen.

'Voor we naar binnen gaan... Ik heb uitvoerig met jullie dominee gesproken. Ik weet van je achtergrond en over alle ongein die je in de inrichting hebt uitgehaald. Hier doen we de dingen niet zoals in Nederland. We leven en gedragen ons naar de wil van God, overeenkomstig Zijn woord, zoals beschreven in het Bijbelboek Filippenzen 2 vers 13: "Want het is God, Die in u werkt beide het willen en het werken, naar Zijn welbehagen."'

Ik staarde meneer Decker met open mond aan.

'O, en dan nog iets, zodra we binnen zijn spreken we alleen nog maar Engels.'

Ik stapte uit, sleepte mijn koffer uit de auto en liep achter meneer Decker aan. Via de achterdeur kwamen we binnen in een smalle hal met een trap naar de kelder, en een deur naar de keuken.

'Kinderen, jullie vader is thuis.'

Het leek alsof ik in een moderne versie van *Het kleine huis op de prairie* was beland. De kinderen van meneer Decker vlogen hem om de hals en gluurden onder zijn armen naar de indringer die als een reuzenzuurstok in de deuropening stond. Ik stak schaapachtig mijn arm op.

'Hoi, ik ben Quintin.'

Het viel stil, de kinderen keken naar hun vader, die, op zijn beurt, mij hoofdschuddend aankeek. Ik had geen idee wat ik fout had gedaan en voelde het zweet over mijn rug lopen.

'Zacharias, laat Quintin zien hoe wij ons op een correcte manier voorstellen.'

De oudste zoon was een kopie van zijn vader, minus de snor. Hij liet mij zijn tanden zien en ook bij hem lachten de ogen niet mee. Met uitgestoken hand stapte hij naar voren.

'Mijn naam is Zacharias, aangenaam kennis te maken.'

Nu was ik degene die stilviel, ik dacht in eerste instantie dat het een grapje was, maar toen ieder kind zich op exact dezelfde manier voorstelde, kreeg ik door dat er in huize Decker veel waarde werd gehecht aan strenge beleefdheidsvormen. De driejarige Ruth was van een ander slag. Tijdens het voorstelrondje van haar broers en zussen stond ze verveeld met de punt van het gebloemde tafelkleed te spelen. Steeds weer trok ze aan de katoenen stof, waarna Esther, het oudste kind van de familie, haar corrigeerde en het tafellinnen weer rechttrok. Toen het Ruths beurt was, ging ze zwijgend voor me staan en bekeek me van top tot teen. Ik keek terug. Ze had een kop vol krullen die net zo moeizaam onder controle bleken te houden als haar gedrag.

De donkerblonde lokken voor haar ogen veegde ze ongeduldig weg, ze lachte en haar ogen lachten mee.

'Ruth!'

Ze schreeuwde haar naam, greep mijn hand en zwengelde die enthousiast heen en weer.

Ik maakte een kleine buiging, waarna ze giechelend van haar ene been op het andere hupte. Er ontstond wat onrust bij de andere kinderen die zich geen raad wisten met deze ongecontroleerde toestand.

Zacharias en Esther keken naar meneer Decker, die zijn ogen op mij gericht had. Voor de kleine Ruth hét moment om het tafelkleed in een vloeiende beweging van de tafel te rukken en over haar hoofd te draperen.

'Tent!'

Zo kort en bondig als ze was in haar taalgebruik, zo fanatiek was ze in haar bewegingen. Ze rende als een gebloemd spookje door de keuken en kegelde de tweeling omver, die direct begon te brullen. Esther zette haar voet op de voorbijglijdende stof waardoor Ruth achterover werd getrokken. Om haar val te breken strekte ze haar handjes uit en greep het eerste wat ze tegenkwam stevig vast. Dat bleek de openstaande besteklade te zijn.

Ruths gewicht was voldoende om het laatje met bestek en al uit de rails te trekken. De vorken en messen vlogen door de lucht en het was een wonder dat niemand geraakt werd. De tweeling begon van schrik nog harder te huilen, Zacharias dook op zijn knieën en begon gehaast alles op te ruimen, terwijl Esther een poging deed om de tweeling te troosten. Ruth stond haar zelfgecreëerde chaos te bewonderen. Ze wees naar het bestek en klapte in haar handjes. 'Hoera!'

Ik beet ondertussen mijn wang aan gruzelementen. Aan de

ogen van meneer Decker zag ik dat lachen een bijzonder slecht idee zou zijn.

Het was mevrouw Decker die de aandacht afleidde door vanuit een aangrenzende kamer de keuken binnen te stormen. In haar armen hield ze baby Jacob die, bedekt onder een doek, aan de borst lag. Sarah, het meisje van vijf, verstopte zich achter de benen van haar moeder en keek met grote ogen naar de chaos die in de keuken was ontstaan.

'Wat is dit allemaal? Zo kan ik baby Jacob toch niet rustig voeden! Van al die herrie heeft hij de hik gekregen.'

Mevrouw Decker was enorm, zowel in lengte als in gewicht. Een vierkante kaak met een pokdalige huid sprongen in het oog, en het grootste gedeelte van haar gezicht ging schuil achter een bril die rustte op een wonderlijk klein neusje.

'Quintin, dit is mevrouw Decker, samen met Sarah en baby Jacob.'

Ik wilde haar een hand geven, maar het was Ruth die voor de tweede keer de focus wist te verleggen door naar haar moeder te wijzen.

'Bah!'

De hik was de baby te veel geworden en hij retourneerde de melk over haar jurk.

'Hoera Jacob!'

Ruth klapte in haar handjes en gaf daarmee geluid aan de opluchting die de baby waarschijnlijk voelde. Mevrouw Decker veegde met een doek de melk van haar jurk en keek mij met samengeknepen ogen aan.

'Nou, Quintin, ik vind dit een onprettige manier om jezelf aan ons gezin te introduceren. Ik stel voor dat we met behulp van God de rust proberen te hervinden.'

De schuld krijgen van situaties die uit de hand gelopen waren was mij niet vreemd en ik had geleerd om niet tegen te sputteren.

De kinderen gingen allemaal op hun stoel aan de eettafel zitten. Voor mij werd er een pianokruk uit de woonkamer gehaald. Omdat de schroefdraad verroest was, kon de kruk niet meer omhoog. Het gevolg was dat ik niet boven Ruth, die tegenover mij op haar knieën en met gevouwen handen al klaarzat, uitkwam. Meneer Decker zat rechts van mij en torende boven mij uit.

'Laat ons bidden.'

Wij baden thuis altijd twee keer. Voor en na het avondeten. Tussentijds bidden was iets nieuws voor me. Mevrouw Decker zat aan de andere kant van de tafel met gesloten ogen baby Jacob heen en weer te wiegen. Van alle kinderen was hij de enige die zijn ogen open had. De anderen zaten met gevouwen handen en hun hoofd naar de tafelrand gericht te wachten tot meneer Decker zou beginnen met het gebed.

'God, onze almachtige Vader in de hemel, wij willen U danken voor de zegeningen die U dit huis hebt gegeven.'

Ondanks mijn verbazing moest ik glimlachen, ik was 'een zegen'.

'Ook willen wij U danken voor de wijze lessen die wij van U mogen ontvangen in tijden van moeite en zorg, waarin wij leren om geduld te betrachten.'

Mijn glimlach verdween, dit gedeelte kwam me al bekender voor. De afgelopen jaren was ik verantwoordelijk geweest voor meerdere kopzorgen en 'geduld' bleek geen onuitputtelijke bron voor de mensen in mijn omgeving.

'Wij danken U voor Uw genade om het vliegtuig veilig te laten landen en Quintin in ons midden te brengen.'

De piloten die jarenlang gestudeerd hadden om het vliegtuig

te mogen besturen zouden vast een bedenkelijk gezicht hebben getrokken bij de dankbaarheid van meneer Decker.

'Met Uw steun en wijsheid willen we Quintin weer op het pad van Uw leer krijgen en hem tonen dat Uw weg de enige waarheid en troost is in leven en sterven, amen.'

De hele tafel echode mompelend het 'amen' van meneer Decker en bleef toen vol verwachting zitten.

'Goed, kinderen, jullie mochten opblijven om ons nieuwe lid van de familie te ontmoeten, ik wil dat jullie je nu klaarmaken voor bed en gebed.'

De kinderen stonden als één man op en liepen in een lange rij naar hun slaapkamers. Mevrouw Decker gaf mij een kort knikje.

Ik wilde graag mijn ouders bellen, maar door het tijdsverschil was het daar nu midden in de nacht en dus zou ik tot de volgende ochtend moeten wachten.

'Ik merk dat je aanwezigheid in ons gezin onrust met zich meebrengt. Ik wil je zeggen dat we binnen dit gezin wandelen in het aangezicht van God en ik, als Zijn instrument, de orde en regelmaat bewaak. Heb je dat goed begrepen?'

Ik knikte.

'Ik verwacht een reactie als ik tegen je spreek.'

'Ja.'

'Wat ja?'

'Ja, ik heb het begrepen.'

Meneer Decker was niet tevreden met mijn antwoord. Hij stond op, leunde met zijn handen op de tafel en boog zich over mij heen.

'Ik wil dat je mij, nu en in de toekomst, aanspreekt als "meneer Decker" of "vader Decker", dus wanneer ik vraag of jij het begrepen hebt zeg je: "Ja, ik heb het begrepen, meneer Decker"'.

Ik knikte, mijn hoofd tolde, ik wist ineens zeker dat ik op een verkeerde plek terecht was gekomen. Het gevoel dat mij bekroop was exact hetzelfde als toen ik de jeugdinrichting binnenstapte. Wat er tussen onze dominee en meneer Decker besproken was weet ik niet, maar dat ze samen hadden besloten om mij als een verloren schaap terug naar Gods kudde te drijven was mij duidelijk geworden, goedschiks of kwaadschiks. Mijn handen waren nog steeds gevouwen, niet uit vroomheid, maar omdat ik volledig verkrampt was. De muis en vingertoppen van meneer Deckers hand vouwden zich om mijn vingers. Ze waren koud en dat sloot naadloos aan bij de blik in zijn ogen. Hij krulde de mondhoeken, boog zich nog verder naar voren en liet mij zijn tanden zien.

'Jij gaat weer een kind van God worden, dat is mijn taak. Heb jij mij begrepen?'

Ik keek naar zijn hand die zich als een bankschroef rond mijn gevouwen vingers klemde. Omdat ik vergat te reageren bleef hij doorknijpen. Mijn gevouwen handen werden zowat vermorzeld. Ik voelde de botjes in mijn vingers tegen elkaar geduwd worden.

'Jij gaat mij gehoorzamen.'

Ik keek op van mijn handen, recht in de ogen zonder glimlach. Meneer Decker lachte nog steeds en ik, op mijn beurt, liet hem ook mijn tanden zien. Ik voelde de tranen opkomen, maar weigerde mijzelf aan hem over te geven. Ik hoorde Dennis' troostende stem die mij zei dat ik hem mocht bellen, en voelde mijn hartslag tegen het briefje met zijn telefoonnummer bonken. Ik zag de benen van Melanie voor me die op mij af kwamen lopen om mij bij meneer Decker weg te halen en ik zag de blik van de cowboy, terwijl hij mij zijn laatste groet bracht, me toeschreeuwend dat er altijd licht aan het einde van de tunnel is.

'Krijg ik nog een antwoord van je?'

'Ik heb het begrepen, meneer Decker.'

Het antwoord was hem naar de zin en zijn greep verslapte. Loslaten deed hij niet.

'We gaan samen een stuk uit Gods woord lezen.'

Hij stond op en pakte een bijbel die op een boekenplank boven de eettafel lag. Het boek was oud, stukgelezen en wonderlijk genoeg in het Nederlands.

'Het woord van God lezen we in dit huis in mijn moedertaal. Hoewel ik niet wil dat de kinderen Nederlands spreken, wil ik wel dat ze Zijn woord in meerdere talen tot zich nemen. Sla de Bijbel open en begin.'

'Ja, meneer Decker.'

Mijn gehoorzaamheid leek hem mild te stemmen. Ik opende het boek en bladerde door naar het leeslint.

'Nee, Quintin, wij beginnen helemaal vooraan en gaan samen Gods woord in zijn geheel tot ons nemen.'

Mijn vingers voelden beurs onder de enorme druk die hij even daarvoor erop had uitgeoefend. Ik sloeg met trillende hand de eerste pagina open en liet mijn wijsvinger over de eerste regel glijden. Ik hoorde mijzelf hardop voorlezen, maar was niet meer aanwezig in de keuken. Een deel van mij had de ruimte verlaten, zoals ik mijzelf had aangeleerd op momenten van pijn, verdriet en angst.

'In den beginne schiep God den hemel en de aarde. De aarde nu was woest en ledig en duisternis was op den afgrond.'

5

Meneer Decker was tevreden. Ik had mij door meerdere pagina's van het boek Genesis geworsteld. Mevrouw Decker schoof halverwege aan en prevelde de tekst foutloos mee. Gek genoeg vond ik dat doodeng.

'Tijd om te rusten, het is morgen weer vroeg dag, vergeet niet te bidden. Mevrouw Decker brengt je naar je kamer.'

Meneer Decker schoof zijn stoel naar achteren en liep, zonder verder nog wat te zeggen, de keuken uit.

'Jij slaapt beneden, kom mee.'

Ik volgde mevrouw Decker de trap af. In de gang zag ik drie deuren.

'We wassen onze kleding in de avond en de nacht, dat is goedkoper. Je was mag je alleen in de mand stoppen, niet in de wasmachine, dat doe ik. Daar is de badkamer, douchen doen we op woensdag en zondag, drie minuten per persoon en geen seconde langer. Op de andere dagen was je jezelf bij de wastafel. We ontbijten om halfacht, in het weekend om kwart over acht. We dragen allemaal ons steentje bij aan het huishouden. Als je morgen wakker wordt krijg je van mij een lijst met taken die in en om het huis moeten gebeuren. Hier slaap jij.'

Ze opende een deur met een draaiknop en gebaarde mij de kamer in te lopen. Vanwege de smalle deuropening moest ik haar zijwaarts voorbijgaan. Ik aarzelde, haar passeren met mijn rug naar haar toe gaf een onveilig gevoel, met mijn gezicht naar haar toe was weer intiemer dan ik wilde. Net zoals meneer Decker had ook zij weinig geduld.

'Doorlopen, ik heb meer te doen.'

Ze duwde mij naar binnen, waardoor ik niet hoefde te kiezen. Onze gezichten raakten elkaar nog net niet, ik rook een mengeling van vanille en oud zweet en vond het een smerige combinatie.

'Hier slaap jij, morgen maak ik je wakker, welterusten.'

De deur werd dichtgetrokken, voor het eerst sinds mijn vertrek was ik alleen. De stilte overviel mij en maakte me verdrietig.

Mijn slaapkamer was voornamelijk een ruimte waar de was gedroogd werd. Twee waslijnen waren over de lengte van de kamer gespannen en hingen vol kinderkleding in alle soorten en maten. Twee kussenslopen hadden geborduurde initialen in de linkerbovenhoek. Op de ene stond in donkerblauwe letters H.D. en op de andere B.D. Ik bedacht ineens dat ik niet wist wat mevrouw Deckers voornaam was, ik zou haar dat morgen bij het ontbijt eens vragen.

Mijn nieuwe kamer was klein, in drie grote stappen bereikte ik de andere kant van het vertrek, met mijn armen gespreid kon ik bijna beide muren aanraken. Ik vond het niet erg, de slaapkamer in mijn eigen huis was ook niet groot. Het dampende wasgoed vond ik een groter probleem. Het behang in de kamer was door het vocht gaan krullen en de verwarming naast het bed stond te loeien om de kou te compenseren. Een langwerpig raam was bedekt met een laag sneeuw en dat was ook niet gek, aangezien ik in de kelder van het huis sliep. Ik wurmde me uit mijn skipak en liet me op het bed vallen. Heel even sloot ik mijn ogen. Ik zag de dag in flitsen aan me voorbijtrekken en probeerde mijn gedachten te ordenen. Dat lukte niet en ik zakte weg in een onrustige slaap.

Luid gebonk op de deur maakte dat ik geschrokken overeind veerde.

'Quintin, opstaan, we gaan ontbijten.'

Het was zaterdagochtend, gedesoriënteerd keek ik om me heen. Het was fris in de slaapkamer. Ik legde mijn hand op de verwarming, het ijzer voelde koud aan. Net als bij ons thuis ging de verwarming ook hier in de nacht naar beneden, dat het buiten min twintig was maakte geen verschil. Ik was met kleding en al in slaap gevallen en rook muffig. Ik haastte me naar de badkamer, daar hing ook wasgoed te drogen. Een groene plastic beker was gevuld met zes tandenborstels. Klodders tandpasta zaten, aangekoekt als gestold kaarsvet, langs het handvat, een nieuwe borstel lag in de verpakking op de wastafel. Ik vroeg me af of die voor mij was gekocht, maar durfde hem niet uit te pakken. Ik waste mij op de manier zoals ik mijn opa zo vaak had zien doen: kraan open, met je handen een kommetje maken en het water opvangen. Twee goede kletsen water in je gezicht en schrobben, daarna nog een keer je nek en oren schoonmaken en tot slot met je handen door je haren strijken. Ik had me voorgenomen om gedurende mijn tijd in Canada niet meer naar de kapper te gaan. Een van de redenen daarvan was dat ik op mijn broer wilde lijken. Hij had prachtig lang haar en leek op een artiest. Maar de voornaamste reden was dat ik als een ander mens thuis wilde komen, letterlijk en figuurlijk.

In alle opzichten had ik nog een lange weg te gaan. Wat betreft mijn haar, het kwam tot halverwege mijn neus en was dus nog lang niet rocksterwaardig. Ik kamde het strak naar achter en liep naar de trap. Bovenaan hoorde ik de stem van meneer Decker, hij dankte God voor het ontbijt, ik wachtte tot ik hem en de rest van de familie 'amen' hoorde zeggen en klopte zachtjes op de deur.

'Binnen.'

Ik opende de deur en keek om de hoek. Handen reikten over de tafel naar bekers melk die ingeschonken werden en brood dat in een mand werd rondgedeeld.

'Je bent laat, ik had begrepen dat mevrouw Decker je de huisregels, waaronder het tijdstip van het ontbijt, had uitgelegd?'

Meneer Decker keek niet op van zijn boterham, die hij zorgvuldig besmeerde met een laagje boter.

'Ik heb niet goed opgelet, sorry, meneer Decker.'

Zijn mes stopte met smeren en wees naar de overkant van de tafel.

'Sorry, mevrouw Decker.'

'Sorry, hoera!'

Ruth stak haar handjes omhoog en ik gaf haar een knipoog.

'Je mag voor jezelf bidden en dan ontbijten.'

Ik vouwde mijn handen en sloot mijn ogen. Ik dacht aan mijn oma en vroeg me af of de trui, die ze voor mij aan het breien was, al af was. Vervolgens besloot ik tot tien te tellen, toen ik sneller dan gedacht bij de tien was aanbeland, telde ik voor de zekerheid tot vijftien door en zei hardop 'amen'.

Meneer Decker knikte mij toe en ik mocht ontbijten. Veel trek had ik niet en ik werkte met moeite een boterham met pindakaas weg. Aan tafel was het opmerkelijk rustig voor een gezin met zeven kinderen. Bij ons thuis was er veel meer drukte aan tafel.

'Kinderen, we gaan zo opruimen, jullie weten allemaal je taak. Quintin, trek oude kleding aan, want ik heb een klusje voor je waar je vies van wordt.'

Mevrouw Decker liet er geen gras over groeien.

Ik trok mijn koffer open, viste er een spijkerbroek en T-shirt uit, vanaf nu moesten dit dan maar mijn 'oude kleren' zijn.

'Quintin, waar blijf je?!'

Ik begon mij te ergeren aan het feit dat iedere vraag als een bevel klonk en stampte harder dan nodig de trap op. Via de keuken liep ik naar de woonkamer waar op de overloop een paar billen, gehuld in dezelfde jurk als de avond daarvoor, uit de deuropening staken.

Ik kon met geen mogelijkheid zien wat mevrouw Decker aan het doen was.

'We gaan de badkamer voegen, heb je dat weleens gedaan?'

Ik knikte, een vriend van mijn vader was aannemer en af en toe werkte ik voor hem en zodoende had ik, ondanks mijn leeftijd, al redelijk wat kluservaring.

'Mooi zo, dan mag je eerst de oude voegen eruit schrapen.'

De badkamer was roze, van wastafel tot badmat en van de tegels tot de wc. Zelfs de bloemen op de tegels waren roze. Mevrouw Decker drukte mij een driehoekige verfkrabber in de handen.

'Zorg dat je het glazuur van de tegels niet raakt, ik wil er geen krassen op zien.'

'Mag ik eerst mijn ouders bellen dat ik veilig ben aangekomen?'

'Straks, ik wil eerst nog met meneer Decker bespreken hoe we het gaan doen met alle kosten. Hij is even weg voor een boodschap, dus ga jij eerst maar aan het werk.'

'Mag ik mijn walkman pakken?'

Het geluid van de krabber op het oude voegmateriaal gaf mij de kriebels en had hetzelfde effect als nagels over een schoolbord. Ik wachtte haar antwoord niet af en rende naar beneden.

In de badkamer was Ruth met Esther bezig om de handdoeken op te vouwen en op te bergen.

'QuinnQuinn!'

Esther aarzelde geen seconde om Ruths enthousiasme te temperen.

'Hij heet "Quintin" en je bent weer veel te druk. Ruim deze stapel op, anders zit ik straks alles in mijn eentje te doen.'

Mijn walkman klikte ik aan mijn broek en ik schoof het koord onder mijn shirt, zodat ik nergens achter zou blijven haken. Zonder te kijken pakte ik een cassettebandje, deed het in de walkman en drukte op 'play'. Bij het horen van de eerste tonen zat ik in gedachten met mijn familie in de auto naar Italië. Soms mocht ik voorin zitten en was dan de dj van dienst. Voor elk deel van de reis had ik passende muziek. Reden we over de Duitse Autobahn dan draaiden we iets opzwepends. Mijn vader hield zich desondanks helaas strikt aan de snelheid van negentig kilometer, harder mocht je volgens hem niet met een caravan. Soms wees ik op een collega-vakantieganger die ik, met dezelfde combinatie, in de zijspiegel aan zag komen snellen.

'Kijk pap, die rijdt harder dan wij en dat gaat prima.'

Mijn vader zei niks en schudde afkeurend zijn hoofd. Wanneer we door de mooie Zwitserse bergen reden draaide ik altijd iets rustigs. Maar ik zat niet met mijn familie in de auto op weg naar ons vakantieadres, ik stond te dagdromen in de kelder van een huis in Canada, iets wat ergernis opwekte bij mevrouw Decker.

'Waar blijf je?!'

Ik stormde naar boven en liep naar de badkamer. Ik liet het krabbertje zijn werk doen en het schrapende geluid werd overstemd door mijn muziek. Na ruim twee uur lag de tegelvloer bezaaid met askleurig gruis en was ik van top tot teen bedekt met bouwstof. Ik bekeek mezelf in de spiegel en vroeg me af of Billy er ook zo zou hebben uitgezien wanneer hij uit de tunnels kwam gekropen, onherkenbaar en opgelucht dat de narigheid erop zat. De uiteinden van mijn wimpers waren grijs en datzelfde gold voor mijn wenkbrauwen en haar, waardoor ik ineens op mijn vader leek. Dat vond ik grappig om te zien.

'Quintin, ijdelheid is geen kwaliteit die het leven mooier maakt, hou op met staren, we gaan theedrinken en een muffin eten.'

Hoewel ik mijzelf totaal niet knap vond, voelde ik me toch betrapt.

'Muffin!'

Het was Ruth die vanuit de kamer met een zo laag mogelijke stem blijk gaf van haar ongeduld en ik schoot in de lach.

'Het is niet netjes om mensen met een beperking uit te lachen, hou op en kom mee.'

Ik keek mevrouw Decker verbaasd aan en vroeg me af over welke beperking ze het had. Ze draaide zich om en liep naar de keuken. Esther, Ruth en de andere kinderen zaten aan tafel en slurpten thee, bij de jongsten werd er een scheut melk in de kop gedaan. Een tupperwarebak werd rondgedeeld en ieder kind pakte er een vreemd uitziend cakeje, deels bedekt met een soort origamipapiertje, uit. Ik keek naar de inhoud van de plastic bak, de traktaties waren bruin van kleur en deden mij denken aan de Groninger cake die mijn moeder maakte. Ze smaakten ook hetzelfde, blijkbaar heette Groninger cake in Canada een muffin. Bij elke hap knarste ik het gruis tussen mijn tanden nog fijner en spoelde het met de thee weg.

'Heet!'

Ik gebaarde Ruth dat ze eerst moest blazen en deed het voorzichtig voor. Ze lachte en tikte met haar vlakke hand op mijn hoofd.

'Ruth communiceert niet zo goed zoals je merkt.'

Ik vond dat ze het prima deed, het meisje liet met haar hele houding merken wat ze van de verschillende situaties in huis vond en stak dat niet onder stoelen of banken.

'Waarschijnlijk trekt het bij als ze ouder wordt, we bidden God om een voorspoedig herstel.'

Van al Zijn schepsels in deze ruimte vond ik Ruth Zijn meest geslaagde creatie. Ik gaf haar een knipoog die ze enthousiast beantwoordde door een aantal keer met haar hoofd op en neer te knikken en daarbij haar beide ogen opzichtig open en dicht te doen. Knipogen is niet makkelijk als je drie bent. Ik nam me voor om haar tijdens mijn verblijf zo veel mogelijk te leren.

'Eet je muffin op, ik wil de badkamer afmaken en dan je zondagse kledij inspecteren.'

Er bleef één muffin in de tupperwarebak achter. Hoewel ik die graag had opgegeten bleek dat er niet in te zitten.

'Die is voor meneer Decker als hij thuiskomt.'

'Mag ik mijn ouders even bellen? Het is daar nu einde van de middag.'

Mevrouw Decker keek op haar horloge en knikte.

'Maak het niet te lang, telefoneren naar Nederland is duur.'

Ik draaide het nummer en voelde een ongewone spanning. Tijdens mijn periode in de jeugdinrichting konden we bellen vanuit een geïmproviseerde telefooncel. Hoewel de gesprekken, ondanks de dichte deur, door de staf en de andere bewoners woord voor woord te volgen waren, gaf het toch een gevoel van privacy. Dat was nu wel anders, want alle kinderen en mevrouw Decker bleven aan de keukentafel zitten en keken me zwijgend aan. De telefoon ging twee keer over en ik hoorde mijn moeder aan de andere kant van de lijn.

'Hallo mam, ik ben er...'

'Het is Quintin! Hij is er!'

Tijdens het gesprekje dat volgde had ik mijn ouders en broer gelijktijdig aan de lijn, mijn zus was jammer genoeg niet thuis. Het voelde zo fijn en vertrouwd dat ik me afvroeg waarom ik Friesland had verlaten.

'Vertellen jullie beppe dat de reis goed is gegaan?'

'Ik zal haar zo meteen direct bellen. Oom Ronald geeft morgen een concert, daar hebben we heel veel zin in...'

Mevrouw Decker vond dat het gesprek lang genoeg had geduurd en gebaarde mij om op te hangen.

'... is de familie Decker aardig voor je? Heb je goed geslapen? Wat moet het daar koud zijn, ga je ons schrijven?'

'Mam, ik moet ophangen, we bellen snel weer, oké?'

Ik hing op voor ze afscheid kon nemen, zelfs via de telefoon ging me dat niet goed af. Mevrouw Decker knikte mij goedkeurend toe.

'Mooi zo, over tot de orde van de dag. Zacharias, samen met Daniel en Abel afwassen en opruimen. Esther, jij gaat Ruth en Sarah bezighouden terwijl ik baby Jacob ga voeden, Quintin, je hebt drie uur om de badkamer af te maken.'

In de inrichting hadden we ook corveediensten en aan twee uur zou ik ruim voldoende hebben om de boel weer op orde te krijgen. Ik mengde het voegmiddel met water en roerde alles tot een dikke pasta. Ruth was ontsnapt aan de aandacht van Esther en stond om het hoekje van de deur, ze volgde nauwlettend iedere beweging.

'Moddertaartje!'

Ik grinnikte en schudde mijn hoofd.

'Nee, dat gaan we op de muur smeren, kijk, zo.'

Ik veegde de mortel in een diagonale lijn over de muur en vulde de ruimtes tussen de tegels op. Ik stond op mijn tenen in de badkuip om goed bij de hoekjes te kunnen en zorgde ervoor dat ik de douchekop niet onder smeerde. Ruth had intussen ontdekt dat alle toiletartikelen van meneer en mevrouw Decker in de gang op de grond waren gezet.

'Tandjes poetsen!'

Ik keek over mijn schouder en zag hoe Ruth haar tanden bloot lachte. Dat ze die zojuist had gepoetst met de voegmortel maakte de ellende compleet.

'Nu, QuinnQuinn!'

Ze reikte mij een van de twee tandenborstels aan, de blauwe steel was, met witte haren en al, in het voegmiddel gedoopt en werd door het kinderknuistje trots heen en weer gezwaaid.

'Gaat alles goed daar?'

De stem van mevrouw Decker galmde via de gang door de openstaande badkamerdeur.

Ik draaide de kraan open.

'Handjes en gezichtje wassen.'

Ruth keek me niet-begrijpend aan. Tenslotte had ze niet voor niets zo haar best gedaan. Ze voelde mijn spanning en sloeg haar handjes voor haar mond. Ik keek naar de emmer op de grond, zette het meisje op de tegelvloer, propte de tandenborstel in mijn broekzak en keek om me heen. Ik moest op zoek naar de beste, maar vooral snelste, oplossing voor dit probleem.

Zo vlug mogelijk greep ik de emmer met voegmiddel en sloeg met de troffel op de rand van het bad. Een grote klodder van de grijze substantie landde op het witte porselein. Met mijn voet maakte ik een veeg die over de lengte van de badkuip een grote smeerboel achterliet. Het douchegordijn had ik buiten de badkuip gehangen, de roede die het omhooghield had moeite om tussen de wanden geklemd te blijven. Kleine Ruth zat op de grond en keek me verbaasd aan. Ik schoof haar met mijn voet opzij en gaf een knipoog ten teken dat alles goed zou komen, ze lachte haar grijze tandjes bloot. Ik trapte de emmer om, gaf een ruk aan het douchegordijn en liet mij achterover in de badkuip vallen. Ruth schrok zo dat ze direct begon te huilen. Mevrouw Decker rende door de gang en probeerde vanuit de deuropening te bevatten wat ze zag. Het voegmiddel dat uit de emmer droop kwam tot de voetjes van Ruth en mijn poging om uit het bad te klauteren was niet gespeeld en oprecht lastig.

'Wat is er gebeurd?'

Ze greep Ruth vast en drukte het meisje tegen zich aan; dat stopte direct met huilen en keek verbaasd om zich heen. Ik vertelde dat ik met emmer en al was uitgegleden en dat Ruth een deel van de inhoud over zich heen had gekregen.

'QuinnQuinn gevalt?'

Mevrouw Decker keek me hoofdschuddend aan en mompelde iets over mijn onhandigheid. Ze draaide zich om en liep de badkamer uit. Vanuit de gang riep ze dat ik de rotzooi moest opruimen omdat ze later die avond in bad wilde. Ik haalde opgelucht adem en hoorde de kraan in de keuken, Ruth schreeuwde iets over tandenpoetsen.

6

Het kostte me bijna twee uur om mijn zelfgecreëerde chaos op te ruimen. Mijn periode in de inrichting had weinig opgeleverd, maar strakke tijdschema's hadden me geleerd om snel en efficiënt te werken.

Dat moest ook wel, want er viel daar veel schoon te maken. Menig patiënt had de inhoud van zijn of haar maag al eens boven de plee geleegd. Dat het braaksel niet alleen de wc-pot, maar ook de tegels en het voegwerk wist te raken, wende al snel.

Frank, een van mijn medebewoners, bracht mij op het idee om wat tandpasta onder mijn neus te smeren. Het maskeerde de zure geur. Ik moest toegeven dat het prima werkte. Opgedroogd braaksel is een taai goedje en deed me denken aan uitgeharde Brinta, maar het was niks vergeleken bij het gestolde voegmiddel dat ik alleen met heel stevig boenen had weten weg te krijgen. Het water in de emmer was inmiddels net zo grijs als Ruths tandjes en de spons leek, qua kleur, op een baksteen. Bij het uitknijpen hoorde ik de achterdeur opengaan

Het was meneer Decker die met zware stappen de keuken binnen dreunde. Ik liep met de emmer naar de gootsteen in de keuken. Meneer Decker was gaan zitten om aan tafel een tijdschrift te lezen en Ruth stond op haar tenen naast hem. Ze reikte met haar handje naar de tupperwarebak, waarbij haar tong in haar rechtermondhoek krulde en ze scheel keek van inspanning om de laatste muffin te kunnen bemachtigen. Haar vingertoppen grepen naar de rand van het deksel, waardoor de plastic bak op de tafel heen en weer wiebelde.

'Ruth, ophouden!'

Het meisje schrok zich een ongeluk en deinsde achteruit. Door de plotselinge beweging schoot het deksel los en werd de laatst overgebleven muffin door de keuken gelanceerd, om uiteindelijk tegen de koelkast uiteen te spatten.

Het viel stil, meneer Decker en ik keken naar het kleffe stuk gebak dat op de grond lag.

'Hoera!'

'Schoonmaken, het is jouw schuld.'

Ik kon op geen enkele manier bedenken hoe dit mijn schuld zou kunnen zijn. Aan de glimmende zweetdruppels op de slapen van meneer Decker te zien, was hij bloedserieus. Hij dook weer in zijn magazine. Het leek hem niet te kalmeren, want er verscheen een rode gloed op zijn wangen. Met een schuin oog loerde ik naar de inhoud en zag foto's van bloementuinen en prachtig aangelegde gazons. Voor iemand die zo van tuinieren hield was het rondom huize Decker behelpen.

Een overdekte veranda met wat potten en een gigantische oprit waren het enige wat er aan 'tuin' rondom het huis te vinden was. Veel tijd om erbij stil te staan kreeg ik niet, want mevrouw Decker schreeuwde mij vanuit de waskamer toe. 'Ik wil je zondagse kleding zien!'

Ruth zwaaide mij enthousiast uit, terwijl ze gelijktijdig de koelkast aan het aflikken was. Beneden stond mevrouw Decker over mijn koffer gebogen en ik merkte hoe vervelend ik dat vond. Haar handen graaiden door mijn kleding en ik had het liefst alles direct in de was willen gooien.

'Wat trek je in Nederland naar de kerk aan? Laat zien!'

Ik keek naar de chaos in mijn koffer en trok er een trui en spijkerbroek uit.

'Meestal dit.'

'Hier in Canada verschijnen we netjes in het huis van God, heb je geen stropdas meegenomen?'

Ik keek haar bedenkelijk aan.

'Waar zijn je nette schoenen, die ben je toch niet vergeten mag ik hopen?'

Mijn kisten waren gloednieuw en gitzwart, ik kon me niet voorstellen dat dat voor God niet netjes genoeg was, met enige trots wees ik naar de stoel waar ze netjes onder stonden.

Mevrouw Decker keek met een geïrriteerde blik op haar horloge. 'Trek je jas aan, we gaan naar het winkelcentrum.'

Mijn 'jas' was mijn skipak en ik wurmde me zo snel ik kon in het paarse gevaarte.

'Schiet op, de auto is nu nog warm.'

Ik schoot in mijn kisten en zonder de veters te strikken propte ik de paarse broekspijpen in de schoenen, stormde naar boven en trok de achterdeur open.

De wind blies recht in mijn gezicht. Ik hapte naar adem en probeerde de kou de baas te worden door de rits van het skipak zo hoog mogelijk dicht te trekken. Vanuit de keuken en de auto vlogen de bevelen mij om de oren.

'Doe die deur dicht!'

'Quintin, loop door!'

Ik liep zo snel ik kon naar de auto. Daar zou het warm zijn, de ijzige blik van mevrouw Decker zou daar niets aan afdoen. We reden de straat uit en gedurende een kwartier slingerden we door verschillende buitenwijken om uiteindelijk bij een groot parkeerterrein te eindigen.

'We zijn er.'

Ik kende maar één winkelcentrum, Het Zaailand in Leeuwarden, en dat was nou niet bepaald iets om over naar huis te schrijven. Wat ik hier zag was andere koek.

Het gebouw was enorm. Het leek wel een voetbalstadion met meerdere verdiepingen. Over de gehele gevel schreeuwden verschillende neonreclames me toe. We liepen naar binnen en ik had het gevoel alsof ik weer op een vliegveld stond. Iedereen had haast, maar er was ook van alles te doen en te bekijken. Niet dat mevrouw Decker daar tijd voor had, want ze sleepte me aan mijn arm door de mensenmassa.

'Opschieten, ik wil binnen anderhalf uur thuis zijn.'

We liepen een V&D-achtige winkel binnen waarbij de leuke kleding werd overgeslagen en er gericht werd gezocht naar een grijze bandplooibroek, een overhemd met verticale strepen en een voorgeknoopte stropdas die je aan je boord kon klikken.

'Ben je nog in de groei?'

'Dat hoop ik wel...'

Mevrouw Decker zuchtte diep en hield twee paar schoenen omhoog, beide van een kleur bruin die me deed denken aan de chocoladevla van de Aldi.

'Welke maat heb je?'

'Veertig.'

Ik had de kisten een maat groter gekocht vanwege de dikke sokken die ik erin zou dragen, dat zou voor de kerkschoenen vast niet nodig zijn.

'De kleinste maat die ze hebben is maat tweeënveertig, die nemen we.'

Ik vloekte binnensmonds.

'Zei je iets? Geen tijd voor discussies, daar zijn de pashokjes.'

Ik kleedde me om en keek in de spiegel, ik vond mezelf er belachelijk uitzien. Een hand met vlaschoenen verscheen om de hoek van het pashokje.

'Aantrekken en laten zien.'

Ik stapte het pashokje uit en kon me niet naakter voelen door de rare outfit die om mijn lijf hing. Alles was te groot en ik zag eruit alsof ik de kleding van meneer Decker had gejat.

'Nee maar, wat een verrassing! Jij moet Quintin zijn.'

Een vrouw en een grote jongen, beiden met blond haar en blauwe ogen, namen mij nieuwsgierig op. Ze leken sprekend op elkaar.

'Ik begreep van meneer Decker dat jij uitstekend Engels spreekt en verstaat, klopt dat?'

Ik was zo verbaasd dat ik alleen maar kon knikken.

'Fantastisch, ik ben mevrouw Bauer en dit is mijn zoon Michael, we noemen hem Mike.'

Ik stak mijn hand uit en stelde mezelf voor, wat een tikje overbodig was, aangezien ik al bekend bij hen was.

Zij en mevrouw Decker gingen in gesprek en ik stond in mijn zondagse outfit tegenover Mike. Hij boog naar voren en fluisterde zodat de twee volwassenen ons niet konden horen.

'Sorry, maar je ziet eruit als een idioot.'

'Ik weet het en mijn schoenen zijn ook veel te groot.'

Mike keek naar mijn schoenen en rolde met zijn ogen.

'Momentje.'

Hij gebaarde naar zijn moeder dat zij mevrouw Decker aan de praat moest houden en schoot tussen de verschillende kledingrekken door. Niet veel later kwam hij terug met precies dezelfde outfit als die ik aanhad. Hij duwde mij met kleding en al het pashokje in.

'Je bent net zo groot als mijn broertje, trek je eigen kleding aan en reken dit af bij de kassa, aan die clownsschoenen kan ik niks doen.'

Vanachter het gordijn in de paskamer hoorde ik Mike zich in het gesprek met zijn moeder en mevrouw Decker mengen. Die laatste was aan het zuchten en steunen dat het allemaal niet meeviel en dat ze enkel hun christenplicht deden. Ik wurmde me in mijn skipak, propte de kleding die te groot was onder de stoel in de paskamer en kwam met de andere outfit tevoorschijn.

Mike knikte mij toe en ik grijnsde terug.

'Kom, we gaan afrekenen.'

Mevrouw Decker trok me mee en zonder dat ik de kans kreeg om netjes gedag te zeggen stonden we ineens bij de kassa.

'Ik schiet het voor en dan betaal je het thuis terug.'

Met een plastic tas vol kleding voor een oude man liepen we terug naar de auto. In de verte zag ik Mike en zijn moeder in een grote pick-uptruck stappen.

We zwaaiden naar elkaar en ik hoopte ze snel weer te zien. De rit naar huis verliep zwijgzaam, terwijl de sneeuw in dikke vlokken viel. Bij het naderen van de oprit wees mevrouw Decker me op de vele gaten in het asfalt. 'Dat wordt het volgende klusje op de lijst.'

Een van mijn lievelingsfilms was *The Karate Kid*. Vanaf de eerste seconde werd ik gegrepen door het verhaal van Daniel die gepest, geslagen en gekleineerd werd door een groep jongens op zijn school. Hulp kwam uit onverwachte hoek, van de conciërge van het gebouw. Een Japanse man, genaamd Mr. Miyagi, nam hem onder zijn hoede en besloot om hem karate te leren. Dat hij hiervoor ongewone trainingsmethoden gebruikte maakte de film juist zo geweldig. Daniel moest op speciale manieren huis-tuin-en-keukenklusjes doen. Van terrasdekken schuren tot schuttingen schilderen, alles volgens een speciale techniek, waardoor hij, onbewust, de basis van karate onder de knie kreeg.

'Wat zit je nou voor je uit te staren, hup, de auto uit, we hebben nog genoeg te doen vandaag.'

De waslijst aan klussen die mevrouw Decker voor me bedacht had, zou me geen expert in karate maken, en de vriendelijke uitstraling van Mr. Miyagi was in geen velden of wegen te bekennen.

Bij het openen van de achterdeur werden we begroet door de vrolijke stem van Ruth die een poging deed om op de rug van haar vader te klimmen.

'Ruth, hou op met spelen alsjeblieft!'

Meneer Deckers stem donderde door de keuken terwijl hij op handen en knieën over de vloer kroop.

'Hop paardje hop!'

Mevrouw Decker keek vol verbazing naar het tafereel.

'Wat ben jij nou aan het doen?'

'Ruth liep de hele tijd naar de badkamer omdat ze wilde tandenpoetsen en nu kan ik mijn tandenborstel nergens vinden, ik denk dat ze hem verstopt heeft.'

De tandenborstel van meneer Decker brandde in mijn broekzak en ik drukte mijn rug tegen de keukendeur.

'Mag ik naar beneden om mijn kleren op te bergen?'

Ik wachtte het antwoord niet af, liep de trap af en gooide de tas met kleding op de stoel. De vers gevallen sneeuw en de ijskristallen op de ruit maakten mijn kamer donker en licht tegelijk. Ik plofte op het bed, waarbij de tandenborstel venijnig in mijn bil prikte. Ik vloekte, eerst nog binnensmonds, maar steeds harder en toen zo hard dat ik mijn gezicht in mijn kussen moest begraven om het geluid te smoren. Ik gooide de borstel uit frustratie achter het ledikant. 'Godverdomme!'

Mijn bestaan leek net zo uitzichtloos als het raam waar geen ontsnapping uit mogelijk bleek. Ik ging liggen en staarde naar de tegels van het systeemplafond. In de inrichting had ik precies hetzelfde uitzicht gehad. Ik zakte weg in een onrustige slaap, en droomde dat meneer Decker mij achtervolgde met in zijn ene hand een bijbel en in de andere hand een dwangbuis met een groot kruis erop. Hij schreeuwde de longen uit zijn lijf: 'God zal je redden, open de deur van je verdorven hart.'

Ik veerde overeind en had geen idee hoelang ik geslapen had. Er werd een aantal keer ongeduldig op de deur geklopt. Het was Esther.

'Hoorde je me niet? We moeten de tafel dekken, kom je boven?'

Het was voor het eerst sinds mijn komst dat mij op vriendelijke toon iets gevraagd werd. We stonden nog maar net in de keuken of Ruth greep mijn bovenbeen en ging op mijn voet staan.

'QuinnQuinn verdrietig?'

'Nee hoor, ik ben hartstikke blij.'

Mijn antwoord kon het meisje niet overtuigen en ze schudde driftig haar hoofd. Ik probeerde haar van mijn been af te krijgen, maar ze hield stevig vast en lachte, er zat her en der nog wat voegmiddel tussen haar tanden en ik moest erom grinniken.

'Jaaa, QuinnQuinn blij!'

'Ophouden met klieren en aan tafel.'

'Hete papa!'

Ruth had gelijk: bij de minste opwinding vormden zich zweetdruppels bij de slapen van meneer Decker.

'We gaan God danken voor deze dag.'

Het gebed was lang en gevuld met opvallend weinig 'dank' en vooral een waslijst aan hulpvragen. Variërend van een zegen voor het gezin tot gulle giften voor het onderhoud van het kerkgebouw.

Bij mij thuis werd er bedankt voor het eten en dan was het tijd om met lede ogen toe te zien hoe mijn vader de grootste gehaktbal op zijn bord geschoven kreeg. Halverwege het gebed loerde ik tussen mijn wimpers naar de rest van mijn tafelgenoten. Iedereen zat braaf met zijn ogen dicht, iedereen, behalve meneer Decker...

Met zijn ogen wijd open bad hij zijn smeekbede, terwijl hij iedereen strak in de gaten hield. Onze blikken kruisten elkaar en zonder ook maar een hapering in zijn stem zette hij zijn eenzijdige gesprek met God voort. Ik was zo in de war van deze zwijgzame confrontatie dat ik vergat om mijn ogen te sluiten.

'... in Jezus' naam, amen!'

Niemand zei iets, maar iedereen wist dat er iets mis was. Er werd niet met glazen geschoven en er verscheen geen voedsel op de borden. Meneer Decker greep mijn pols, waarbij zijn ijzige blik de mijne geen moment losliet. Ik had me in de nesten gewerkt.

'Wat is er, papa?'

Het was een van de tweeling die de stilte doorbrak, Daniel of Abel, ik kon ze nog niet van elkaar onderscheiden.

'Bemoei je er niet mee, Abel. Quintin, zeg dat het je spijt en vraag om Gods vergeving.'

Ik keek naar de vingertoppen van meneer Decker die zich bij het uitspreken van het woord 'vergeving' diep in het vlees van mijn pols boorden. Mijn ogen dwaalden af en ik keek naar de verschrikte blik van Ruth. Ze wees met haar wijsvingertje naar de hand van haar vader. Ik gaf haar een knipoog ter geruststelling. Ze glimlachte terug.

'Nou? Komt er nog wat van?'

Ik probeerde mijn pols uit de greep van meneer Decker te bevrijden, maar ik was gelijktijdig vooral bang om Ruth van streek te maken. Uit de knokkels van meneer Decker was het bloed volledig weggetrokken, dat gold niet voor zijn wangen. Die kleurden rood van ergernis, vanwege mijn koppigheid om niet te reageren. Dat deed ik wel, alleen niet zoals hij zou willen.

'Waar moet ik vergeving voor vragen?'

Je kon een speld horen vallen. Alle kinderen staarden naar hun bord en zelfs mevrouw Decker zag ik vanuit mijn ooghoek nerveus aan de plooien van haar jurk friemelen.

'Doe wat meneer Decker zegt, dan kunnen we daarna eten.'

Haar stem klonk warmer dan gebruikelijk, maar ik was niet van plan toe te geven.

'Tijdens het gebed houden we onze ogen dicht, heb jij dat begrepen!'

Ik had het gevoel dat meneer Decker mijn arm van mijn lijf probeerde te rukken, zo hard schudde hij aan mijn pols, waarbij hij mij van het krukje trok.

'Stoeien, hoera!'

Ruth bekeek het van de positieve kant en ik grijnsde haar kant op.

'Denk jij dat ik hier grapjes zit te maken? Vraag om vergeving!'

Meneer Decker was buiten zinnen, sleurde mij van tafel en drukte mij tegen de koelkast. Ik voelde me als de muffin die eerder door Ruth door de keuken gelanceerd was.

Agressie was mij niet vreemd. Meestal onderging ik het, ik wist ook niet hoe ik moest vechten. Door mijn mond te houden wist ik doorgaans uit de problemen te blijven, maar soms lukte dat gewoon niet.

'Hoe weet u dat ik mijn ogen open had?'

Het door elkaar rammelen stopte, niemand van de kinderen keek nog naar zijn of haar bord en zelfs mevrouw Decker staarde mij met open mond aan...

Het was de verkeerde opmerking, meneer Decker voelde zich voor schut gezet. Zijn rol als hoofd van het gezin werd in twijfel getrokken, maar nog belangrijker, ik had zijn kinderen laten zien dat hun vader ook fouten maakte.

Ik zag een druppel zweet over meneer Deckers neusbrug glijden. Hij liet mijn pols los, pakte de kraag van mijn overhemd, trok mij bij de koelkast vandaan en haalde met zijn linkerhand vol uit. Alles leek vertraagd, de tweeling keek gelijktijdig naar hun borden, Zacharias sloeg zijn handen voor zijn mond, Esther gilde en hield haar handen voor Ruths ogen, die, op haar beurt, geen moment wilde missen en 'tikkertje' schreeuwde. Sarah kroop onder de tafel en het gezicht van baby Jacob verdween in het decolleté van mevrouw Decker, ik hoorde enkel nog de stem van Mr. Miyagi in mijn hoofd.

'Wax on, wax off, Quintin-san.'

Ik weet niet wie verbaasder was, meneer Decker of ik, maar ik wist zijn klap op te vangen en duwde hem van me af. Ik dook onder zijn arm door en stoof naar de keukendeur.

'Verdwijn uit mijn ogen!'

Ik sprintte de trap af en rukte de slaapkamerdeur open. Boven mij hoorde ik Ruth mijn geslaagde ontsnapping met mij meevieren.

'Hoera!'

7

De nacht was onrustig geweest.

Nadat ik naar mijn kamer was gevlucht, hoorde ik meneer en mevrouw Decker nog lange tijd discussiëren. Ze leken af te wegen of er nog mogelijkheden waren om mij elders onder te brengen. Er was een bepaalde naam die steeds terugkwam, waardoor ik het idee kreeg dat er een 'plan B' was, dat voor mijn komst als optie al achter de hand was gehouden.

Om erger te voorkomen had ik de wekker gezet zodat ik me de volgende ochtend van mijn beste kant kon laten zien, tenslotte was het zondag en in huize Decker was dat zonder twijfel de belangrijkste dag van de week. Bij het opstaan was het nog donker. Mijn vlaschoenen en zondagse kleding lagen klaar op de stoel en ik loerde om het hoekje van de deur van de slaapkamer. Zacharias, de tweeling en Ruth stonden in een rij voor de douche te wachten. Ze hadden allemaal een handdoek in de handen en wiebelden ongeduldig heen en weer. Ik kwam tot de conclusie dat, met een douchebeurt van drie minuten per persoon, ik nog twaalf minuten voor mezelf zou hebben. Ik sloot de deur en besloot de rest van mijn koffer uit te pakken.

De inbouwkast was nagenoeg leeg, het enige wat ruimte innam was een stapel tuinmagazines. Het kon niet anders dan dat het meneer Decker zijn grootste wens was om ooit een grote tuin gevuld met planten en bloemen te hebben. Hoewel de wekker aangaf dat ik nog drie minuten de tijd had werd er op de deur geklopt, het was mevrouw Decker.

'Je kan gaan douchen.'

De tweeling kwam gelijktijdig uit de badkamer, die hadden dus de pech dat ze hun drie minuten douchetijd moesten delen. Hoewel ik mij soms ronduit eenzaam voelde, was ik in dit geval blij dat ik geen helft van een tweeling was. Ik liep de badkamer in, legde de handdoek over de rand van de wastafel en mijn nieuwe kleren en ondergoed op een stoel in de hoek. Ik stapte onder de douche, draaide de kraan open en trok het gordijn dicht. Het gepruts met de warme en de koude kraan deed me denken aan thuis en het duurde even voor ik de juiste temperatuur te pakken had.

In een grote fles zat een lichtblauw goedje dat, volgens het etiket, een soort alles-in-eenwasmiddel voor huid en haar bleek te zijn. Ik liet de substantie in mijn handen stromen en zeepte mezelf zo grondig mogelijk in. De resterende tijd hield ik mijn hoofd in mijn nek en liet de douche zijn werk doen. Het water en de zeep vermengden zich en door het sop raakten mijn oren verstopt, het gaf me het gevoel alsof ik onder water zwom en onzichtbaar was voor de wereld. Ik genoot van de stilte en sloot mijn ogen. Ongeduldig geklop op de badkamerdeur gaf aan dat mijn tijd erop zat en ik greep zonder te kijken naar de handdoek. Eerst dacht ik nog dat hij van de wastafel was gegleden, maar ik had het mis. Hij werd vastgehouden door de behaarde handen van meneer Decker. Het douchegordijn drukte ik instinctief tegen mijn bovenlijf. De ogen van meneer Decker leken door het plastic heen te branden. Een zweetdruppel gleed via zijn slaap naar zijn mondhoek; als bij een hagedis schoot het puntje van zijn tong naar voren en likte hem weg. Net als tijdens het gebed, de avond daarvoor, verloor hij mij geen seconde uit het oog.

'Pak maar, je moet je tenslotte afdrogen.'

Zijn stem klonk weliswaar vriendelijk, toch balde ik mijn vuisten. Mocht meneer Decker nog één stap dichterbij komen dan stond hem een nare verrassing te wachten. Dat deed hij niet. Hij stond, met zijn armen uitgestrekt, naar me te staren. Ik reikte met mijn ene hand naar de handdoek, terwijl ik met de andere het douchegordijn voor mijn lijf hield. Ik griste de handdoek uit zijn handen. Hij stapte de badkamer uit en zei dat ik vijf minuten had om me aan te kleden. Zodra ik zijn voetstappen op de trap hoorde probeerde ik de deur op slot te draaien. Tevergeefs, het mechanisme draaide door en had geen functie.

Ik droogde mij zo snel mogelijk af maar vergat mijn onderlijf en benen. Ik merkte het pas toen ik mijn onderbroek aantrok en de stof tegen mijn billen voelde plakken. Het kon me niet schelen en ik trok haastig de rest van mijn zondagse kleding aan. Op blote voeten liep ik naar de slaapkamer, sloot de deur en draaide hem in het slot, hier kon dat gelukkig wel. Uit mijn kast haalde ik een dik paar wollen sokken, daaroverheen trok ik nog een net zwart paar aan. Ik waggelde naar de trap en voelde mijn voeten in en uit het schoeisel schieten.

Ik slofte de trap op en opende de deur van de keuken. Iedereen zat aan tafel op mij te wachten.

'Rare QuinnQuinn!'

Ruth had gelijk, ik zag eruit als een oude man gevangen in het lichaam van een zestienjarige.

'Ga zitten, je ziet er keurig uit, jammer van dat lange haar, dat moet je zo nog even kammen.'

Ik knikte mevrouw Decker toe. De maaltijd verliep in stilte

en ik ontweek iedere mogelijke vorm van interactie, zelfs Ruth negeerde ik.

'Oké jongens, jassen aan en klaarmaken voor vertrek. Quintin, jij krijgt een oude jas van meneer Decker. We gaan natuurlijk niet je skipak over je zondagse kleding aantrekken.'

Het was de eerste keer dat we met zijn allen in de lijkwagen zouden zitten. De tweeling, Zacharias en Ruth zaten achterin op de kleine bankjes. Esther, baby Jacob en ik zaten op de achterbank. Ruth legde haar handje op mijn schouder. De grote jas van meneer Decker rook muf en was, net als de schoenen, veel te groot.

'We zijn er!'

De blijdschap in Esthers stem, hoewel oprecht, voelde voor mij onnatuurlijk aan. Ik kon me niet herinneren dat ik ooit blij was geweest om het parkeerterrein van de kerk op te rijden. Mevrouw Decker draaide zich naar mij toe en keek mij streng aan. 'Ik verwacht dat je je beste beentje voorzet en aan de gemeente laat zien dat we geen vergissing hebben begaan door je in huis te halen.'

Iedereen stapte uit en in een lange sliert liepen we het kerkgebouw binnen. Bij de deur stond de dominee iedereen hartelijk welkom te heten. Hij schudde mijn hand stevig en knikte mij vriendelijk toe.

'Veel over je gehoord, jongen. God heeft je al op jonge leeftijd getest, waarschijnlijk omdat je een van Zijn sterkste kinderen bent.'

Ik had geen idee waar de dominee op doelde. Het idee dat God, voor Zijn eigen amusement, mijn leven als hindernisbaan had uitgestippeld, vond ik een onprettige gedachte. Meneer Decker gaf mij een duwtje, ik moest doorlopen. De kou had overduidelijk geen invloed op het aantal bezoekers, want de kerk zat stampvol. Op de een of andere manier leken de mensen oprecht blij te zijn dat ze hier hun vrije zondag door konden brengen. De sfeer voelde compleet anders dan tijdens de kerkdiensten in Nederland, opgewekter en minder grauw. Dat gold overigens niet voor de familie Decker, die het allemaal vreselijk serieus nam. Misschien was dat ook wel de reden dat we op de eerste rij zaten.

Gedurende mijn tijd op de mavo hadden we een jongetje in de klas dat daar niet hoorde, hij was simpelweg veel te slim. Dat weerhield hem er niet van om zo dicht mogelijk bij de leraar te zitten en bij het uitdelen van de cijfers altijd te willen vergelijken met de rest van de klas.

'Ik heb een 9,8, wat heb jij?'

Wanneer ik dan mijn 5,4 onder zijn neus schoof, schudde hij meewarig zijn hoofd en liep vervolgens lachend naar zijn volgende slachtoffer.

De familie Decker was dat jongetje, behalve Ruth, want die zat overal, behalve op haar stoel.

'Tentje!'

Ze schreeuwde het uit van plezier terwijl ze onder de stoel kroop. Kerkgangers gniffelden en probeerden niks van het schouwspel op de eerste rij te missen. Ondertussen probeerde een zwetende meneer Decker haar onder de zitting vandaan te peuteren. In zijn ongeduld zette hij daarbij zijn voet op haar handje. Haar gebrul galmde door het hele gebouw.

'Wat ben je toch een lastig kind, zitten jij!'

Mevrouw Decker nam het over, trok het kleine meisje ruw aan haar arm en gooide Ruth nog net niet op de stoel naast mij. Ik had medelijden met haar, maar was ook blij dat de focus even niet op mij lag.

Gedurende de rest van de kerkdienst weigerde Ruth mee te zingen en mopperde ze af en toe iets over de stomme voet van haar vader. Ondertussen deed ik alsof ik naar de dominee luisterde. Dat ging prima tot het moment dat er gezongen moest worden. De melodieën en teksten van de liederen waren allemaal nieuw voor mij. Tijdens het gezang trok ik dus een zo vroom mogelijk gezicht, maar hield mijn kaken stijf op elkaar. Dit tot ongenoegen van meneer Decker die driftig met zijn bijbel schudde omdat hij vond dat ik God mijn zangstem moest laten horen.

Hij leunde over Ruth heen en vroeg mij tijdens de collecte waarom ik niet zong. Ik realiseerde me dat hij zich in het huis van God moest inhouden, en gesteund door Ruths handje op mijn wang boog ik naar hem toe. Ik fluisterde zo hard als ik kon: 'Ik ken dit liedje niet, dat is wel een voorwaarde om mee te kunnen zingen!'

'QuinnQuinn boos.'

Ruth leek weinig onder de indruk en probeerde haar wijsvinger in mijn oor te duwen.

Meneer Decker kreeg bijna een hartaanval van woede, zijn ogen rolden weg, waardoor ik de rode adertjes in zijn oogwit zag.

'In Gods huis zingen we geen "liedjes" maar gezangen of psalmen om Hem te eren!'

In de rijen achter ons werd het onrustig, want hoewel onze ruzie op fluistertoon werd gevoerd, was die toch hoorbaar, en omdat meneer Decker consequent in het Engels bleef praten, was het ook voor de mensen achter ons verstaanbaar. Het was de dominee die redding bracht door iedereen te danken voor zijn gulle gift en de dienst voort te zetten, hij gaf mij vervolgens een bijna onzichtbaar knikje, alsof hij wilde zeggen: ik zie jou.

Hij was niet de enige. De rijen met stoelen waren verdeeld in drie grote groepen, die in een halve cirkel rondom de preekstoel stonden. In het rechtervak zag ik Mike zitten, hij keek niet op of om. De man die twee rijen voor hem zat deed dat wel. We keken elkaar voor mijn gevoel minutenlang aan. Hij leek op mijn opa.

Hij had hetzelfde kapsel, kaal met een beetje haar aan de zijkant, een kin als grijs schuurpapier vanwege de stoppels, en borstelige wenkbrauwen. Zelfs in zijn onderzoekende oogopslag leek hij wel een beetje op hem. Ik bleef staren en had het gevoel alsof mijn opa slechts enkele rijen bij mij vandaan zat.

'Zo jonkje, tijd om te vissen, ga je mee?'

Ik knikte enthousiast en klepperde met mijn klompen op de klinkers voor zijn huis. In mijn ene hand had ik een emmer met dikke pieren en met de andere hield ik mijn opa's hand vast. Hij had twee hengels meegenomen, een grote en een kleine. Over zijn schouder droeg hij een groene canvas tas, met daarin een thermosfles koffie en twee stukken ontbijtkoek met roomboter.

'Dat is onze beloning als we genoeg vis voor het middageten hebben gevangen.'

Mijn opa at op zaterdag vaak een visje, dat hij bakte in een koekenpan met het vet van de avond daarvoor. Om eerlijk te zijn vond ik dat er smerig uitzien; eerst leek de gestolde jus nog op kaarsvet, om vervolgens donkerbruin te kleuren en enorm te roken.

Het was een van die typische gewoontes die mijn opa en oma uniek maakten. Zo kregen we na het avondeten ook altijd blanke vla in hetzelfde bord als waaruit we even daarvoor boerenkool met worst hadden gegeten. Het was dan ook zaak om je bord grondig schoon te lepelen, want omspoelen was er niet bij en met een beetje pech zat er een stuk stamppot in je vla.

Het weerhield me er als kind niet van om zo veel mogelijk tijd met hen door te brengen. Hoewel mijn opa en oma nog geen vijfhonderd meter bij mijn ouderlijk huis vandaan woonden, logeerde ik er regelmatig. Deze ochtend was ik wakker geworden in het bed dat voelde als dat van mij. Ik hoorde gestommel in de keuken en de fluitketel gaf aan dat het de hoogste tijd was om van het vuur gehaald te worden. Toen ik mijn hoofd om de hoek van de deur stak, schonk mijn opa net het water in kleine cirkelende bewegingen over de gemalen Douwe Egberts-koffiebonen. Die lagen in het grijsbruine filter te wachten tot ze de ochtend van een geurexplosie mochten voorzien. Een blauwgeblokt tafellaken bedekte voor de helft de eettafel.

'Beppe is al naar de winkel voor de boodschappen, wil je kaas of aardbeien op je boterham?'

Zonder dat hij mij zag wist mijn opa dat ik in de deuropening stond. Zijn brede rug legde mij de ontbijtkeuze voor.

'Aardbeien, pake.'

De aardbeien kwamen uit de moestuin en waren zo groot dat je met twee stuks al een hele boterham kon beleggen. Mijn opa deed er altijd drie op, 'voor de lekker' zei hij dan. Hoewel mijn opa en oma meer dan dertig kleinkinderen hadden, was ik hun lieveling, althans, dat denk ik. Feit was dat mijn opa met mij de meeste tijd doorbracht.

'Pak jij zo je schep en emmer? Dan mag je in de tuin pieren uit de grond halen, zodat we aas hebben. Pake wil vanmiddag paling op brood.'

Ik wist niet hoe snel ik van tafel moest om de opdracht uit te voeren. Ik was nog nooit mee wezen vissen en als zesjarige vond ik dat nu wel de hoogste tijd.

Het vinden van de wormen was geen probleem, en ik liet een laagje aarde in de emmer achter zodat ze nog wat te doen hadden voordat ze kopje-onder gingen. De wandeling duurde maar even en tegen iedereen die we onderweg tegenkwamen vertelde ik dat we gingen vissen. De buurtbewoners lachten, wensten me een goede vangst en ik tikte tegen de klep van mijn pet, zoals ik dat mijn opa ook altijd zag doen.

'Nu doe je precies wat pake zegt en dan denk ik dat we snel beet zullen hebben. Het is vooral belangrijk dat je heel stil bent, zwijgzame vissers zijn succesvolle vissers.'

Ik zag hem een dikke worm uit de emmer halen en aan het haakje spietsen, hij knikte mij toe zijn voorbeeld te volgen en niet veel later zaten we zwijgend naar onze dobbers te turen. Het zou een ochtend van 'eerste keren' worden. Ik ving mijn eerste vis ooit en terwijl mijn opa het dier met zijn klomp uit zijn lijden verloste, dronk ik koffie, zonder suiker en melk, uit de dop van de thermosfles, ook voor het eerst. Lekker vond ik het niet, maar de blik van mijn opa maakte het bittere zoet.

Hijzelf ving ook een paling en tegen het middaguur lagen onze beide vissen in de pan nog wat tegen te sputteren.

In het gebed voor het eten noemde hij mijn naam en dankte hij God dat ik zo'n fijne kleinzoon was. Zijn 'amen' voelde als een omhelzing en ik glom van trots.

'Hou op met staren, zie je niet dat dat niet op prijs wordt gesteld?'

Het 'schreeuw-fluisteren' van meneer Decker trok mij met een woeste ruk uit mijn herinnering en ik zat ineens weer op een kerkstoel in Canada. Hij had gelijk, de man die mij zo aan mijn pake deed denken keek met priemende ogen mijn kant op en wees een paar keer naar de dominee, ten teken dat ik mijn aandacht moest verleggen. Het luide 'amen', dat niet lang daarna volgde, leek in de verste verte niet op een knuffel en was eerder het startschot om het kerkgebouw zo snel mogelijk te verlaten. Dat kon ongezien, omdat alle kerkbezoekers uitvoerig met elkaar in gesprek gingen en zich verdrongen bij de koffietafel die in de hal stond. Ikzelf stond in een hoek bij de kapstokken.

Ruth zat onder de koffietafel enthousiast naar me te zwaaien. Ik glimlachte en zwaaide terug door mijn wijsvinger snel op en neer te buigen. De dubbelganger van mijn opa was in gesprek met meneer Decker en aan de gezichtsuitdrukkingen te zien ging het er serieus aan toe.

'Los van de idiote schoenen zie je er keurig uit.'

De stem van Mike klonk vrolijker dan zijn gezichtsuitdrukking liet zien. Ik staarde naar de punten van mijn vlaschoenen.

'Als ze jou passen mag jij ze wel hebben!'

'Nee, dank je, ik heb smaak.'

Daar moest ik hem gelijk in geven, hij zag eruit om door een ringetje te halen. Hij droeg een donkerblauw pak en zijn stropdas klikte je niet vast aan je boord, maar moest je echt knopen. Zijn schoenen waren zwart, gemaakt van echt leer, met kleine gaatjes in de neuzen.

'Kon je de preek volgen?'

Ik knikte, voor zover ik naar de dominee geluisterd had was 'kerkdienst-Engels' gelukkig ook geen probleem.

'Alleen het zingen van de psalmen en de... hoe noemen jullie dat ook alweer, bij ons heten het "gezangen", ging niet zo lekker, meneer Decker werd boos.'

'"Hymnes", en Decker is altijd boos, ik had les van hem en hij schoot bij het minste of geringste uit zijn slof.'

Ik was blij te horen dat ook anderen erin slaagden zijn humeur ver onder het nulpunt te krijgen.

'Kom jij bij ons op school?'

'Volgens mij is dat wel de bedoeling, ik heb hem er nog niet over gehoord.'

Mike knikte bedachtzaam, opende zijn mond om iets te zeggen, maar werd onderbroken door het snerpende stemgeluid van mevrouw Decker.

'Quintin, naar de auto, we moeten het middageten voorbereiden.'

Zonder mijn reactie af te wachten liep ze weg, Ruth achter zich aanslepend die ik nog net 'hoera' hoorde roepen.

'Sorry man, ik moet gaan...'

Mike stak zijn hand uit en schudde de mijne, waarbij ik het gevoel had alsof hij mij testte, door net iets harder te knijpen dan nodig was. Ook al voelde mijn hand nog beurs door de eerdere ervaring met meneer Decker, ik gaf geen krimp en kneep zo hard mogelijk terug. Vanaf de parkeerplaats hoorde ik mijn naam alweer.

'Ik begrijp ineens waarom mensen Nederlanders een schreeuwerig volkje vinden.'

Mike vertelde mij dat de ouders van meneer Decker Duitsers waren en in de jaren zestig naar Nederland waren geëmigreerd.

'Nou, dat verklaart dan waarom alles als een bevel klinkt.'

Een claxon schalde over het parkeerterrein, ik sloeg bij wijze van grap mijn hakken tegen elkaar en zwaaide nog eenmaal naar Mike.

'Zie ik je morgen op school?'

Hij knikte en tikte tegen de zijkant van zijn hoofd. Het deed me denken aan een saluerende soldaat. De auto stond al met ronkende motor bij de uitgang. Ik stapte zwijgend in.

8

De rest van de zondag verliep zoals God en meneer Decker het hadden bedoeld. De stilte in huis schreeuwde om een tegengeluid. Ik had mijn hoop op Ruth gevestigd, maar ook zij hield haar kaken voor het grootste gedeelte van de dag stijf op elkaar. Er werd gelezen, gegeten, gebeden en gezongen.

In de hoek van de woonkamer stond een klein harmonium. Ik had er nog nooit van gehoord, het bleek een kruising tussen een accordeon en een orgel. Het geluid dat eruit voortkwam klonk als een verkouden doedelzak en ik vond het verschrikkelijk.

Dat meneer Decker amuzikaal was hielp ook niet mee. Om de zoveel akkoorden zat hij er faliekant naast en begon dan opnieuw. Net als op de basisschool in Nederland moest er ook hier op maandagochtend voor de klas gezongen worden en dus ploeterde hij voort.

Zacharias en Esther demonstreerden hun zangkunst, waarbij de rest van de familie aandachtig zat te luisteren.

Behalve Ruth, die naast de bank op de grond zat, met haar handen over haar oren. Steeds wanneer meneer Decker de mist in ging legde ze de vinger op de zere plek.

'Hete papa!'

De zweetdruppels door de stress vloeiden almaar talrijker langs zijn slapen. Hoe meer fouten hij maakte, des te harder ging hij spelen. Ik was jaloers op de ongeremdheid waarmee Ruth haar ongenoegen kenbaar maakte door een kinderliedje dwars door het harmoniumgeweld heen te zingen.

De tweede kerkdienst van die zondag kwam als geroepen. Ik had me erop verheugd om Mike weer te spreken, maar na de preek was hij nergens te bekennen.

De rest van de dag was een herhaling van zetten en ik stond schaakmat door eigen toedoen.

De opname in de inrichting, de verziekte verstandhouding met mijn familie, alle beslissingen die ik had genomen na de gebeurtenis op de verlaten parkeerplaats, hadden geleid tot dit moment.

'Mag ik mijn beppe bellen?'

Ik had me na de ochtenddienst op de vlakte gehouden, zo goed mogelijk geprobeerd mee te zingen bij de tweede dienst en mezelf gevoegd naar de regels van God en de familie Decker.

Het was tegen middernacht in Nederland, mijn oma kwam tegen die tijd pas tot leven en zat dan rechtovereind in bed. Op haar zelfgehaakte sprei lagen kruiswoordpuzzels uit de *Mikro Gids* en meerdere schoolboeken, omdat ze op hoge leeftijd had besloten dat ze het vwo nog best kon doorlopen.

Nadat ik mevrouw Decker had weten te overtuigen van de nachtelijke rituelen van oma, mocht ik tien minuten bellen. De telefoon ging drie keer over.

'Dag jonkje, daar ben je dan.'

Ik had het gevoel alsof mijn keel werd dichtgeknepen en mijn stem klonk als het harmonium dat door meneer Decker bespeeld werd en sloeg om de paar woorden over.

'Beppe, mag ik thuiskomen?'

Ze was liefdevol, maar resoluut. 'Nee, jij gaat volhouden.'

Ik schudde mijn hoofd, me niet realiserend dat ze dat niet kon zien.

'Quintin? Ben je er nog?'

'Ja, beppe, ik ben hier nog.'

'Mooi zo, voorlopig blijf je daar, niet omdat ik je niet thuis wil hebben, maar omdat je op eigen benen moet leren staan. Dat kan jij, ik weet het zeker.'

We spraken nog een paar minuten, waarna ik haastig afrondde omdat mevrouw Decker vanuit de deuropening naar de klok wees.

'Ik moet gaan, beppe, ik schrijf u snel, oké?'

'Fijn, jonkje. Je trui is af, die stuur ik morgen op.'

Ik bedankte haar en hing op.

'Je hebt dertien minuten gebeld, samen met het telefoongesprek naar je ouders zit je nu op drieëntwintig minuten in twee dagen tijd. Dit moet geen gewoonte worden. Het kan natuurlijk niet zo zijn dat onze christenplicht geld gaat kosten, dat snap je zelf ook wel.'

Ze draaide zich om en liep zonder verder nog wat te zeggen terug naar de woonkamer. Ik overwoog haar nog te vragen of ik naar mijn slaapkamer mocht, maar ging ervan uit dat ze het wel fijn zouden vinden om alleen met het gezin te zijn.

Op de keukentafel lag een tekenschriftje van Ruth met daarnaast een pakje stiften. Ik bladerde door de kunstwerkjes en zag vooral veel tekeningen van stokpoppetjes. Ik vermoedde dat ze wat hulp had gekregen, maar moest bekennen dat ik op zestienjarige leeftijd niet veel beter kon tekenen. Ik scheurde een vel uit het schrift en nam het mee naar mijn kamer. Beneden werd ik begroet door een verse lading klam wasgoed, de kamer was zó koud geworden dat er ijsbloemen op het raam stonden. Ik draaide de verwarming zo hoog mogelijk, pakte een pen uit mijn tas en een van de tuinmagazines uit de kast, zodat ik een stevige ondergrond had om op te schrijven. Het zou de eerste van vele brieven worden.

Ik schreef over de vliegreis en over mijn ontmoetingen met Melanie, Dennis en de Cowboy. Over mijn ervaringen met meneer en mevrouw Decker loog ik. Het had geen zin om de waarheid te schrijven, daarmee zou ik alleen maar onrust veroorzaken. Sommige leugens verdienden het om geloofd te worden. Bovendien had mijn oma veel geld betaald voor mijn kans op een nieuw leven, het was nu aan mij om daar wat van te maken.

Een zacht klopje maakte een eind aan het gelieg op papier, het was Ruth die haar hoofd om de hoek van de deur stak.

'QuinnQuinn?'

'Zeg het eens, kabouter.'

Ze stapte over de drempel en keek mij boos aan, wees met haar ene hand naar het gestolen briefpapier en met haar andere wapperde ze met het schriftje.

'QuinnQuinn stout!'

Ze had gelijk, ik had het moeten vragen en ik bood mijn verontschuldigingen aan. Ruth had geen boodschap aan mijn excuses.

'Tekenen.'

Het Decker-trekje, dat elke vraag als een bevel deed klinken, zat er al vroeg in. Ze schoof het schriftje op het tuinmagazine.

'Wat wil je dat ik teken?'

'Poppetjes.'

Ik tekende voor elk lid van de familie een stokpoppetje.

Meneer Decker voorzag ik van zweetdruppels, wat op instemmend geknik kon rekenen. Mevrouw Decker kreeg een jurk, met daarop een melkvlek van baby Jacob. Voor de kinderen wist ik niets te verzinnen, alleen het stokpoppetje van Ruth gaf ik een grote ballon.

'Hoera!'

'Ben je nu niet meer boos?'

Ze schudde haar hoofd, maar keek toch met kritische blik naar de tekening. Ze draaide mijn kunstwerk om en tikte met haar vingertje op het papier.

'Geen QuinnQuinn?'

'Andere keer, oké?'

Ik kon mij enkel voorstellen hoe meneer Decker zou kijken bij deze onverwachte gezinsuitbreiding op papier. Ik vermoedde dat er een exorcist gebeld zou moeten worden om de waanzin uit zijn oogopslag te verdrijven. Ik grinnikte bij de gedachte en een groter plezier kon ik Ruth niet doen. Ze tikte met haar vinger op mijn neus en lachte mee. 'QuinnQuinn blij!'

En toen onderbrak Esther het geluksmoment in zakformaat door te roepen dat we moesten eten.

'Ga je mee?'

'Hop paardje hop?'

Ik knikte en zakte door mijn knieën zodat Ruth op mijn rug kon klimmen. Ze hield zich vast aan mijn schouders en zo klauterden we de trap op. Voor de keukendeur zette ik haar op de grond.

'Geef de tekening maar aan je moeder.'

Ze knikte en we liepen naar binnen.

'Mama schilderij!'

'Niet nu! Je ziet toch dat ik een hete pan in mijn handen heb, ga zitten.'

De geur van champignonsoep kringelde over de tafel, en we trokken beiden een vies gezicht.

'Ophouden met gekke bekken trekken, we gaan God danken.'

Meneer Decker dreunde het gebed over tafel. Ik tuurde tussen mijn wimpers door of hij weer met zijn ogen open aan het bidden was, dat was niet het geval. Ik volgde zijn voorbeeld en sloot die van mij.

'... in Uw genade ontvangen we deze heerlijke maaltijd, amen.'

Ruth probeerde met haar handen haar bord af te schermen voor de naderende soeplepel, ik hoefde dat niet te doen. Op dat van mij was, tijdens het gebed, een tekening geschoven met negen stokpoppetjes, waarvan er één een ballon vasthield.

9

De avond viel met de stilte van de sneeuw.

Na het eten was ik direct naar mijn kamer vertrokken.

Ik schreef naar mijn familie, luisterde muziek op mijn walkman en keek naar het uitzichtloze raam, bedekt door het vers gevallen wit. Ik dacht terug aan het gesprek met mijn oma, waarin ik haar vertelde dat ik opnieuw wilde beginnen. Het zou een manier zijn om me van mijn beste kant te laten zien, maar wat als ik 'het beste' van mijzelf had achtergelaten op het verlaten parkeerterrein? Dat het simpelweg was afgenomen door een man die mij, bloedend als een aangereden dier, had achtergelaten.

Het aantal mensen dat zich had afgevraagd wat er van mij terecht moest komen, was vele malen groter dan degenen die onvoorwaardelijk achter mij stonden en van wie ik wist dat ze me op zouden vangen.

Van God hoefde ik ook geen wonderen te verwachten.

In gedachten stond ik in mijn Scapinopak onderaan een berg. De top was grijs en stak grillig af tegen het wolkendek. Ik balde mijn vuisten, keek omhoog naar de hemel en schreeuwde zo hard als ik kon.

‘Godverdomme klootzak! Ik ben niet bang voor je!’

Er gebeurde niks, God schold niet terug, de hemel barstte niet open en er was nergens een teken van Zijn leven te vinden, er was alleen maar stilte.

‘Dat dacht ik al, je bestaat niet… Lul!’

Terwijl ik Hem de rug toekeerde voelde ik het sneeuwdek onder mijn legerkisten in beweging komen. Als een witte golf van rampspoed schoof het aardoppervlak onder mij vandaan en gleed ik mijn dood tegemoet.

Als kind was ik ooit bijna verdronken en dat had iets vredigs gehad. Ik gaf me over aan de waterplantjes op de bodem van de vijver van mijn opa. Ze omhelsden mijn kleuterlaarsjes en lieten mij op hun manier weten dat sterven niet het ergste was wat je kon overkomen.

De lawine die over mij heen raasde was minder zachtaardig. Als een acrobaat zonder vangnet sloeg ik talloze keren over de kop, van de overgave die ik in de vijver had gevoeld was hier geen sprake. Ik hapte naar adem en probeerde mij door de sneeuw een weg naar het daglicht te klauwen. De wereld was pikkedonker en ondanks de kou had ik het benauwd en voelde ik het klamme zweet over mijn rug en voorhoofd glijden. Met een laatste krachtsinspanning schreeuwde ik mij omhoog uit het duister.

‘Quintin, hou op met die herrie en maak je klaar voor de dag!’

Het was mevrouw Decker, geïrriteerd dat de maandagochtend op deze manier moest beginnen. Gedesoriënteerd sloeg ik de dekens van mijn lijf, die even daarvoor nog als een sneeuwdek mijn lichaam bedekten.

Het was maandag en ik zou naar school mogen. Ik schoot uit mijn bed en stond twijfelend voor de kast. De wind gierde om het huis en zou dwars door mijn kleding heen blazen. Om als 'toerist van het jaar' in mijn skipak op school te verschijnen leek me ook geen goed idee.

Ik ging voor verschillende laagjes, waarbij een T-shirt met lange mouwen gevolgd werd door een met korte mouwen. Het overhemd dat daarna kwam zat daardoor al behoorlijk strak, maar voor de zekerheid trok ik er nog een fleecetrui overheen. De trui was nieuw toen ik in de inrichting kwam, maar inmiddels al behoorlijk verwassen. De pluisjes die op de stof zaten waren er met geen mogelijkheid af te krijgen.

Al met al wist ik niet of dit een verbetering was ten opzichte van het skipak. Boven de wastafel concludeerde ik dat mijn vermoeide gezicht eruitzag alsof ik meer dood dan levend onder een berg sneeuw vandaan was getrokken.

Ik kamde mijn haren met een Nijntjeborstel. Te zien aan de gekrulde haren tussen de uitsteeksels, had ik Ruth haar borsteltje te pakken en ik moest glimlachen bij het idee dat ze boos zou zijn omdat ik zonder toestemming weer iets had gepakt. Bij het naar boven lopen pepte ik mijzelf op, toverde een glimlach tevoorschijn en opende de deur.

'Goedemorgen allemaal.'

'Hoera.'

Zoals te verwachten was Ruth de enige die antwoordde en kreeg ik van de rest van de familie een kort knikje. Ik had niet het idee dat de andere kinderen mij niet mochten, maar dat ze vooral niet in de problemen wilden komen.

'Hoe laat vertrekken we naar school, meneer Decker?'

'Ik heb er nog eens over nagedacht en ik denk dat de school op dit moment niet de juiste plek voor je is, dus je blijft hier om mevrouw Decker te ondersteunen.'

Ik opende mijn mond om te protesteren, maar hij ging onverstoorbaar door.

'Voor deze week hebben we een lijst gemaakt met klussen in en om het huis. Vanaf volgende week ga je van maandag tot en met donderdag bij een boer aan het werk.'

'Aan het werk bij een boer? Dat was toch helemaal niet afgesproken? Wie is dat dan?'

Ik had zoveel vragen, maar de antwoorden bleven uit en ik moest het doen met de informatie dat ik mijn nieuwe werkgever de zondag daarop in de kerk zou ontmoeten. Meneer Decker koos ervoor om de rest van het ontbijt niks te zeggen. Na het dankgebed maakten de oudere kinderen zich klaar voor school en kreeg ik van mevrouw Decker een papier in handen gedrukt. Het was de klussenlijst en die loog er niet om.

Ik zou in die week leren dat het schilderen van een deur, vanwege de vele druipers die keer op keer je verfwerk in de vernieling hielpen, een lastig karwei is. Mijn handen zou ik stuk schuren op de veranda. Door de vele sneeuwbuien kon ik de gaten in de oprit niet repareren, daarvoor in de plaats ruimde ik de garage op en maakte ik een langwerpig driehoekig konijnenhok. Niet dat er in velden of wegen een konijn te bekennen was, maar de lijst was heilig en elke taak moest afgevinkt worden. Ruth hielp door de krammen aan te geven waarmee ik het gaas tegen het houten raamwerk bevestigde. Ze vroeg zich hardop af waar het konijn nou was.

'Sorry kaboutertje, we hebben alleen een hok.'

'Goochelkonijn?'

Ik knikte en 'toverde' met mijn handen iets weg.

'Abracadabra hocus pocus pilatus pas...'

Ik kreeg een staande ovatie voor mijn verdwijntruc met het onzichtbare konijn.

Ik moet toegeven dat de week voorbijvloog en de Deckers waren tevreden met mijn werk. Niet dat ik overladen werd met complimenten, maar er werd ook niet gesnauwd en af en toe klonk er zelfs een voorzichtig vraagteken achter een van de vele orders. Ik piekerde mij suf waar ik de week erna terecht zou komen, een duidelijk antwoord kreeg ik niet.

'Het zal je goeddoen, we hebben het beste met je voor.'

Het was zaterdagmiddag toen de telefoon ging. Meneer Decker was net terug van zijn tripje naar het winkelcentrum en zat aan de keukentafel in zijn tuinmagazine te bladeren. Ik legde met Ruth en de tweeling een puzzel. Volgens het plaatje op de doos zouden we Jezus, die brood en vissen uitdeelde, in stripvorm tevoorschijn moeten toveren. Ruth had al snel het hoofd van onze lieve Heer ontdekt en had besloten dat dat perfect zou passen op een van de puzzelstukken waarop een brood afgebeeld stond. Zichtbaar onder de indruk van haar eigen creativiteit liet ze mij haar miniatuurkunstwerk zien.

'Broodje Jezus!'

Ze zei het op het moment dat ik net een slok thee nam. Ik verslikte me van het lachen en via mijn neusgaten kwam de warme drank net zo hard weer naar buiten en belandde over Ruths handje en de twee puzzelstukken.

'Natte Jezus.'

Ik gebaarde haar, met betraande ogen, dat ze stil moest zijn. Ondertussen hield ik meneer Decker nauwlettend in de gaten, maar die staarde wezenloos naar een artikel over gemberwortels. Het gerinkel van de telefoon haalde hem uit zijn dagdroom.

'Huize Decker, goedemiddag.'

Het was enkele seconden stil, waarbij hij mij strak aankeek.

'Ja, ogenblikje.'

Hij reikte mij de telefoon aan.

'Het is voor jou, hou het kort.'

Ik verwachtte geen telefoon en dacht direct dat er thuis iets mis was.

'Ja, hallo?!'

'Nou, vriendelijk is anders, je spreekt met Mike, zin om wat leuks te doen?'

Ik wilde niets liever en vroeg meneer Decker, terwijl ik Mike nog aan de telefoon had, in de hoop dat hij dan minder snel 'nee' zou kunnen zeggen, of het mocht.

'Ja, maar geen rottigheid uithalen en ik wil je tegen etenstijd thuis hebben.'

Mike had het goede nieuws al gehoord en liet mij weten er binnen tien minuten te zijn.

'... o, en kom alsjeblieft niet in dat clownspak naar buiten.'

Ik stelde hem gerust en zei dat hij zich niet voor me hoefde te schamen.

'Mooi zo, ik toeter als ik voor de deur sta.'

'Doe maar een paar keer, ik slaap in de kelder en misschien ben ik daar net en hoor ik je niet.'

Bij het ophangen zat Ruth met gebogen hoofd aan tafel.

'QuinnQuinn weg?'

Ze keek me beteuterd aan, terwijl ze driftig met haar puzzelstukken zwaaide om aan te geven dat we nog niet uitgespeeld waren.

'Ja, maar niet voor lang en dan maken we de puzzel af, oké? Jij mag dan zelf bepalen waar je alle stukken neerlegt.'

Mijn belofte kon rekenen op goedkeurend geknik, ik stormde naar mijn kamer en trok mijn schoenen aan. De claxon was vervangen door drie zachte klopjes op mijn raam. Die overstemden, in al hun bescheidenheid, het geschreeuw van boven. De neus van Mikes schoen was bedekt met een laagje vers gevallen sneeuw en ik tikte met mijn vingers terug. De jas van meneer

Decker was inmiddels mijn permanente vervanging voor het skipak geworden. Ik propte wat geld in de binnenzak en liep naar boven.

'Ik ben op tijd terug!'

Ik sloeg de deur achter mij dicht, voor die in het slot viel hoorde ik Ruth nog 'hoera' roepen.

De ruimte in het profiel van mijn kisten vulde zich met sneeuw en ik glibberde recht in de armen van Mike die om de hoek van het huis op mij stond te wachten.

'Ik vind je aardig, maar je moet niet overdrijven.'

Hij zette mij met beide benen weer op vaste grond en concludeerde dat ik met die schoenen een vroegtijdige dood zou sterven door een gebroken nek. Vervolgens bekeek hij mij van top tot teen.

'Ik geef toe, je lijkt niet op een clown, maar of dit nou een verbetering is...'

In het raam van de buren zag ik mijzelf in de jas van meneer Decker staan. Aan alle kanten was het ding te groot en de grijsbruine kleur maakte mijn gezicht grauw.

'Je lijkt op een potloodventer.'

'Het is de jas van meneer Decker.'

'Dat zeg ik, je lijkt op een potloodventer,' zei hij zonder erbij te lachen. 'Kom, we gaan, straks denken mensen nog dat we vrienden zijn, ik heb een reputatie hoog te houden.'

We stapten in zijn pick-uptruck. Ik wist dat je hier al op jonge leeftijd je rijbewijs mocht halen, dus dat hij reed verraste mij niet, maar dat hij alleen in de grote auto van zijn vader mocht rijden wel. Bij het omdraaien van de sleutel sloeg de motor met veel gebrul aan en knalde er tot mijn verbazing rockmuziek door de speakers.

'Dit is *Bat Out of Hell*, van Meat Loaf.'

Mike reikte naar het dashboardkastje, pakte het bandje en gaf het aan mij. De hoekjes van het boekje waren gekreukt, waarschijnlijk doordat het heel vaak uit het hoesje gehaald was.

'Hij is mijn favoriete zanger, ken je hem?'

'Jazeker, ik heb wat van zijn nummers op een cassettebandje staan, maar durf het niet te draaien, ik ben bang dat meneer Decker het afpakt.'

Mike knikte en draaide de volumeknop nog iets verder open, het was inmiddels meer dan een week geleden dat ik had kunnen genieten van muziek zonder de kussentjes van mijn koptelefoon tegen mijn oren te drukken. Het ritje was nu al meer dan geslaagd.

'Zo blij dat je belde, bedankt!'

'Geen probleem, mijn moeder dacht dat je wel wat afleiding kon gebruiken en ik moest toch nog tanken. Hoe heb jij eigenlijk Engels leren spreken? Op school?'

Ik wees naar zijn autoradio en vertelde hem dat ik niets liever deed dan naar muziek luisteren, dat Queen, Billy Joel en Bon Jovi tot mijn favorieten behoorden en ik door hen de taal onder de knie had gekregen.

'Je muzieksmaak is in ieder geval beter dan je kledingkeuze.'

De auto ronkte mee met de gitaarsolo en we stopten bij het tankstation.

'Blijf maar zitten, dit duurt wel even.'

Mijn vader tankte vaak bij het Shell-station aan het einde van de straat. Op grote zilveren bollen zag je de prijs oplopen en de hoeveelheid benzine die je tankte. Voor hem een bron van ergernis, omdat hij altijd minder benzine kreeg dan hij wilde. In Mikes geval was dat een ander verhaal, hij keek een beetje om zich heen en was totaal niet bezig met de kosten.

Dat begreep ik pas toen ik zag hoe langzaam de prijs omhoogkroop, terwijl de benzine in recordtempo in de enorme tank stroomde.

Na een paar minuten was Mike klaar en hoefde hij nog geen tien dollar af te rekenen.

Voor mijn vader zou dit een droom zijn geweest. Bij het instappen vertelde ik Mike wat de benzine thuis kostte en hij hapte naar adem.

'Dit was de oude pick-uptruck van mijn vader, ik kreeg hem voor mijn verjaardag, de enige voorwaarde was dat ik zelf mijn benzine zou betalen, dat zou in Nederland niet te doen zijn.'

'Is dit jouw auto?'

'Ja.'

Nu was het mijn beurt om naar adem te happen.

'Is dit jouw auto?! Rijden we nu in jouw auto?!'

'Je hoeft niet zo te schreeuwen, ja, dit is mijn auto.'

Ik had thuis een groene Puch Maxi met een zweefzadel en die lag in twee stukken in de garage omdat ik was uitgegleden en de voorvork was afgebroken. En hier zat ik naast een jongen die slechts anderhalf jaar ouder was dan ik en een auto had die twee keer zo groot was als de Ford Sierra van mijn vader.

'Kun jij autorijden?'

'Ik kan het wel, maar heb geen rijbewijs, dus mag het niet.'

'Wie heeft je dan leren autorijden?'

Ik vertelde over de vele rijlessen die ik van mijn vader had gekregen en hoe ik, als we naar Italië op vakantie gingen, altijd mocht schakelen en hij mij dan een compliment gaf omdat ik de auto zo goed aanvoelde.

'Heb je weleens met een automaat gereden dan?'

'Nee, is dat moeilijk?'

'Nee, dat kun jij.'

Mike reed naar het winkelcentrum waar ik hem had ontmoet

en parkeerde op de rustigste plek op het parkeerterrein. Zonder iets te zeggen stapte hij uit, liep om de auto heen en trok het portier aan mijn kant open.

'Opschuiven, eerst goed luisteren en dan precies doen wat ik zeg.'

Mijn gedachten schoten terug naar mijn tijd in de inrichting waar ik ooit woorden van dezelfde strekking had gebruikt.

Tijdens een joyride met het busje van de instelling had ik een van de bewoners een snelcursus 'Autorijden doe je zo' gegeven. Nu waren de rollen omgedraaid en was ik degene die les kreeg. Ik voelde mij er prettig bij. Het idee dat iemand me onder zijn hoede nam gaf me een gevoel van veiligheid.

'... dus je linkervoet niet gebruiken, starten die auto.'

Ik had alleen het laatste deel van Mikes uitleg opgevangen en staarde naar mijn linkervoet.

'Wil je eerst nog een brief naar huis schrijven voor je vertrekt?'

'Sorry, ik heb niet goed opgelet.'

Mike zuchtte diep en herhaalde zijn uitleg van voren af aan.

'Oké, voor de laatste keer dan. Rechtervoet op de rem. De auto staat nu in de parkeerstand, trek de hendel naast het stuur naar je toe om hem in de "D" van "Drive" te zetten. Rechtervoet langzaam van de rem omhoog laten komen en verplaatsen naar het gaspedaal. De rest wijst zich vanzelf en nogmaals, je linkervoet heeft geen functie. Heb je trouwens een zonnebril meegenomen?'

Ik schudde van nee en deed precies wat mij was opgedragen. Het gevoel van vrijheid was overweldigend. Mike gaf mij verschillende opdrachten die varieerden van achteruit inparkeren, tot achtjes rijden. Hij knikte tevreden en droeg me op de auto in de buurt van de ingang van het winkelcentrum te parkeren.

'Valt me niks van je tegen, ik vind dat we een milkshake hebben verdiend.'

Het winkelcentrum, zonder de dwingende hand van mevrouw Decker, was een fijne plek om te zijn. Ik vergaapte mij aan de etalages en stond stil bij een metershoge poster van Michael Jordan die door de lucht vloog en de hele gevel van een sportwinkel bekleedde.

'Mooie schoenen.'

'Belachelijk duur en volstrekt nutteloos in de sneeuw.'

Mike liet aan duidelijkheid niets te wensen over en ik moest lachen om zijn nuchtere kijk op de wereld.

'Tijd voor een milkshake, deze betaal ik. De volgende keer trakteer jij, afgesproken?'

Het vooruitzicht van een volgende ontmoeting maakte me blij en ik knikte enthousiast.

'Ik neem banaan, wat wil jij?'

De milkshakes die ik vanuit Nederland kende waren van McDonald's en zaten in een kartonnen beker. Nu stond ik voor een toonbank waar ik de medewerkers de milkshakes ter plekke zag maken met vers fruit, melk en ijs.

'Aardbei, mag ik een grote?'

Mike schudde zijn hoofd.

'Geloof me, dat wil je niet. Die dingen zijn enorm en dan zit je vol voor het avondeten; dat zou mijn moeder niet zo leuk vinden.'

Ik keek Mike vragend aan, het leek wel een omslachtige manier om mij bij hem thuis uit te nodigen.

'Ik moet op tijd thuis zijn van meneer Decker.'

'Maak je niet druk.'

Ik begreep er niets van. Meneer Decker leek me niet iemand die zich, door wie dan ook, wat dan ook liet zeggen.

'Weet je dat zeker? Als ik te laat ben, kom ik in de problemen.'

Mike knikte.

'Mensen vertrouwen is niet jouw sterkste kant, ik beloof je dat het oké is. Bestel nou maar een kleine, ik durf te wedden dat mijn moeder iets lekkers als dessert heeft straks.'

Mike had gelijk, zelfs de kleine milkshake was nog groot. Ze werden ook niet geserveerd in een kartonnen beker, maar in een glas, met op de rand een grote aardbei. In Mikes glas zat een stuk banaan en hij doopte dat in de milkshake tot het brak en naar de bodem verdween.

'Vier keer! Dat is een nieuw record, meestal kom ik niet verder dan drie. Ik hoorde dat jij in een inrichting gezeten hebt, klopt dat?'

De overgang van zijn nieuwe recordpoging naar mijn opname maakte mij aan het lachen.

'Klopt, klein halfjaar tussen de gekken en nu ben ik hier, maar of dat nou een verbetering is…'

'Met hoeveel zat je daar dan?'

Ik had net de aardbei in mijn mond gepropt.

'Met fijn achten, jongenf en meifjef gemengd.'

'Zoveel? Dat lijkt me heftig.'

Ik haalde mijn schouders op en dacht terug aan de laatste weken in de inrichting. Aan de vriendschappen die ik had opgebouwd, aan de levens die aan een zijden draad hingen en aan degenen die juist geen behoefte meer hadden aan welke reddingslijn dan ook.

'Ach, wat is veel. Het is maar vanuit wiens perspectief je het bekijkt.'

Mike zei niks.

Ons gesprek viel stil, maar niet op een vervelende manier. Ik had tijdens mijn opname veel momenten in stilte doorgebracht, ook samen met anderen. Gek genoeg leverden momenten zonder woorden de mooiste herinneringen op. Ons zwijgende gesprek werd uiteindelijk overstemd door de mechanische stem van een mevrouw die vertelde dat het winkelcentrum binnen een halfuur zou sluiten.

'Kom, we gaan.'

Eenmaal buiten viel het me op dat, hoewel het harder was gaan sneeuwen, de vlokken een stuk kleiner waren. Tegen de gevel van het pand zat een man op zijn hurken, een grote cowboyhoed was ver over zijn gezicht getrokken. De rest van zijn lichaam was gehuld in een lammy jas met bontkraag, hij leek een beetje op een eenpersoonstent. Naast hem stond een glazen potje gevuld met sneeuw en kleingeld. Een kartonnen bord meldde dat hij dakloos was, maar wel wilde werken in ruil voor onderdak en voedsel, het enige wat ik had was een verfrommeld tientje.

Ik kon me niet voorstellen hoe het was om dakloos te zijn en had medelijden met de man. Omdat ik het geld niet in het sneeuwpotje wilde proppen, hield ik het onder de rand van zijn hoed en wapperde er een paar keer mee heen en weer. Er kwam wat beweging in de man en een leren handschoen pakte het geld aarzelend aan.

Mike was doorgelopen en stond bij de truck hoofdschuddend toe te kijken. Hij gebaarde mij in te stappen

'Als je dat elke keer gaat doen ben je binnen een paar weken blut.'

'Hij had honger, dat stond op zijn bordje.'

'Nee, dat stond er niet. Dat weet jij ook wel. Bovendien gaat hij er sowieso geen eten van kopen, kijk maar.'

Mike wees naar de man. Hij was opgestaan en naar de ingang van het winkelcentrum gelopen. Direct om de hoek van de ingang zat een drankenhandel, daar liep hij naar binnen om een paar minuten later met twee flessen wijn weer naar buiten te komen.

'Trek het je niet aan, je bent niet de eerste en zult ook niet de laatste zijn.'

Ik voelde me in de zeik genomen en zei gedurende de rit weinig. We reden langs de school en parkeerden bij een gigantisch huis vlak bij de kerk. Mike drukte op een knopje en de garagedeur ging automatisch open. Ik vond dat heel luxe. Onze garagedeur klemde en kreeg je alleen open door er aan de onderkant tegenaan te schoppen, tegelijkertijd te trekken en vooral heel erg veel te schelden.

'Kijk, dat is de nieuwe Ford Bronco van mijn pa.'

De auto was mooi, maar het waren drie konijnenhokken die mijn aandacht trokken.

'Hebben jullie ook onzichtbare konijnen?'

'Waar heb jij het nou over?'

Ik wees naar de konijnenhokken en vertelde dat ik er ook een had gebouwd.

'De kerk gaat ze verkopen op de jaarlijkse braderie, mijn ouders zamelen ze in en slaan ze hier op tot het zover is.'

Mike liep naar binnen en ik volgde hem.

'Mam, we zijn er!'

'Voeten vegen en jullie schoenen in het rek leggen, jongens.'

De stem van Mikes moeder klonk warm en vriendelijk, bij het openen van de keukendeur zag ik haar bij het fornuis staan met twee bekers in haar handen.

'We eten over een halfuur, hier is thee voor de mannen om warm te worden.'

'Lekker, mam. Quintin heeft de indiaan bij het winkelcentrum ontmoet en ik heb hem in de truck laten rijden.'

Ik vroeg Mike op fluistertoon of het echt wel geregeld was dat ik kon blijven eten.

'Quintin maakt zich zorgen, hebben jullie de familie Decker gesproken?'

Mevrouw Bauer draaide zich om met in haar hand een pollepel vol tomatensaus.

'Maak je maar geen zorgen, je komt niet in de problemen.'

'U kent meneer Decker niet, mevrouw, hij laat zich door niemand iets opdragen. Het enige wat telt is zijn wil en die van God.'

Ik werd rood tot achter mijn oren omdat ik mijn grote mond weer eens niet had kunnen houden. Ik staarde naar mijn voeten en kwam tot de ontdekking dat mijn linkersok lichter van kleur was dan de rechter. Ik hoorde een mannenstem en keek op. Ik herkende de manier van praten direct.

'Zo jongen, fijn dat je er bent! Wat hoorde ik je nou zeggen over meneer Decker en de wil van God?'

De man kwam met uitgestoken hand op mij aflopen en ik was compleet verbouwereerd.

'Bent u Mikes vader?'

Hij knikte mij glimlachend toe.

'Jazeker.'

Ik schudde de hand die ik een week geleden voor het eerst had geschud, alleen was het toen die van de dominee. Ineens begreep ik waarom ik zonder enig probleem met Mike mee mocht.

'Ga lekker zitten, we willen alles over je weten.'

10

'… en zo reed ik met Frank en de anderen dus naar Lauwersoog.'

Mevrouw Bauer had spaghetti met tomatensaus en gekruide gehaktballetjes gemaakt. Ik zat tijdens het eten tussen Mike en zijn broertje Joshua in en voerde het woord. Niet omdat ik dat per se wilde, maar omdat de vragen simpelweg bleven komen. Zoals altijd wanneer ik over heftige gebeurtenissen moest praten, probeerde ik het luchtig te houden door grapjes te maken. Die tactiek werkte vooral bij Joshua, die het uitgierde, waarbij er tomatensaus op zijn overhemd belandde. Mike gaf geen krimp. De dominee zag ik af en toe achter zijn hand grinniken. Er waren ook momenten dat de hele familie in stilte zat te luisteren. Dat gebeurde wanneer mijn antwoorden nieuwe vragen opriepen die eigenlijk niemand durfde te stellen.

'Ik zei het je al bij onze eerste ontmoeting, God heeft je getest. Niet alleen in de inrichting, maar ook daarbuiten. Naar mijn bescheiden mening doet Hij dat nog steeds. Daar koop jij nu niks voor, maar weet dat je een van Zijn sterkere creaties bent.'

Bij het uitspreken van die laatste zinnen keek de dominee ook naar Mike. Die ontweek de blik van zijn vader en wees naar zijn moeder. 'En daarom mocht je geen grote milkshake.'

Mevrouw Bauer had een groot bord van het aanrecht gepakt en schoof het op tafel. Ze sneed een stuk appeltaart af en legde het op een schoteltje.

'Alsjeblieft, Quintin, omdat je het leven moet vieren, zelfs als je niet in een feestelijke stemming bent.'

Mikes vader stond ineens op.

'Ik heb een beter idee, we gaan bij het haardvuur zitten. Joshua, pak het ijs uit de vriezer.'

Zonder onze reactie af te wachten liep de dominee de keuken uit en liet ons daar achter.

'Dat is typisch mijn vader, die denkt niet na, die doet alles wat in hem opkomt. Bij goede ideeën zegt hij dat de Heilige Geest in hem gevaren is en bij plannen die verkeerd uitpakken geeft hij meestal Joshua of mij de schuld.'

Vanuit de andere ruimte hoorde ik de dominee roepen dat er minder gekletst en meer haast met het ijs gemaakt moest worden. Mike dook in de vriezer en haalde een emmer vanille-ijs tevoorschijn.

We liepen naar de woonkamer, waar meneer Bauer gehurkt bij de haard zat. Mike plofte met Joshua op de bank en mevrouw Bauer nam plaats op een grote leren stoel.

'Quintin, kom jij me helpen? Heb je al eens een open haard aangestoken?'

Ik schudde van nee en hurkte naast meneer Bauer op de grond.

'Kijk jongen, er zijn verschillende manieren, het stapelen heeft mijn voorkeur, kijk zo.'

De dominee maakte een gestapelde toren en liet tussen de verschillende blokken ruimte over.

'Dan kan de zuurstof er goed bij, dan nemen we nog wat houtschaafsel en dat duwen we tussen de verschillende kieren, moet jij eens opletten hoe snel wij een mooi vuur hebben.'

Ik volgde nauwlettend alle handelingen in de hoop dat ik het ooit een keer zelf mocht doen.

'Steek jij het maar aan.'

Binnen enkele tellen verlichtten de goudgele vlammen de haard, waarna de ruimte zich vulde met een behaaglijke warmte. Ik stond op om op de bank te gaan zitten toen mijn aandacht op de schoorsteenmantel viel.

Tientallen foto's toonden de familie terwijl ze samen kampeerden, verjaardagen vierden of een sportwedstrijd bijwoonden. Het gekke was alleen dat Mike op de meeste foto's in het middelpunt van de belangstelling leek te staan. Of het nou ging om het omhooghouden van een gewonnen trofee, of het vieren van zijn verjaardag, op iedere ingelijste herinnering was Mike degene die in het zonnetje werd gezet.

Ik stak mijn vork in het gebak en doopte een stukje in de bol vanille-ijs.

'Ik weet wat je denkt, althans, dat vermoed ik.'

De dominee stond met zijn rug naar mij toe en had een foto in zijn handen.

'Misschien vraag je je af waarom we zoveel foto's van Mike hebben.'

Voor de tweede keer die avond zei ik iets zonder erbij na te denken. 'Bij ons thuis is mijn broer denk ik het lievelingskind.'

De dominee begon te lachen, maar toen hij zich omdraaide stonden zijn ogen gek genoeg heel verdrietig.

'Dit is Samuel, Mikes tweelingbroer.'

'Broertje, Sam was drie minuten jonger dan ik.' Mike corrigeerde zijn vader zonder van zijn appeltaart op te kijken.

'Klopt, jongen, je hebt gelijk. Sam en Mike waren betrokken bij een ongeluk, waarbij Samuel door God geroepen werd om zich bij Hem te voegen, maar niet voordat hij een heldendaad verrichtte door Mike te redden, is het niet, jongen?'

Een kort knikje was het enige wat er bij de overgebleven helft van de eeneiige tweeling afkon.

Ik prikte ondertussen in de appeltaart zonder er een hap van te eten. Het ijs leek op gesmolten sneeuw.

'Als jij je toetje niet wil, eet ik het wel op, hoor.'

Joshua zei het tussen de laatste twee happen van zijn eigen dessert door. Ik schoof mijn bordje zijn kant op en verontschuldigde mij tegenover mevrouw Bauer. Zij wuifde mijn excuses weg.

'Dat geeft toch niks, het komt wel op, kijk maar naar Josh.'

Ik vroeg me af wat voor een vreselijk ongeluk Mike meegemaakt kon hebben. Ik begreep nu wel waarom ik hem nauwelijks zag lachen en schoof ongemakkelijk op de bank heen en weer. Om eerlijk te zijn wilde ik het liefste naar mijn slaapkamer in de kelder van de familie Decker, maar opstaan en vragen of ik thuisgebracht kon worden zou onbeleefd zijn en dus bleef ik zitten.

'God heeft een plan met eenieder van ons, Zijn weg zal vaak niet onze eerste keuze zijn, we voegen ons simpelweg naar Zijn pad.'

Ik mompelde iets over 'doodlopende wegen' met als gevolg dat er een heel gesprek ontstond over waar we onszelf in de toekomst hoopten te zien.

Het was voor mij een ingewikkelde vraag, omdat ik nooit het gevoel had zelf richting te kunnen geven aan mijn pad. De volwassenen hadden tot nu toe bepaald hoe mijn leven verliep, door me pijn te doen, over het hoofd te zien of weg te sturen.

'Ik zal volgende week de preek wijden aan het bewandelen van de juiste paden, je hebt me op een goed idee gebracht, jongen, dank je.'

Mike stond op en liep met de schoteltjes naar de keuken. Hij had de rest van de avond geen woord meer gesproken en ik vroeg me af wat er in hem omging.

'Ik breng je naar de Deckers.'

Ik stond op en bedankte de dominee en zijn vrouw voor hun gastvrijheid.

'Als jij nooit je toetjes opeet ben je wat mij betreft altijd welkom!'

Ik stak mijn duim op naar Joshua en hij zwaaide vriendelijk terug.

Mike stond al in de hal met zijn jas aan en de mijne in de handen. Onderweg naar de auto glibberde ik weer alle kanten op.

'Daar moet je toch echt wat aan doen, hoor, anders red je het de komende maanden niet op de boerderij.'

'Hoe weet jij dat? Meneer Decker wilde er niks over kwijt.'

Mike startte de wagen, waarbij de muziek aansprong en Meat Loaf zich direct liet gelden door over zijn paradijselijke ervaringen in een auto te zingen.

'Het enige wat ik weet is dat je een pittige tijd tegemoet gaat en dan druk ik me nog voorzichtig uit. Je gaat naar boer Fletcher.'

Gedurende de rit naar de Deckers probeerde ik zo veel mogelijk te weten te komen. Het enige wat Mike wist te vertellen was dat boer Fletcher goed bevriend was met meneer Decker.

Ik vertelde Mike dat ik dacht hier naar school te gaan en dat ik pas afgelopen week voor het eerst hoorde over de gewijzigde plannen.

'Ik heb weleens een zomer bij boer Fletcher gewerkt, die man heeft geen rem. Meneer Decker vertelde dat jij zou komen en dat je heel erg "lastig" was en heropgevoed moest worden. Drie keer raden wie aanbood om daarbij te helpen.'

'Waar is die boerderij dan?'

'In Carman, dat is hier zo'n vijftig mijl vandaan.'

Ik keek Mike vragend aan, ik wist niet hoeveel vijftig mijl in kilometers was.

'Iets meer dan tachtig kilometer, daar doe je gemiddeld anderhalf uur over, afhankelijk van de hoeveelheid sneeuw.'

Meat Loaf was gestopt met zingen. Het laatste stuk reden we in stilte. Tegen de tijd dat we de oprit van de familie Decker naderden plofte ik bijna uit elkaar, zoveel vragen had ik. Niet alleen over mijn aanstaande nieuwe werkomgeving, maar ook over Mikes broertje en het ongeluk dat ze hadden gehad. Hem ernaar vragen durfde ik niet.

Met terugwerkende kracht verbaasde ik mij erover hoe open we, als patiënten onderling, in de inrichting waren geweest. Een grotere tegenstelling met de omgeving waarin ik mij nu bevond was nauwelijks denkbaar. Mike versterkte dat gevoel door niets te willen delen.

'Waar zit je aan te denken?'

Om geen eerlijk antwoord te hoeven geven vroeg ik hem hoe het kon dat hij met een dominee als vader toch naar de muziek van Meat Loaf kon luisteren.

'Dat weten ze niet. Tenminste, dat denk ik.'

Hij trommelde met zijn vingertoppen op het stuur en leek te zoeken naar woorden.

'Het is gewoon allemaal zo anders geworden, na het ongeluk, bedoel ik. Samuels dood maakte mijn ouders een stuk losser, maar wel op een onverschillige manier.'

Ik vond Mikes ouders juist heel geïnteresseerd overkomen. Ik merkte dat ik geïrriteerd raakte, juist omdat zijn huis ook daadwerkelijk een thuis was. Iets waar ik hevig naar verlangde. Het was mijn ergernis die het laatste zetje gaf. 'Wat voor ongeluk hebben jullie gehad?'

Mike trapte vol op de rem. Ik had mijn gordel vergeten om te doen, daardoor schoot ik naar voren. Ik draaide mijn hoofd een kwartslag opzij en probeerde met mijn handen de klap op te vangen. Dat lukte voor een deel. Mijn vingers klapten dubbel op het dashboard en met mijn voorhoofd ramde ik vol op mijn knokkels.

'Au, godverdegodver!'

'Luisteren jij!'

Zijn hand schoot naar mijn nek en hij trok mij naar achteren, waarbij hij me een paar keer flink door elkaar schudde.

'Ik ga je dit één keer zeggen, wij gaan nooit over het ongeluk praten en jij gaat er niks meer over vragen, heb je dat begrepen?'

Zijn ogen spuwden vuur en ik probeerde me zo klein mogelijk te maken. Ik was zo onder de indruk van zijn woede dat ik vergat te antwoorden.

'Nou? Komt er nog wat van?'

Ik schrok van zijn boosheid en veegde met mijn linkerhiel een restje sneeuw van de neus van mijn rechterschoen.

'Ik wilde je niet boos maken, sorry.'

Naast mij hoorde ik gemompel en er werd wat met het cassettebandje van Meat Loaf gerommeld om het ongemak te maskeren.

'Ik ook sorry, had je niet bij je nek moeten grijpen. Ben je oké?'

Ik haalde opgelucht adem. Het laatste wat ik wilde was onze prille vriendschap op het spel zetten. Mike trapte het gaspedaal in en we reden, al pratend over koetjes en kalfjes, het laatste stuk naar de familie Decker.

'Je welkomstcomité staat op je te wachten.'

Meneer Decker stond met zijn handen in zijn zij voor het raam.

'Hij maakt me bang.'

Mike knikte. 'Ik begrijp wat je bedoelt, tot vorig jaar had ik les van hem, hij had de gewoonte om achter je te staan wanneer we een toets moesten maken. Koude rillingen in mijn nek, geen idee waarom. Ik heb altijd het gevoel gehad dat er iets niet deugde aan die kerel.'

Ik twijfelde of ik Mike zou vertellen over het douche-incident van de zondag daarvoor, misschien had ik het me ingebeeld en zou het bij één keer blijven, maar het gevoel dat meneer Decker niet klopte deelde ik.

'Ik ga naar binnen, zijn wij oké?'

'Ja, mijn reactie sloeg nergens op. Heb je geen last van je nek?'

Ik schudde mijn hoofd en gaf Mike een high five.

'Geen centje pijn, ik zie je morgen in de kerk.'

Mike knikte en startte de auto. Meat Loaf begon weer van voren af aan met het bezingen van zijn leed en liefde. De ronkende motor van de pick-uptruck weerklonk door de straat en ik maakte me zorgen om de reactie van meneer Decker. Toen ik naar binnen stapte verwachtte ik dat hij op mij zou staan wachten, maar de keuken was leeg en werd enkel verlicht door de buitenlamp van de veranda. Meneer Decker hoorde ik in de woonkamer een paar keer hard niezen, daar bleef het bij. Op de keukentafel lag de tekening die ik voor Ruth had gemaakt, ik nam hem mee naar mijn slaapkamer. Ik pakte een oud tuinmagazine uit de kast om het kunstwerk zorgvuldig in te bewaren. Het paste precies, ik schoof het onder mijn bed naast mijn lege koffer. Ik kleedde mij uit en ging, zonder mijn tanden te poetsen, naar bed. Ik droomde over mijn eerste rijles in een auto zonder schakelbak, over een dronken indiaan die een enorm haardvuur aan het ontsteken was en over appeltaart in de sneeuw.

11

De kerk was tot aan de nok toe gevuld. Mike zat op dezelfde plek als de week daarvoor en knikte mij toe, zonder lach, maar ook zonder boosheid. Ik concludeerde dat we nog steeds vrienden waren. Joshua was met alles bezig, behalve de preek van zijn vader, en loerde naar een paar meisjes die verderop zaten. Ik volgde zijn blik en hij wees mij zo subtiel mogelijk op een bepaald meisje. Ik haalde mijn schouders op omdat ik niet wist wie hij bedoelde. Met zijn handen gebaarde hij dat ze grote borsten had, waarna ik mijzelf een nekverrekking bezorgde door te kijken over wie hij het precies had. Ruth loerde mee en veegde haar snotneus af aan de mouw van mijn overhemd.

'QuinnQuinn bah!'

Ze tikte op mijn been en wees op de groenige substantie die ze op de katoenen stof had achtergelaten. Ik probeerde me te ontdoen van de viezigheid, kwaad kon ik er niet om worden. Een paar uur daarvoor had ze een grote glimlach op mijn gezicht getoverd, en gezien de omstandigheden was dat knap.

Ruth had eerder die week in de kast een oude lolly gevonden.

Snoepgoed bleek zeldzaam bij de Deckers, want alles wat als

traktatie gegeten mocht worden werd door mevrouw Decker zelf gemaakt. Hoe de lolly in huis was gekomen was dan ook een raadsel. Ruth, gul als ze was, besloot na drie voorzichtige likjes om het lekkers met de andere kinderen te delen. Omdat Zacharias en Esther met hun moeder aan het winkelen waren en baby Jacob lag te slapen, ging ze op zoek naar Sarah, Abel en Daniel.

'Stoksnoepje?'

Een lolly was voor de kinderen iets nieuws en omdat Abel wat hoesterig was mocht hij het eerste likje. Ze duwde het in zijn mond en bespaarde hem de moeite van het sabbelen door de zoetigheid driftig tegen zijn gehemelte te roeren. Sarah en Daniel ondergingen dezelfde behandeling. Meneer Decker had vanaf de keukentafel wel gezien dat zijn kroost met iets in de weer was, maar zijn lectuur eiste zijn aandacht op. Ruth vond dat haar vader ook mocht delen in de gevonden schat en liep naar hem toe.

'Papa?'

'Hm?'

Hij keek niet op van zijn magazine en dat zinde haar niet, ze had tenslotte iets belangrijks te melden.

'Papa, hap!'

Ruth propte zonder pardon het laatste restje van de kapot gesabbelde lolly in zijn mond.

'Stoksnoepje, hoera!'

Terwijl ik op mijn bed zat te wachten op mijn zondagse douchebeurt, hoorde ik meneer Decker boven mij in de keuken hoesten en proesten. Ruth, de tweeling en Sarah stonden, met hun handdoeken, in de gang al net zo hard te niezen als hun vader, met dank aan een lolly die als het brood tijdens het Heilig Avondmaal was rondgedeeld.

Na een klein kwartiertje werd er door mevrouw Decker op de deur geklopt. 'Jouw beurt, je kleding is gewassen en gestreken en ligt over de stoel in de badkamer, opschieten.'

De overloop was leeg, boven mij hoorde ik de stem van meneer Decker die tegen Ruth zei dat ze moest ophouden met springen. De badkamerdeur stond open.

Ik vroeg me af of het ingewikkeld zou zijn om het slot te repareren en bestudeerde het hang- en sluitwerk. Het leek wel of er met kracht een schroevendraaier in was geramd en ik kwam tot de conclusie dat meneer Decker twee linkerhanden moest hebben. Ik verwachtte niet dat hij een tweede keer de badkamer in zou komen, maar om het zekere voor het onzekere te nemen hing ik de handdoek over de stang van het douchegordijn. Ik twijfelde of ik met de stoel de deur zou barricaderen, maar zag daar toch vanaf.

Mijn drie minuten douchetijd waren mij heilig en ik probeerde de wereld die zich een verdieping hoger afspeelde even te vergeten. In stilte telde ik de seconden zodat ik mijn tijd niet zou overschrijden. Het was bij tel honderddrieënveertig dat ik zag dat de handdoek van de douchestang getrokken werd. Mijn mond werd acuut droog, en ik probeerde te slikken.

'Kom je afdrogen.'

Ik durfde niet te reageren en stond stokstijf stil, er verscheen een hand vanachter het douchegordijn die in één soepele beweging de kraan dichtdraaide.

'We gaan zo ontbijten, kom maar.'

Ik voelde mijn hart in mijn keel kloppen. Er werd met de stoel geschoven, het protesterende geluid van het krakende hout maakte kenbaar dat meneer Decker er eens goed voor was gaan zitten. In gedachten vloekte ik, deels uit angst, maar vooral uit woede. Gek genoeg was ik vooral boos op mezelf. Hoe had ik mezelf nou voor de tweede keer in deze situatie weten te manoeuvreren?

'Quintin, heb je mij gehoord?'

'Ja...'

'Wat "ja"?'

'Ja, meneer Decker.'

Ik loerde om de hoek van het gordijn en stak mijn hand uit. Mijn blik hield ik op de vloertegels gericht. De handdoek werd in mijn hand gedrukt, gevolgd door een dichtslaande deur die niet in het slot wilde vallen. Zodra ik zijn voetstappen op de trap hoorde, sprong ik de douche uit. Mijn kleding rukte ik van de stoel, drukte die tegen mijn kletsnatte lijf aan en rende naar mijn kamer. Ik sloeg de deur zo hard dicht dat het boven direct stil werd.

Ik wenste meneer Decker de hel toe en bedacht dat een dergelijke gedachte op de dag des Heren voor mijzelf ook niet veel goeds zou betekenen. Ik schoot in mijn zondagse kleding en voelde de broek aan mijn kletsnatte benen plakken.

'QuinnQuinn plasje?'

Ruth wees naar de natte plekken in mijn broek en ik sloeg met gespeelde verbazing mijn hand voor mijn mond. Bijna iedereen ontweek mijn blik en wachtte op Gods zegen. Ik ging zonder wat te zeggen zitten, vouwde mijn handen en sloot mijn ogen. De stem van meneer Decker klonk monotoon, in stilte herhaalde ik de woorden van Meat Loaf en vormde daarmee mijn eigen gebed:

Well, I know that I'm damned if I never get out
And maybe I'm damned if I do.

Het was de nies van Ruth die het gebed van meneer Decker onderbrak, waardoor hij vergat 'amen' te zeggen.

'Bah, snotje.'

Hoe ze het gepresteerd had weet ik niet, maar er zat een snottebel op haar voorhoofd. Het kon Ruth niks schelen, want ze hield haar bord omhoog en vroeg om een grote schep havermoutpap. Ik wees met mijn lepel naar haar voorhoofd zodat het arme kind schoongemaakt kon worden. Bij de aanblik van zijn dochter stikte meneer Decker bijna in zijn ontbijt, in een poging om niet te kokhalzen. Hij leek zichzelf onder controle te hebben, tot het moment dat de snottebel vanaf Ruths voorhoofd in het ontbijtbord viel. Ze roerde de snot door de pap en zonder er verder bij na te denken nam ze met een gelukzalige glimlach een grote hap. Het werd meneer Decker te veel, hij stoof van tafel om de inhoud van zijn maag in het toilet te legen. Bij zijn terugkomst grijnsde ik van oor tot oor en knikte Ruth dankbaar toe.

Toen we een halfuur later in de lijkwagen zaten popelde ik om Mike te vertellen wat er aan de ontbijttafel was gebeurd.

Tijdens de dienst zocht zijn vader af en toe oogcontact met mij, waarbij hij vriendelijk knikte. Dit kon weer rekenen op bewonderende blikken van meneer en mevrouw Decker. In een goed blaadje staan bij de dominee was bijna hetzelfde als het winnende doelpunt scoren tijdens het beslissende duel om het kampioenschap, het maakte je onsterfelijk.

De bewondering sloeg binnen een seconde om naar ergernis. Niezen terwijl de dominee de zegen uitspreekt viel niet goed, althans, niet bij de Deckers. Ik verontschuldigde mij bij de dominee, die er niks van wilde weten.

'Bless you, my son.'

'Hoera!'

Mijn geproest en Ruths uiting van feestvreugde zorgde voor een onrustig einde van de kerkdienst. Terwijl de mensenmassa zich naar de koffie begaf ging ik op zoek naar Mike. Ik vond hem met zijn broer in gesprek met twee meisjes.

Joshua sloeg zijn arm om mijn schouder alsof we elkaars beste vrienden waren en stelde mij aan de meiden voor. 'Dit is Quintin, jullie hebben hem net al kunnen horen.'

'Hoi, ik heet Laura.'

Ik schudde de hand van een meisje dat een kop kleiner was dan ik. Ze leek wat verlegen. Joshua vergaapte zich ondertussen aan de borsten van haar beste vriendin, die dat niet op prijs stelde. Ze duwde haar wijsvinger onder zijn kin en dwong hem op die manier haar in de ogen te kijken.

'Je bent er bijna, Josh, nog een klein stukje, goed zo, dat is braaf.'

Hij stond er schaapachtig bij, mompelde een halfslachtig excuus en zei iets over 'Gods wonderen'.

'Dus jij bent de Nederlander, mijn naam is Rebecca, maar iedereen noemt me Becks, en dat meisje dat zo verliefd naar Mike staat te staren is mijn beste vriendin.'

Mike voelde zich voor het blok gezet en Laura niet minder, maar Rebecca had gelijk. Ze staarde en Mike staarde terug. Het donkerblonde haar van Laura was opgestoken en leek wel van goud door het licht van de kroonluchters die in de kerk hingen. Een tweede niesbui zorgde voor een lacherige toestand omdat Ruth zich tussen ons in had gewurmd en mij haar mouw aanbood.

'QuinnQuinn natte neus?'

Ik aaide over haar hoofd en Mike vroeg zich hardop af waarom er snot aan mijn hand zat.

'Hoera!'

Iedereen lachte behalve Mike. Hij keek over mijn schouder naar iets wat zich achter mij afspeelde.

Ik volgde zijn blik en zag meneer Decker op mij aflopen.

'Meekomen.'

Ik kreeg de kans niet om gedag te zeggen en werd uit de groep getrokken, waarbij ik Ruth per ongeluk een tik tegen haar achterhoofd gaf.

'Stom!'

'Ik ga je voorstellen aan meneer Fletcher, gedraag je en wees beleefd.'

We liepen naar een groep mannen, onder wie de dominee, die koffie stonden te drinken.

'Fletcher, dit is Quintin.'

'Dus jij bent mijn nieuwe werknemer?'

Ik keek in de ogen van de man in wie ik de week daarvoor zoveel meende te herkennen.

Een zoveelste niesbui overviel mij, gevolgd door de zegeningen van de dominee, die mij scherp in de gaten leek te houden. Boer Fletcher leek qua uiterlijk dan misschien op opa, in zijn blik was niks van de vriendelijkheid waarmee ik was opgegroeid te bekennen.

'Ben je ziek?'

Ik haalde mijn schouders op en wees naar Ruth, die bij de tweeling stond.

'Ik heb via de kleintjes, denk ik, een verkoudheid opgelopen.'

'Je bent toch geen mietje?'

Het geroezemoes verstomde, iedereen keek van mij naar meneer Fletcher en weer terug. Ik kreeg een duwtje van meneer Decker, maar ik wist niet hoe ik moest reageren.

'Moet ik het nog een keer vragen?'

'Laat die jongen met rust, Fletcher. Wat zijn dat voor onzinnige vragen?'

Hoewel de opmerking van de dominee op instemmend geknik kon rekenen, leek de boer niet onder de indruk van diens terechtwijzing.

'Ik wil weten wat voor vlees ik in de kuip heb en aan jongetjes die om de haverklap ziek zijn heb ik niets. Dus Quintin, voor de derde keer... ben jij een mietje?'

Het zweet brak me uit en ik keek om mij heen of Mike en de anderen ook iets hadden opgevangen. Hoewel ze mijn kant op keken, stonden ze te ver weg om iets gehoord te kunnen hebben. Mike stak zijn duim omhoog om te vragen of ik oké was, ik schudde mijn hoofd. Niets aan deze situatie was een omhooggestoken duim waard.

'Vanmiddag, na de tweede kerkdienst, rij je met mij mee naar de boerderij en vrijdagochtend ga je met de bus terug naar de familie Decker.'

Tijd om te reageren kreeg ik niet, boer Fletcher gaf meneer Decker een hand, knikte kort naar de dominee en verliet met grote passen de kerk.

Zonder Mike en de anderen gedag te zeggen liep ik naar de lijkwagen om de rest van de zondagochtend op mijn kamer door te brengen. Ik pakte mijn rugzak in, om hem net zo snel weer uit te pakken en de inhoud te vervangen door andere kleding. Dit proces herhaalde zich een keer of drie, omdat ik geen idee had wat ik kon verwachten. Uiteindelijk besloot ik Mike te bellen om te vragen wat ik het beste mee kon nemen. Zijn antwoord was kort en bondig. 'Alles wat naar stront mag ruiken is goed.'

Ik bedankte hem en liep naar beneden, Ruth volgde mij op de voet en stond aarzelend in de deuropening.

'QuinnQuinn weg?'

Ze wees naar mijn tas en trok haar mondhoeken naar beneden.

'Ja, een paar nachtjes.'

Ze schudde driftig haar hoofd en klom op mijn rugzak om mij het inpakken te beletten.

Ik tilde haar eraf, bij het op de grond zetten moesten we allebei niezen. Het zorgde voor de eerste lach op mijn gezicht sinds de kennismaking met boer Fletcher. Ik zocht naar een zakdoek, maar kon die zo snel niet vinden. Ruth zocht mee, niet wetende waarnaar, tot ik haar gebaarde dat het voor mijn neus was.

'Snuitlap!'

Ze rende de kamer uit en ik hoorde haar voetjes de trap op sprinten en binnen een minuut weer naar beneden roffelen. Met een verhit hoofd gaf ze mij een zakdoek.

'Van papa!'

Ik snoot mijn neus, en Ruth deed daarna hetzelfde. Even twijfelde ik om de zakdoek in de wasmand te gooien, uiteindelijk koos ik voor de binnenzak van zijn jas. Geen idee wanneer hij hem nodig zou hebben, maar ik genoot van de voorpret.

Tijdens de tweede kerkdienst zocht ik veelvuldig oogcontact met Mike, met minieme gebarentaal probeerde hij mij gerust te stellen, zijn vader hielp vanaf de preekstoel een handje mee.

'De Heere zegene u en behoede u…'

Ik had ernstige twijfels over de goede bedoelingen van God, maar de warmte in de stem van de dominee gaf meer troost dan ik had verwacht. De gereedstaande pick-uptruck was een oud barrel met uitgebeten lak en meer roestplekken dan ik kon tellen. Ik stapte in en nam zwijgend plaats naast boer Fletcher. Bij het wegrijden zag ik Mike in de zijspiegel zwaaien. Terugzwaaien lukte niet, ik kreeg een niesbui die niet leek te stoppen. Nog voor mijn eerste werkdag begon voelde ik mij zo ziek als een hond.

12

'Ik leg alles één keer uit, want een tweede uitleg betekent dat je de eerste keer niet hebt geluisterd.'

Gedurende de rit naar de boerderij was dat het enige wat hij had gezegd. Mike had gelijk: Fletcher verspilde geen tijd en had geen filter. We verlieten de stad en na een halfuur rijden hadden we Winnipeg achter ons gelaten en waren we op weg naar Carman.

Het landschap was vlakker dan in Friesland, met enorme meren en toendra's. Soms werden de vlakten afgewisseld door stukken bos met bomen die zo hoog waren dat de toppen tikkertje leken te spelen met de sneeuwvlokken. De omgeving was zo weids en uitgestrekt dat mijn blik wazig werd wanneer ik naar de horizon keek. De vers gevallen sneeuw deed pijn aan mijn ogen en nu begreep ik waarom Mike mij had gevraagd of ik een zonnebril had meegenomen. Fletcher bleef de hele weg voor zich uit kijken. Ik vroeg mij af wat er in zijn hoofd omging. Hoe langer we reden, hoe minder verkeer we tegenkwamen. Een enkele sneeuwschuiver maakte de weg vrij en werd voor zijn werk bedankt door de opgestoken hand van Fletcher.

Na een uur belandden we op een smalle weg vol kuilen, waardoor ik als een flipperkastballetje door de auto geschud werd. De zon was inmiddels ondergegaan en de snelheid waarmee het duister het zonlicht verjoeg verbaasde mij. Het zweet stond op mijn voorhoofd. Ik wilde niets liever dan in bed liggen en na twintig minuten hobbelen vroeg ik met fluisterstem of we er bijna waren.

'Hoezo "of we er bijna zijn"? We zijn er al. Dit is mijn grond, jullie Nederlanders zijn niks gewend door met zoveel mensen op een postzegel te wonen.'

Ik kon er niet over uit dat deze weg de oprit naar zijn boerderij was. Bij het huis van mijn ouders was die een meter of dertig lang, uitermate geschikt om in de winter een glijbaan van ijs op te maken, maar het was bij lange na geen 'weg' te noemen.

'We zijn er over vijf minuten, laat de honden aan je snuffelen, maar aai ze niet. Het zijn erfhonden en ik wil niet dat ze wennen aan menselijk contact.'

We reden niet veel later door een groot hek.

Fletcher stopte en gebaarde mij uit te stappen.

'Hek dichtdoen.'

Ik was de truck nog niet uit of hij trapte het gaspedaal in en reed naar de boerderij.

'Lul.'

Ik hoefde het niet eens zachtjes te zeggen want de auto maakte te veel lawaai. Er was geen buitenverlichting, maar door het maanlicht dat op de sneeuw weerkaatste hoefde ik geen moeite te doen om mijn weg te vinden. Ik zakte tot aan mijn enkels in de poedersneeuw en ploegde voort, waarbij het koortszweet zich mengde met dat van inspanning.

Iedere stap die ik zette naar de warmte van het huis leek moeite te kosten. Het niezen was overgegaan in hoesten en de koude lucht die ik bij het inademen naar binnen hapte deed pijn aan mijn longen. Ik leunde op mijn knieën om bij te komen, toen ik in mijn ooghoeken de groene kooltjes zag oplichten. Eerst waren het er twee, maar al snel zag ik er aan weerszijden steeds meer verschijnen. Van twee werden het er vier, zes en uiteindelijk tien. De natte neus die ik tegen mijn hand voelde was geen uitnodigend gebaar, maar een waarschuwing. De eerste geurtest werd afgenomen door een hond die leek op een soort wolf, maar minder hoog op de poten en met veel meer haar. Een zacht en aanhoudend gegrom maakte duidelijk dat mijn aanwezigheid niet als vanzelfsprekend beschouwd mocht worden. De overige vier honden stonden in een halve cirkel om mij heen. Zonder geluid namen ze mij in zich op, in afwachting van wat de leider zou doen.

Ik dacht terug aan een hond uit mijn dorp, Jay, hoe hij mij opwachtte wanneer ik uit school kwam en hoe hecht die vriendschap was. Ik herinnerde mij een moment waarop hij niet wilde luisteren toen ik hem zei dat we genoeg gespeeld hadden en weer naar huis moesten, hij gromde. Het was kort, maar lang genoeg om mij te laten weten dat we op dat moment gingen beslissen wie van ons twee de baas zou zijn. Ik maakte me zo groot mogelijk, zei hem dat hij moest gaan zitten en deed een stap naar voren, Jay deed hetzelfde.

Geen idee waarom, maar dat ene stapje mijn kant op maakte mij woedend. 'Ben jij nou helemaal gek geworden? Zitten en luisteren jij!'

Ik denk dat Jay net zo verbaasd was als ik, want tot dat moment was ik nog nooit tegen hem uitgevallen. Hij plofte op zijn billen en ik kon hem zonder enige moeite zijn riem omdoen.

'Goed zo, dan zijn we nu weer vrienden.'

Ik kriebelde hem onder zijn kin en daarmee was de kous af, ik was toen acht jaar oud.

Kriebelen onder de kin van een hond die waarschijnlijk nog nooit geaaid was leek me geen goed idee. Bovendien was het donker en kon ik de situatie moeilijk inschatten.

'Ik weet niet wat jullie gaan doen, maar ik heb het koud en wil naar binnen.'

Ik hoefde niet te doen alsof ik niet bang was. Ik had het koud, was hongerig en voor angst had ik simpelweg geen ruimte. Ik liep rechtdoor en de grote hond stapte opzij. Ik ploegde enkele meters door de sneeuw, waarbij ik af en toe mijn evenwicht verloor. Om de balans te bewaren liep ik als een koorddanser met gespreide armen door de sneeuw. Onder mijn vingers voelde ik ineens een hondenvacht. Vier poten lopen klaarblijkelijk eenvoudiger door de sneeuw dan twee mensenbenen, want zonder moeite liep de hond met mij mee en stond me toe om zijn krachtige lijf als ondersteuning te gebruiken.

De andere vier honden liepen voor mij uit. Ik was overduidelijk de zwakste schakel in deze tijdelijke roedel. De alfahond deed niets meer dan zijn instinctieve plicht, zij het met tegenzin, want als ik hem onnodig lang vasthield bromde hij ten teken dat ik het mijzelf niet te makkelijk moest maken. Bij de boerderij aangekomen stond ik stil voor de veranda, de honden cirkelden nog een keer om mij heen en liepen toen naar de openstaande deuren van een schuur iets verderop. Ik stak mijn arm uit naar de alfahond en keek van hem weg, het was mijn manier om aan te geven dat hij de baas was. Een natte neus tegen mijn hand was het duwtje in de rug dat ik nodig had om de veranda op te lopen. Ik liep naar de deur en zag de schoenen van Fletcher op een grote mat staan. Mijn zondagse vlaschoenen waren doorweekt en ik vroeg me af of ze binnen zouden mogen drogen. Met drie zachte klopjes op de deur maakte ik mijn aanwezigheid kenbaar. Ondertussen keek ik nog even over mijn schouder of de alfahond er nog stond, maar hij was al verdwenen.

In de verte zag ik in het duister van de openstaande schuurdeuren groene kooltjes die mij in de gaten leken te houden.

'Kom binnen, je zal het wel koud hebben, boer Fletcher had je het laatste stuk niet mogen laten lopen. Neem je schoenen mee zodat ze kunnen drogen.'

Een slanke vrouw, met een kaaklijn zo scherp als een geodriehoek en een rond brilletje op een smalle neus, bekeek mij van top tot teen en knikte mij vriendelijk toe. Ze draaide zich vervolgens om en liep naar de woonkamer, die zich achter een deur bevond. De vriendelijkheid kwam zo onverwacht dat ik vergat achter de boerin aan te lopen. Haar grijze haar zat in een strakke knot op haar hoofd, waardoor ze me nog het meest deed denken aan een kruising tussen tante Sidonia en vrouwtje Theelepel.

'Binnen is het warmer hoor, als je buiten blijft staan moet je bij de honden slapen.'

Ik stapte naar binnen en zag boer Fletcher bij het vuur zitten. Aan weerszijden van zijn leren stoel zag ik schapenvacht uitsteken. Dat vond ik slim, want schapenwol brandt niet, iets wat ik als kind ooit had geleerd van mijn opa. Het was kennis die de boer vast op prijs zou stellen. 'Ik heb ooit een beginnende brand geblust met schapenwol, want dat brandt niet.'

Fletcher haalde zijn schouders op en draaide zich met stoel uit mijn gezichtsveld.

'Ga de tafel dekken, we eten vroeg.'

De keuken grensde aan de woonkamer en ik zag mevrouw Fletcher rommelen in de besteklade, terwijl ze mij wenkte dichterbij te komen.

'Trek je niks aan van die brombeer hoor, wij hebben zelf geen kinderen, dus hij weet niet zo goed hoe hij met je om moet gaan. Kijk, hier zijn de borden en het bestek. Dek de tafel en ga aan dat hoofdeinde zitten.'

Ze wees met een vork naar de rechterzijde van de tafel die uitkeek op een groot raam met uitzicht op de schuur.

'We eten varkenskarbonade, vind je dat lekker?'

Vanuit de woonkamer donderde de stem van boer Fletcher de keuken in. 'Hij eet wat de pot schaft en doet dat in stilte!'

Niet veel later zaten we aan tafel, God werd geprezen en gesmeekt om Zijn zegen en ik tuurde tussen mijn wimpers door of hier ook met open ogen werd gebeden. Dat bleek niet zo te zijn. Het stuk vlees dat op mijn bord belandde was groter dan ik ooit eerder had gezien, laat staan gegeten.

'Hier gaan we om negen uur naar bed. Ontbijt is om halfvijf en om kwart voor vijf beginnen we met de dieren te verzorgen. Je zet zelf je wekker en verslapen is geen optie. We hebben twee koffiepauzes en mevrouw Fletcher maakt tussen de middag lunch, we stoppen met werken om halfzeven.'

Ik verslikte mij in een stukje varken bij het idee dat ik om kwart over vier mijn wekker moest zetten en vroeg me af wat er in een werkdag van bijna veertien uur allemaal moest gebeuren.

'Ik begreep van meneer Decker dat jij afgedwaald bent van het pad van God. Om je terug te leiden naar Zijn woord beginnen we elke dag met een door jou uit het hoofd geleerd stuk uit de Heidelbergse Catechismus. Wil je de dag beginnen met een ontbijt, dan stel ik voor dat je dat serieus neemt.'

Mevrouw Fletcher knikte mij bemoedigend toe. 'We voeden eerst de ziel, dan pas het lichaam.'

De rest van de maaltijd aten we in stilte en na het Bijbellezen en gebed dook meneer Fletcher in zijn krant en werd ik door de boerin meegenomen naar mijn nieuwe onderkomen. Ik sliep op de begane grond. Mijn kamer was aan het einde van de gang, met tegenover mij de badkamer. Groot was het niet, maar er hing tenminste geen wasgoed te drogen.

'Kijk, hier liggen schone handdoeken, en ik heb een extra deken op je bed gelegd. Weet je hoe je de wekker moet zetten? Morgen wel op tijd zijn, dat is erg belangrijk. Hier ligt de Bijbel, ga maar gauw studeren. Het leeslint zit al bij de juiste pagina, dus je hoeft niet meer te zoeken. Je zal merken dat het leven hier snel genoeg gaat wennen. Slaap lekker voor straks.'

Ze trok de deur achter zich dicht en ik liet mij zakken op het matras, waar de veren de intentie leken te hebben mij tegen het plafond te lanceren. De Bijbel stuiterde op het bed mee en ik sloeg hem noodgedwongen open. Of ik zo vroeg in de ochtend honger zou hebben wist ik niet, maar niet mogen ontbijten omdat ik Gods woord niet in mijn brein had geprent zou mij niet gebeuren. De tekst die ik uit mijn hoofd moest leren vond ik belachelijk, er was nog geen enkel moment in mijn leven geweest dat ik mij veilig had gevoeld in Zijn aanwezigheid.

De enige keer dat ik het gevoel had gehad dat Hij mij kwam redden was toen ik bijna verdronken was in de vijver van mijn opa. Ik dacht dat het Zijn hand was die door het gescheurde ijs heen brak om mij te troosten en mee te nemen naar de hemel. Niets was minder waar.

Bibberend stond ik aan de kant, terwijl mijn opa mij op mijn donder gaf omdat ik niet goed naar hem geluisterd had. De uitbrander sloeg al snel om in bezorgdheid, waarna hij mij in zijn armen nam en binnen zo grondig afdroogde dat ik het gevoel had dat mijn lijf in de fik stond. Ik was gered door mijn opa en wat mij betreft kon God niet in zijn schaduw staan.

Ik las de vraag, die mij door boer Fletcher gesteld zou worden, wel twintig keer over. Het antwoord stampte ik in mijn hoofd. Ik kroop in bed met de Bijbel op mijn borst en bleef lezen tot ik mijn ogen dicht voelde vallen.

De wekker die afging werd met een dreun van mijn vuist het

zwijgen opgelegd. Ik had het gevoel alsof ik tien minuten had geslapen. Tijd om te douchen nam ik niet en ik schoot in mijn kleding, te laat komen was geen optie.

Fletcher zat aan de eettafel en keek op zijn horloge. Ik ging op mijn plek zitten, maar dat was hem niet naar de zin.

'Zei ik dat je mocht zitten? Ga staan en geef mij en God antwoord.'

Hij pakte de Bijbel op de hoek van de tafel en sloeg hem open. *'Wat is uw enige troost, beide in het leven en sterven?'*

In gedachten antwoordde ik dat het een enorme troost zou zijn als ik hem op zijn bek mocht rammen. Zo hard dat hij zou stikken in zijn eigen bloed, omdat het via zijn gebroken neus in zijn luchtpijp zou belanden. Hij zou hoesten en met gestrekte armen wanhopig op mij afkomen, in de hoop dat ik hem zou redden. Ik zou toekijken hoe hij langzaam door zijn knieën zou zakken en al gorgelend het bewustzijn zou verliezen.

'Nou, komt er nog wat van?'

'Dat ik met lichaam en ziel, beide in leven en sterven niet van mijzelf, maar van mijn trouwe Zaligmaker Jezus Christus eigendom ben, die met Zijn kostbaar bloed voor al mijn zonden volkomen betaalt...'

Ik begon goed, mijn tactiek was om zo snel mogelijk de tekst op te dreunen. Fletcher was het daar alleen niet mee eens en gebaarde mij kalmer aan te doen. Dat was het moment dat ik de kluts kwijtraakte. Ik begon te stotteren en een hoestbui vertraagde de boel dusdanig dat het geduld van de boer na mijn eerste poging om opnieuw te beginnen al op was.

'Ik geef geen tweede kansen, dat doet het leven ook niet. We gaan aan het werk.'

Hij smeerde een dubbele boterham met roomboter, belegde die met ham en kaas, nam een grote hap en liep naar de bijkeuken. Ik keek hem na en wenste hem een voortijdige ontmoeting met God toe. Ik zette mijn glas op tafel en liep hem achterna.

'Ik heb alle hoop dat het morgen goed komt, hier, eet maar snel op.'

Mevrouw Fletcher stond in de hal en had zwijgend toegekeken. Ik had haar niet opgemerkt, tot het moment dat ze tegen me begon te praten. Ze had een banaan in haar handen, die ik in vier happen naar binnen schrokte, het was niet veel, maar hopelijk voldoende om de ochtend door te komen.

'In de bijkeuken hangen overalls aan de kapstok en je kan een paar laarzen en handschoenen gebruiken van meneer Fletcher, o, en vergeet niet een jas te pakken.'

Ik knikte en deed wat me opgedragen werd. Vanuit het raam in de bijkeuken zag ik de boer naar de schuur lopen. De honden lagen ervoor, bedekt onder een laag sneeuw. Ze deden geen moeite hem te begroeten, hij negeerde hen ook volledig. Misschien moest dat mijn tactiek zijn, gehoorzamen en de rest van zijn aanwezigheid zo veel mogelijk negeren. Als het voor de honden werkte, zou het voor mij ook kunnen werken.

13

'We gaan eerst de koeien voeren en daarna de varkens, hou op met dat gehoest en let goed op.'

De overall en de laarzen die ik over mijn kleding had aangetrokken waren te groot en maakten bewegen lastig. Van de wanten kon je het bovenste deel naar achteren flappen, zodat je je vingertoppen vrij had om te kunnen werken.

Fletcher leek haast te hebben en ploegde met het grootste gemak door de sneeuw. Bij elke stap schoot ik uit mijn laarzen.

'Ik heb vijftienhonderd hectare aan land, dat is inclusief grasland, akkerbouw en bosgrond.'

Ik was altijd al slecht geweest met cijfers en had geen idee hoeveel dat was en keek naar de bomenrij die ik in de verte zag staan. 'Is dat tot daar? Dat is heel veel.'

'Jij hebt je school niet afgemaakt, toch? Dat is te merken. Ik heb vijftien vierkante kilometer grond en nu geen vragen meer stellen en luisteren. De koeien zijn je eerste taak in de ochtend, daarna ga je de varkens voeren, dat is daar.'

Fletcher wees naar een groot gebouw dat iets verderop stond. Naast de schuur, waar de honden nog steeds lagen te slapen, was een omheining met aan de ingang twee hoge, houten palen.

Een oranje verlengsnoer kronkelde als een tropische slang naar boven en voorzag een bouwlamp van stroom. Niet dat het veel deed, want de verlichting was stuk en leek in morsecode te seinen om hulp. Bij elke flikkering van het schijnsel zag ik wolkjes adem uit de neus van tientallen koeien omhoogkringelen.

'Het kalfseizoen is begonnen, bij de meeste bevallingen gaat het natuurlijk, in enkele gevallen zal je moeten bijspringen. Eerst maar eens kijken wat er vannacht in de inloopstal is gebeurd, loop mee.'

Fletcher maakte een van de draden bij de omheining los door een plastic handvat met een metalen haak uit een oogje te tillen dat in een van de palen geschroefd zat. Hij werd meteen omringd door hongerige koeien die toe waren aan hun ontbijt. Ik was zo onder de indruk van hun grootte dat ik vergat om achter Fletcher aan te lopen. Hij kon de koeien slechts met moeite binnen de omheining houden. Driftig bevestigde hij de draad weer aan de paal. 'Ik zei toch dat je mee moest lopen, kom hier.'

Geschrokken liep ik naar voren om een van de twee draden los te maken.

'Dicht laten en ertussendoor kruipen.'

De koeien waren nieuwsgierig en er was weinig ruimte tussen de draden om mijzelf erdoorheen te manoeuvreren.

'Staat de stroom erop?'

'Wat denk je zelf? Opschieten.'

Ik bukte en duwde met beide handen de onderste van de twee draden naar beneden. Er volgde een eerste gemene tik die door mijn hele lijf schoot. Bij de volgende opdonder liet ik met een hand de draad los, waarbij ik steun zocht tegen de flank van een van de koeien die vlakbij stond. De derde stroomstoot schoot via mijn vingertoppen door haar lijf. Ze aarzelde geen moment en trapte het nare gevoel van zich af door de hoef van haar rechterachterpoot vol tegen mijn dijbeen te rammen. Ik rolde op mijn rug, hapte naar adem en zag de bezorgde blikken van meerdere koeien die zich af leken te vragen wat er nu toch op de bevroren grond lag. De adem uit de vele neusgaten verwarmde mijn gezicht. De ijskoude blik van Fletcher verscheen ineens tussen de grote koppen.

'U zei dat er geen stroom op stond.'

'Nee, dat zei ik niet, dat jij niet logisch kan nadenken is niet mijn probleem. Hou op met lanterfanten en sta op.'

Ik krabbelde overeind en hinkte tussen de koeien door achter de boer aan. De inloopstal was niets meer dan een enorme overkapping met twee wanden die minimale bescherming bood tegen wind en neerslag. De aanblik van de pasgeboren kalfjes was, samen met de benen van Melanie, het mooiste wat ik de afgelopen weken had gezien. Sommige lagen verscholen in het stro, terwijl andere aan het drinken waren. Ik wilde ze van dichtbij bekijken, maar dat stond Fletcher niet toe.

'Met rust laten, die kalfjes zijn gister geboren, we hebben wel wat beters te doen. Ik ben er vannacht nog uit geweest, er zijn twee koeien waarvan ik verwacht dat ze vanochtend zullen kalven.'

Een koe stond luid loeiend bij een kalfje waarvan het geboortevlies nog deels om het lijfje zat. Fletcher liep ernaartoe en was snel met zijn conclusie.

'Wegslepen naar de achterkant van de varkensstal en terugkomen, die andere daar gaat bevallen.'

Ik liep naar het jonge dier en pakte het bij de achterpootjes, ze voelden koud aan. De moeder protesteerde en probeerde mij met haar kop weg te duwen, alsof ze nog niet klaar was om afscheid te nemen.

'Tempo! Ik heb je hier nodig.'

Het snerpende stemgeluid sneed door de kou en voor de vierde keer die ochtend voelde ik een schok door mijn lichaam schieten. Met een ruk trok ik het levenloze lijfje naar de omheining toe. De andere dieren zagen me met hun kleine soortgenoot lopen. Het wezentje werd besnuffeld en kreeg her en der een lik als afscheid. De bevroren ondergrond maakte dat het hoofdje hard heen en weer stuiterde. Ik schoof het dier onder de omheining door en zorgde dat ik het contact met de draden vermeed. Het laatste stuk naar de varkensstal ging moeizaam. Ik had het kalfje inmiddels opgetild en de lege blik in de ogen ontweek ik door mijn kin op het voorhoofd te laten rusten. De achterpootjes trokken een spoor door de sneeuw.

Op een thermometer, die aan de varkensstal bevestigd was, zag ik dat het min zestien was. Toch had ik het bloedheet.

De kuil waar ik voor stond was groter dan mijn kamer bij de familie Decker, ik gok zo'n drie bij vier meter en zeker anderhalve meter diep. Ik wilde niet kijken, maar deed het toch. Ik telde zeven dieren die, in een open massagraf, lagen te wachten om toegedekt te worden. Een moedervarken, omringd door vier biggetjes, een kalfje, waarvan de ogen waren toegedekt met een sluier van ijs, en een uit de kluiten gewassen kat. Dit dier lag er heel wat minder vredig bij. Zijn kaken waren opengesperd, waarbij de gigantische hoektanden goed zichtbaar waren. De brede poten leken nog een uithaal naar het leven te willen maken. Een schotwond in zijn zij had hem dat onmogelijk gemaakt.

'Quintin! Waar blijf je!'

Fletchers stem knalde als een boemerang van geluid om de hoek van de varkensstal. Van schrik liet ik het kalfje uit mijn handen vallen, waarna het lichaam met een doffe plof op de andere dieren viel. Ik rende weg.

Ik wilde zo snel mogelijk bij de dode dieren vandaan zijn,

dook onder de stroomdraden door en stond uit te hijgen bij de koe die op het punt van bevallen stond. Ze was inmiddels opgestaan en sloeg driftig met haar staart tegen me aan.

'Hou op met dat dier lastigvallen en help mee om haar daar vast te zetten.'

'Daar' was een deel van de inloopstal dat afgezet was met smalle hekken, waar meerdere koeien naast elkaar konden staan. Fletcher greep haar staart en trok die langs de zijkant van haar lichaam, zodat ze niet anders kon dan een kwartslag draaien. Een touw om haar nek en mijn bevroren vingertoppen tegen haar billen gaven het laatste zetje om haar tussen de twee hekken te krijgen.

'Pak die emmer met glijmiddel.'

Ik reikte het metalen handvat aan, terwijl Fletcher zijn rechtermouw tot voorbij zijn elleboog opstroopte. Hij stak zijn arm in de emmer om vervolgens, zonder aarzelen, deze in de achterkant van de koe te laten verdwijnen. Ik had niet het idee dat het arme dier wist wat haar te wachten stond, want ze begon direct te loeien en te poepen. Dit, in combinatie met de bleke en besmeurde arm van Fletcher, deed me denken aan een patatje dat in de pindasaus werd gedoopt. Ik kreeg onbedaarlijk de slappe lach, tot ergernis van de boer die me toesnauwde het touw aan te geven dat over een van de hekken hing. Met het zweet op zijn voorhoofd propte hij het touw bij de koe naar binnen. Mijn lachen was overgegaan in verbazing, dit had veel weg van een goocheltruc van Hans Kazàn. Fletcher mompelde enkele verwensingen, tot hij, zichtbaar opgelucht, een deel van het touw weer uit de koe trok. Hij gaf mij het uiteinde en gebaarde om achter hem te gaan staan.

'Het touw zit om de voorpoten, bij elke perswee trek jij zo hard je kan, wacht op mijn teken.'

Touwtrekken met een hoogzwangere koe leek mij een heel slecht idee. Toch greep ik het touw zo stevig mogelijk vast. Fletcher stak zijn hand weer in de koe en knikte mij toe.

'Nu!'

Bij mijn eerste ruk probeerde ze direct achteruit te trappen, een klap die werd opgevangen door het metaal van het hek. Het leek haar geen pijn te doen, want ze haalde nog een paar keer venijnig uit. Na een aantal persweeën begon ik het ritme van haar hardwerkende lichaam te herkennen en hoefde Fletcher mij niet meer te instrueren. Het zweet gutste over mijn rug en ik zag de damp van haar lichaam afkomen, toen de twee hoefjes van het kalfje ineens tevoorschijn kwamen. Een samengedrukte snuit, waarbij de tong naar het leven werd uitgestoken, volgde en dat was het moment dat moeder en ik nog eenmaal onze krachten bundelden. Ik rolde achterover in het hooi, gevolgd door het kalfje dat boven op mij landde.

Fletcher trok het grootste gedeelte van het geboortevlies van het dier en legde dat in het zicht van de moeder in het stro.

'Opstaan, kalf optillen en als de sodemieter meekomen.'

De kracht van boer Fletcher bleek enorm, hij trok mij en het kalf overeind en sleepte ons naar de schuur. De honden werd met een knip van de vinger duidelijk gemaakt dat ze plaats moesten maken voor de enige, echte alfa van deze roedel. Zonder op of om te kijken stonden ze op en verspreidden zich buiten over het terrein. Een handdoek die naar mijn hoofd werd gegooid zorgde ervoor dat ik mijn focus weer naar de boer verlegde. Hij stond met het kalf bij een gesloten houten kist van ongeveer anderhalf bij één meter.

'Doe je jas uit en kruip hierin.'

Ik vertrouwde het totaal niet en bleef aarzelend staan.

'Sta niet zo stom te staren en doe wat ik je zeg.'

Fletcher hield het deurtje open en bij het naar binnen loeren zag ik aan de bovenkant van de kist een rode warmtelamp. Een metalen roostertje rondom het peertje moest voorkomen dat ik me zou branden. De hitte sloeg vol in mijn gezicht, tijd om eraan te wennen kreeg ik niet.

'Naar binnen jij.'

Een stevige duw volgde en met de handdoek in mijn handen kroop ik naar het uiteinde van de kist. Het kalfje, nog volledig versuft, werd ook naar binnen geschoven.

'Droogwrijven en binnen vijf minuten weer terug zijn.'

Het deurtje werd dichtgedaan en de wereld verdween. Ik boende over de ledematen en bij iedere aanraking leek er meer leven in het kalfje te komen. De lodderige blik in de oogjes verdween en maakte plaats voor een onderzoekende.

'Ja, ik snap dat dit verwarrend is, vanuit je moeder in een bloedheet hok, nou, als je dit verrassend vindt, wacht dan maar tot we zo naar buiten moeten.'

Ik weet niet of het mijn manier was om mezelf moed in te praten, het krat was warm en voelde veilig. Toch wilde ik niet nog meer gelazer en dus wurmde ik me langs het kalf en kroop achterstevoren de warmte uit en de kou weer in. Het temperatuurverschil was zo groot dat er een hoestbui volgde die niet leek te stoppen. Ik trok het dier naar buiten en tilde het op. De warmte van het pasgeboren lichaam tegen het mijne gaf me een fijn gevoel en ik knuffelde het dier door mijn gezicht tegen de vacht te drukken.

'Tempo!'

Fletcher stond bij de koe die zich loeiend afvroeg waar haar kind gebleven was.

'Bij de moeder leggen en wegwezen, als het goed gaat, gaan we de varkens voeren.'

Ik deed wat me werd opgedragen en vanaf een afstand keken we toe hoe het kalfje grondig werd schoongelikt.

'Tijd voor de volgende taak, trek je jas aan, wil je dood of zo?'

Fletcher beende weg zonder om te kijken. Het wonder van de geboorte leek hem weinig te doen. Ik rende naar de schuur, greep de jas die ijskoud aanvoelde en gooide hem in het krat om op te warmen.

Om de verloren tijd goed te maken rende ik, al hoestend, naar de stal. De boer leek de vertraging niet opgemerkt te hebben en ergerde zich zichtbaar aan mijn piepende adem.

'Je lijkt wel een zeeleeuw met dat gehoest. We gaan hier naar binnen. Ik wil dat je kijkt, luistert en vooral je mond houdt.'

'Ja, meneer Fletcher.'

'Laarzen uit en binnen de andere aantrekken, als je dat vergeet doe ik je wat.'

De eerste deur gaf toegang tot de machinekamer. Ik deed mijn laarzen uit en keek door het raampje naar de inloopstal. Ik zag hoe het kalfje probeerde op te staan.

'Hoe gaan we haar noemen?'

'Hoe gaan we wie noemen?'

Ik wees naar het pasgeboren leven dat inmiddels zelfstandig kon staan. Een stevige ruk aan mijn schouder liet me op mijn benen tollen, waarbij een van de laarzen door de ruimte vloog.

'Dieren hebben geen naam, alleen een functie, heb je dat goed begrepen?'

Ik knikte en vroeg me af of Fletcher vroeger weleens de natte neus van een hond op zijn wang had gevoeld. Een fijner gevoel bestond er niet.

14

'Vasthouden.'

Fletcher drukte een rode emmer in mijn handen. Ik had geen idee wat ik ermee moest, maar ik hield hem in mijn handen alsof het de kampioensbeker van een voetbaltoernooi was.

'Je hebt hier veel te doen, dus opletten.'

Ik knikte en trok een paar laarzen aan die naast een gigantisch apparaat stonden.

'Dit is de machine om de varkens te voeden. Sleutel omdraaien, wachten tot het groene lampje knippert, dan de rode knop indrukken. Via deze toevoer gaat het eten naar de dieren.'

Een grijze pijp verdween vanuit de machinekamer door de muur naar de stal van de varkens.

'Eerst even een controlerondje, want als ze beginnen te vreten is het chaos, neem je emmer mee.'

De tweede deur naar de stal ging open en ik hoorde het geknor van honderden biggen. De stal had aan weerszijden ruimtes voor de dieren, gescheiden door een looppad van ruim twee meter breed dat over de gehele lengte van de stal liep.

'Ik ben overgestapt van biggen naar vleesvarkens, minder moeite, meer geld. Ik heb achter in de stal nog een paar zeugen, die gaan na hun laatste worp naar de slacht.'

Ik vroeg Fletcher wat er met het varken in het massagraf was gebeurd.

'Ze was kreupel, dus heb ik haar afgeschoten, de biggen waren al op sterven na dood, dus dat was een kwestie van erbij gooien.'

De onverschilligheid waarmee hij sprak gaf mij de kriebels. Ik probeerde het nare gevoel van me af te schudden door afleiding te zoeken bij de dieren die hun nieuwsgierige neus tegen mijn hand drukten. De rillingen bleven.

'Hoe kan jij het nou nog steeds koud hebben? Meelopen en hou op met die beesten te aaien!'

Sommige biggen hadden kleine wondjes bij de oren of staart; door stress en verveling gingen de dieren aan elkaar knagen, de zwaksten delfden hierbij meestal het onderspit.

'Alle dieren die je nu ziet wegen ongeveer vijfentwintig kilo, als ze tegen de honderdtwintig kilo zijn gaan ze naar de slacht. O, dat gaat deze niet meer meemaken.'

Zonder enige aarzeling reikte zijn hand over een van de afscheidingen om een biggetje bij het achterpootje te grijpen en buiten het hok te leggen.

'Die gaat de kuil in, doen we voor de koffie. Zoals je ziet heeft ieder hok een metalen bak waar het voer via deze trechters in komt. Tijdens het vreten rammen ze tegen die bak, als het bijna op is, schiet die trechter eruit. Niet vergeten dat te controleren want anders komt het voer in het hok en dat wil ik niet hebben.'

Fletcher duwde een aantal van de trechters in de voederbak en gebaarde mij om in het hok te komen en mee te kijken.

'Hier met die emmer, dit hoort er ook bij.'

Ik loerde naar de bodem waar ik restjes graan, mais en nog iets anders zag wat op bietenpulp leek. Tussen het voer zat een muis, hij keek even omhoog en scharrelde wat tussen het voer door. Fletcher graaide met zijn hand over de bodem en tussen zijn vingers zag ik het diertje zitten, in zijn pootjes had hij een maiskorrel die hij stevig vasthield. Het beestje werd in de emmer gegooid, waar het om zich heen keek en vervolgens verderging met zijn ontbijt.

'Dit is een veeprikker, die gebruiken we om de varkens een duwtje te geven wanneer ze vanuit de stal naar de vrachtwagens gaan.'

De boer had een stok in zijn hand die zich aan het einde splitste in een vork met twee metalen punten. Op het handvat zat een knopje dat Fletcher een paar keer indrukte. Zachte tikjes waren hoorbaar, maar ik had geen idee waar ik naar stond te kijken. Dat veranderde toen hij de stok in de emmer stak en de maiskorrel nog net niet veranderde in popcorn en de muis, volledig verkrampt, als een minuscuul tapijtje op de rode plastic bodem zijn laatste adem uitblies.

'Alle bakken langsgaan, in de emmer verzamelen en als ze dood zijn gooi je ze buiten weg, voer voor de raven.'

Fletcher drukte mij de stok des doods in de hand en liep naar de uitgang.

'Als je alles hebt gecontroleerd zet je de machine aan. Ik ben bij de koeien.'

Hoewel Fletcher me overduidelijk niet geschikt vond voor het boerenleven, leek mijn bijdrage toch onmisbaar.

Zo koud als het buiten was, zo bloedheet was het binnen. Het luisteren naar de uitleg van de boer had me veel energie gekost. Het gemiste ontbijt droeg niet bij aan mijn concentratie. Ik nam me voor om dat morgenochtend niet nog eens te laten gebeuren. Ik liep naar de grote machine, draaide de sleutel om, wachtte tot het lampje groen werd en drukte op de rode knop. Het apparaat kwam tot leven en daarmee ook de varkensstal. De biggen hoorden het voer door de leidingen rammelen en maakten zoveel lawaai dat het geluid van de machine erdoor overstemd werd. Ik deed mijn buitenlaarzen aan en liep zo snel mogelijk, met de emmer in mijn handen, naar de achterkant van de stal. Ik had zonder enige moeite drieëntwintig muizen weten te vangen en samen vormden ze een bewegende massa van leven. Ik stond met de veeprikker in mijn handen, het idee dat ik met dat ding door de emmer zou moeten roeren maakte me misselijk. Leegschudden was de enige optie, in de verte schreeuwde Fletcher mijn naam over het erf.

'Is het gelukt? Aan de varkens te horen wel, tijd voor de honden.'

Ik kon me niet voorstellen dat de honden geen naam hadden, ernaar vragen durfde ik niet.

'Wat voor functie hebben de honden?'

Fletcher keek me met samengeknepen ogen aan, alsof hij probeerde te bepalen of mijn vraag serieus genoeg was om te beantwoorden.

'Bescherming tegen wolven en andere onverwachte bezoekers, zoals de lynx die je in de kuil hebt zien liggen. Die kwam waarschijnlijk op de biggen af. Genoeg gebabbeld, we gaan het voer halen.'

De honden roken dat het tijd was voor hun ontbijt en kwamen om de hoek van de boerderij aangelopen. Vond ik ze in het licht van de maan al prachtig, bij de opkomende zon waren ze ronduit magisch. Hun blauwe ogen leken licht te geven, met hun focus op de boer, die naar de bijkeuken van het huis liep. Er stond een koelkast die ontzettend smerig was en ik vroeg me af waarom de roodbruine substantie er niet afgeboend was. Fletcher trok de deur van de koelkast open en in elke lade lagen hompen vlees.

Ik wees ernaar en keek Fletcher vragend aan.

'Konijnen, het stikt ervan, gratis vreten voor die daar.'

Hij wees naar de honden, die ongedurig heen en weer liepen.

'Ze krijgen één keer per dag eten en je hoeft het niet te verdelen, je gooit het in het midden van de schuur en geeft ze het signaal.'

Ik wilde vragen welk signaal, maar Fletcher pakte in elke hand twee konijnen en liep alweer naar buiten. Er zat totaal geen rem op zijn werktempo.

'Deze twee neem jij.'

De gevilde konijnen trokken een spoor van bloed door de sneeuw, terwijl mijn vingertoppen onwillekeurig in de bleke huid knepen. In de paar uur dat ik nu aan het werk was had ik al meer dode dieren gezien dan mijn gehele leven.

'Oké, goed opletten.' Fletcher stak zijn hand omhoog en maakte een vuist.

Zonder een moment van aarzeling gingen de honden zitten. Tot mijn verbazing lag de focus niet op het voedsel dat hij op de grond had gegooid, maar op de boer zelf. Ze volgden als één organisme zijn bewegingen.

'Gooi die konijnen bij de rest in de schuur en ga bij de deuren staan.'

Fletcher had zijn wijsvinger omhooggestoken; voor de honden het teken dat ze ieder moment mochten aanvallen. Het geluid van de nagels die over de houten vloerdelen van de schuur krasten, volgde op de vinger die naar de kadavers wees.

De dieren stormden op Fletcher af. Hij leek totaal niet onder de indruk.

De alfahond die mij gister nog door de sneeuw had geholpen, dook met luid gegrom op het voedsel af. Om zich heen happend zorgde hij ervoor dat de overige honden op afstand bleven, zodat hij als eerste kon eten. Het gekraak van het kadaver tussen zijn kaken ging door merg en been. Ondertussen stond Fletcher er onaangedaan bij, terwijl de andere honden naderbij kropen en piepend smeekten of ze ook mochten eten.

'Vanaf morgen is dit jouw taak, nu is het tijd voor koffie.'

Hij bracht het alsof we zojuist de kippen hadden gevoerd. Het viel me toen pas op dat die nergens te bekennen waren. Voor mij was een boerderij zonder kippen geen echte boerderij. Op de vraag waarom hij het gevogelte niet rond had lopen knikte hij kort naar de honden.

'Hebben we geprobeerd, was geen succes.'

Zwijgend liepen we naar de veranda, waar we de laarzen tegen de muur uitklopten voor we naar binnen gingen. De geur van koffie deed me gek genoeg denken aan Veronique. Als ik nu in Nederland was geweest hadden we misschien wel weer thee gedronken in de stationsrestauratie.

'Hoe drink jij je koffie?'

Ik dronk geen koffie, nog steeds niet. Dat deed ik alleen met mijn opa toen hij nog leefde. Toch nam ik het zekere voor het onzekere; thee leek me in de ogen van Fletcher erg truttig en voor mijn gevoel was alles op de boerderij een test.

'Zwart zonder suiker.'

Ik sloot mijn ogen en nam een slok, voor even zat ik weer naast mijn opa, visten we op paling en dronken we koffie uit zijn thermosfles.

Het voelde zo echt en hij leek zo dichtbij, dat ik bijna vergat dat hij gestorven was.

'Doe je ogen open en hou op met grijnzen, we doen hier niet aan binnenpretjes.'

Net als bij de familie Decker was glimlachen ook hier een bron van ergernis. Ik zou moeten leren om mijn gedachten niet via mijn gezichtsuitdrukking met de buitenwereld te delen, een onmogelijke opgave.

Mijn opa zei altijd dat mijn gezicht boekdelen sprak en dat de wereld mij zou leren kennen, of mensen dat nou leuk vonden of niet. Weer die glimlach, deze keer was het mevrouw Fletcher die mij met haar zachte stem naar het hier en nu haalde.

'Kijk eens, bananenbrood, ik hoop dat je het lekker vindt.'

'Hou op met die jongen te vertroetelen en geef mij ook een stuk.'

15

'Jouw beurt...'

Ik had de smaak van het zelfgebakken bananenbrood van mevrouw Fletcher nog in mijn mond. Ik had drie stukken mogen pakken en had ze weggespoeld met twee koppen koffie. Het holle gevoel in mijn maag was verdwenen, maar er was een knoop voor in de plaats gekomen. Na de koffiepauze was ik met Fletcher naar de rand van het bos gelopen. Moe en bezweet door koorts en inspanning ging ik met hem langs verschillende strikken die hij had gezet om konijnen te vangen. Een meegebrachte jutezak was al snel gevuld met drie konijnen, die als diepvriesmaaltijden in de sneeuw lagen. Twee anderen zaten met hun pootje vast in een strik en leefden nog. Hun hoge gegil probeerde ik te blokkeren door mijn oren met mijn wanten te bedekken.

'Stel je niet aan, de dood hoort bij het leven.'

Fletcher had de zin nog niet uitgesproken of hij sloeg, met een rake klap achter de oren, het eerste van de twee konijnen naar het hiernamaals. Vervolgens maakte hij het andere los en hield het spartelende dier aan zijn achterpoten voor mijn neus.

'Ik heb niet de hele dag de tijd.'

Het was niet de eerste keer dat ik een konijn zou doden, maar de aanleiding was toch heel anders.

Het was herfst en ik ging met mijn opa naar het bos. Hij zou eekhoorntjesbrood verzamelen en ik kastanjes.

Mijn opa liep voor mij uit. Zijn klompen deden de bladeren knisperen en af en toe bukte hij om zijn lievelingspaddenstoel af te snijden. Ik keek naar zijn brede rug en wenste dat ik net zo groot als hij zou worden.

Mijn aandacht werd getrokken door een konijntje aan de voet van een grote boom. Ik liep er zo voorzichtig mogelijk op af, tot mijn verbazing bleef het rustig zitten.

'Pake, is dit konijntje ziek?'

Het diertje hapte naar adem, de oogjes waren opgezet en op verschillende plekken van het lijfje zaten wondjes waar bloed uit kwam. Ik vond het er eng uitzien en verschool me achter opa's been.

'Myxomatose, Quintin.'

Ik keek hem niet-begrijpend aan. 'Wat is myxolactose?'

'Matose... Myx-o-ma-tose, dat is een konijnenziekte.'

Hij keek om zich heen, pakte een tak van de grond en drukte die in mijn handen.

'Het konijntje is erg ziek, we moeten het van de pijn verlossen.'

Dat snapte ik heel goed, maar ik begreep niet wat ik met die tak in mijn handen moest. Opa wees naar de plek achter haar grote oren.

'Niet aarzelen en daar slaan.'

Ik schudde driftig van nee.

'Quintin, jij hebt haar gevonden, dus is ze jouw verantwoordelijkheid.'

Aarzelend hief ik de tak boven mijn hoofd en sloot mijn ogen.

'Open je ogen, als je niet op de goede plek slaat maak je de pijn erger.'

'Ik wil haar geen pijn doen...'

Mijn opa liet zich door zijn knieën zakken en sloeg zijn arm om mijn schouder.

'Kijk jonkje, zie je al die wondjes en hoe ze naar adem snakt? Soms moeten we in het leven heel moeilijke keuzes maken, en een dier uit zijn lijden verlossen is daar één van. God heeft jou op het konijntje gewezen, zodat jij Zijn instrument kan zijn om haar naar de hemel te brengen.'

Ik begreep wat hij bedoelde en volgde zijn instructies op.

Het konijntje maakte geen geluid toen ik haar raakte. Ze werd meteen slap en sloot de ogen. De tak gooide ik zo ver mogelijk weg.

'Ik snap dat je dit heel lastig vond, maar het was het enige juiste om te doen. Je hebt haar heel veel pijn bespaard.'

Ik knikte en samen begroeven we het konijn op de plek waar ik haar had gevonden. Ik huilde, maar dat was niet erg, zei opa. We dekten het grafje toe met mos en samen bleven we er nog even in de najaarszon naast zitten.

Het geschreeuw van het konijn zou niet stoppen als ik niet zou doen wat me door Fletcher was opgedragen. Ik greep het dier bij de oren en met mijn tanden trok ik een van mijn wanten uit. Ik kneep mijn ogen stijf dicht en sloeg met de zijkant van mijn hand tegen de nek van het konijn. Hard en snel, het werd direct stil.

Fletcher gooide het voedsel voor de honden in de jutezak en slingerde deze over zijn schouders.

'We gaan terug.'

We hadden wind tegen en de sneeuw sloeg in mijn gezicht,

waardoor het lastig was te zien waar ik liep. Meerdere malen viel ik om, waarbij het opstaan moeite kostte en het geduld van boer Fletcher telkens op de proef werd gesteld.

De honden leken te ruiken wat er in de jutezak zat, want ze kwamen van alle kanten aangestoven en sprongen tegen Fletcher op. Die was daar niet van gediend en gaf een paar honden een stevige draai om de oren. Ze dropen direct af.

'Ik neem aan dat je nog nooit een konijn hebt gevild.'

We liepen de schuur in, waar de inhoud van de zak op de grond werd gekiepert. Fletcher greep het konijn dat hij met zijn blote handen had gedood en hing het met de achterpootjes aan twee ijzerdraden die boven een werkbank hingen.

'Pak die bak en schuif hem eronder.'

Een plastic afwasteil, die ooit wit was geweest, lag in de hoek van de schuur. Terwijl ik deze op de werkbank schoof greep de boer naar een mes dat in een leren schede aan zijn broekriem hing. De huid werd met een aantal halen bij de achterpoten ingesneden, waarbij Fletcher als een chirurg te werk ging. Hij veegde het mes af aan zijn overall en stak het terug in de schede. Met een aantal flinke rukken trok hij het vel van het dier. Het deed me denken aan mijn spijkerbroek die op het verlaten parkeerterrein van mijn lijf werd getrokken.

De herinnering kwam net zo onverwacht als het moment dat mijn hoofd tegen het portier werd geslagen, snel en zonder waarschuwing. Pijn deed het niet, althans niet voor zover mijn geheugen het toeliet de gebeurtenis terug te halen. Mijn wang schraapte over de stenen terwijl ik achter de auto werd getrokken. Buiten het gezichtsveld van God en de wereld voelde ik hoe zijn handen mijn heupen vastgrepen en mijn broek naar beneden werd getrokken. Ik was rijp voor de slacht.

'Opletten jij, dromen doe je maar in je eigen tijd.'

Het gekraak van de huid die loskwam van de pezen en spieren maakte me misselijk. Ik schoof de teil onder het heen en weer slingerende konijn. Niet dat het nodig was, want er kwam wonderlijk weinig bloed aan te pas.

'Nu jij, pak dat andere beest op en doe wat ik heb voorgedaan.'

Fletcher reikte mij het mes aan en ik zette aarzelend de punt in het vlees van het konijn.

'Niet prikken, maar snijden. Schuin houden en via de achterzijde van de poten naar beneden.'

Ik deed wat me werd opgedragen en ontnam het konijn zijn winterjas, ik wendde mijn blik af zodat Fletcher niet zou zien dat ik stond te huilen.

'Niet slecht voor een eerste keer...'

Het zou het enige compliment zijn dat ik gedurende mijn tijd op de boerderij zou krijgen en het deed me niks. Het vlees moest ik naar de koelkast brengen, de andere konijnen moesten eerst ontdooien voor ze gestript konden worden.

De rest van de dag hielpen we koeien met bevallen en in mijn hoofd maakte ik aantekeningen van alles wat Fletcher zei en deed.

'Kun je autorijden?'

'Ik heb geen rijbewijs.'

'Dat vroeg ik toch niet? Geef gewoon antwoord op de vraag.'

Ik knikte en dacht terug aan de rijles van Mike.

Er werd mij een autosleutel toegeworpen.

'Het is mijn enige reserve, dus niet kwijtraken. Deze houd je altijd bij je. Pak de truck, laad hem vol met hooi en rij ermee tot de ingang van de omheining. Vanuit de laadbak uitvegen en dat twee keer herhalen, daarna kom je me weer helpen met de kalfjes.'

Het portier piepte bijna net zo luid als de konijnen en ik sloeg het zo hard mogelijk dicht, iets waar mijn vader altijd boos om werd, hier leek het niks uit te maken. Ik startte de truck, zette de versnellingshendel in 'drive' en liet mijn voet van de rem opkomen. Het rubber van de banden deed de sneeuw kraken, mijn voet op het gaspedaal porde de motor uit zijn korte winterslaap en ik reed de oprit af om de scherpe bocht naar de hooiopslag te maken. Fletcher liep te gebaren dat ik haast moest maken. Ik weet niet waarom, maar in plaats van door te rijden remde ik af.

'Wat zit je nou stom in die wagen te staren? Trap het gas in en ga aan het werk!'

Hij schreeuwde zo hard dat het leek alsof hij naast me zat. Toch aarzelde ik. Ik had de neiging vol op hem in te rijden.

Niemand zou het me kwalijk nemen, ik had tenslotte geen rijbewijs, het zou op een ongeluk lijken. De truck was oud, misschien niet eens meer veilig genoeg om de weg op te mogen. Het gaspedaal zou kunnen blokkeren, of de rem zou dienst weigeren.

Ik zou gillen, extra hard, nog voor Fletcher door de grill te grazen zou worden genomen. Zijn lichaam op de motorkap zou door zijn wollen wanten geen grip hebben en van de auto onder de voortrazende wielen glijden. Ik zou de wagen tegen een van de hoge palen van de omheining tot stilstand dwingen en heel hard om hulp roepen. Het gebroken lichaam van de boer zou onder de auto vandaan getrokken worden, vermorzeld door het gewicht van de truck. Niemand zou het me kwalijk nemen.

Het portier werd opengerukt en Fletcher schoof me woedend opzij.

'Je zei toch dat je kon rijden, rij dan ook!'

Met hoge snelheid reden we de hoek om, waar we het hooi inlaadden. Op de weg terug moest ik achterin zitten. De boer leek zijn best te doen om elke oneffenheid in het land mee te pakken, en ik knalde door de laadbak, opgelucht dat het hooi de meeste klappen opving. Bij het remmen sloeg ik met mijn achterhoofd tegen het raampje van de cabine, hard genoeg om een enorme ster in het ruitje te slaan.

Fletcher draaide zich om en beet mij toe dat de schade mij geld ging kosten, het kon me niks schelen.

16

'Heb je kleingeld? Je stinkt trouwens, weet je dat?'

Ik was zojuist aangekomen bij het winkelcentrum van Winnipeg. De bus had me afgezet en de indiaan was zijn dag, net als ik, vroeg begonnen.

Hij had gelijk, ik stonk naar alles wat een boerderij aan geuren met zich meebrengt.

Het was niet zo dat ik niet had mogen douchen, het was gewoon een beetje zinloos. Ik was al gewend geraakt aan het idiote tijdstip dat mijn wekker ging en begon iedere ochtend met het herlezen en inprenten van de Bijbelteksten. Het ging met vallen en opstaan, waardoor ik toch nog twee keer de mist inging met Gods woord en Hij indirect schuldig was aan een hongerige start van de dag.

Omdat ik met de bus weer naar de familie Decker moest, had ik verwacht dat ik de varkens en koeien niet hoefde te voeren. Niets bleek minder waar.

'Morgenochtend pak je de bus van kwart over acht vanaf het centrum van Carman, je wordt door mevrouw Fletcher gebracht. In de ochtend kun je dan nog je taken uitvoeren.'

Douchen zou me in tijdnood brengen en dus was ik, nadat

ik de dieren verzorgd had, naar binnen gerend om mezelf om te kleden en mijn tas te pakken. Mevrouw Fletcher zat al in de auto te wachten.

'Hierbinnen is het lekker warm, ga maar zitten. Ik heb een stuk bananenbrood voor je. Pas op, het komt vers uit de oven en is nog een beetje heet.'

Zwijgend reden we de oprit af. Boer Fletcher was in de inloopstal met de koeien bezig en keek niet op of om, zelfs niet nadat zijn vrouw op de claxon had gedrukt.

Mevrouw Fletcher was een babbelkous, gedurende het twintig minuten durende ritje hield ze geen moment haar mond. Ze vertelde over de omgeving en dat zij, als kind, uren in de bossen had gespeeld en het liefst in bomen klom om dan over de vlakte te kunnen staren. Hoe ze als jonge vrouw haar hart verloor aan de boer toen hij haar na een kerkdienst vroeg om samen een wandeling te maken.

'Het was zo koud, maar hij nam mijn handen in de zijne en blies ze warm met zijn adem. Ik was op slag verliefd.'

Ik vond het lastig om Fletcher als een warme en liefdevolle man te zien en kon me geen voorstelling maken van het beeld dat de boerin nu van hem schetste.

'Kijk, in dit soort bomen klom ik vroeger het liefste.'

Ik volgde haar hand die naar een naaldboom wees waarvan de takken als traptreden naar de hemel leken te reiken.

'Jij lijkt mij iemand die ook van klimmen houdt, of heb je hoogtevrees?'

Ik schudde van nee en dacht aan de seringenboom in de tuin van mijn ouders. Die gebruikte ik als verstopplek of, afhankelijk van de situatie, als uitkijkpost. Tegen de tijd dat ik haar had uitgelegd hoe ik in die boom klom, waren we in het centrum van Carman aangekomen. Dat was niets meer dan een lange straat met aan beide kanten winkels, een supermarkt en een restaurant.

'Je bus staat klaar, neem deze maar mee voor onderweg.'

Mevrouw Fletcher drukte me nog een plak cake in mijn handen en klopte mij zachtjes op de schouder.

'We zien je zondag weer, goed naar meneer Fletcher blijven luisteren. Voor je het weet ben je een echte boer.'

Ik bedankte haar en zwaaide tot ze om de hoek van de straat verdween. Ik luisterde de hele busrit naar de muziek op mijn walkman. Dankzij Mike zat ik weer in een Meat Loaf-fase en draaide ik zijn muziek grijs. De uitgestrekte vlakten snelden aan mijn ogen voorbij en met het verstrijken van iedere kilometer leek ik me beter te voelen, de restanten van de griep bleven gevoelsmatig achter op de boerderij.

Waar de omgeving in de buurt van Carman nog spierwit was, werd het hier met de minuut grauwer. Het werd steeds drukker op de weg en de sneeuw veranderde in een grijsbruine drab die aan de auto's bleef kleven, waardoor ze allemaal op elkaar leken.

De parkeerplaats van mijn eindstation was gevuld met auto's van mensen die hun weekendboodschappen in huis haalden. De avond ervoor had ik afgesproken dat ik bij de ingang van het winkelcentrum op mevrouw Decker zou wachten.

'Zorg dat je klaarstaat.'

Na die mededeling hing ze op.

'Heb je nou wat geld of niet?'

Ik keek uit naar de lijkwagen en deed mijn best de indiaan te negeren.

'Hallo? Ik praat tegen je!'

Ik keek naar de rand van de hoed die ooit beige geweest moest zijn.

'Bent u een echte indiaan?'

Ik kreeg geen antwoord.

'Hallo? Ik praat tegen u!'

Ik vond mijzelf bijzonder grappig en liet hem dat merken ook.

'Hou op met lachen en geef me wat geld.'

Zonder me aan te kijken rammelde hij met het potje. Er rinkelde een paar dollar aan muntgeld tegen het glas.

'Ik geef u geen geld, u koopt er toch alleen maar wijn voor.'

Hij schudde nee en stak dwingend zijn glazen portemonnee omhoog.

'Ik wil geen wijn. Geef me geld voor koffie, het is koud.'

De auto van de familie Decker was nergens te bekennen en ik keek over mijn schouder naar de ingang van het winkelcentrum. Bij het koffietentje zag ik twee mensen staan.

'Wat hebt u in uw koffie?'

'Whisky.'

Hoofdschuddend liep ik naar binnen en bestelde een zwarte koffie, en ik nam wat zakjes met suiker en melkpoeder mee. Ik rekende af, liep terug naar de indiaan en tikte met de onderkant van de beker zachtjes tegen de rand van zijn hoed.

'Alstublieft, koffie.'

Een bruine hand met opgezette aderen nam de koffie aan, zachte blaasgeluidjes waren hoorbaar. Hij nam een voorzichtige slok.

'Jammer, geen whisky.'

Ik negeerde zijn opmerking en wiebelde van mijn ene been op het andere, van de kou, maar ook omdat ik moest plassen.

'Sta stil, je maakt me zenuwachtig met dat gewiebel. Hoe heet je?'

'Quintin, ik moet plassen.'

'Nou "Quintin ik moet plassen", aangenaam, dank je voor de koffie.'

Ik nam zijn uitgestoken hand aan en kon voor het eerst in de ogen van de man kijken. Ze waren zo donker dat ik de iris niet van de pupil kon onderscheiden. De ogen hadden iets droevigs, alsof hij niet meer wist hoe hij moest lachen en geen vrolijke herinneringen had om hem daarbij te helpen. Hoewel ik naar Canada was gekomen om opnieuw te beginnen en mijn eigen herinneringen te vergeten, begon het me duidelijk te worden dat dit niet ging lukken.

'Komen die mensen voor jou?'

De indiaan wees met de koffie in zijn hand naar een toeterende auto die een meter of dertig verderop geparkeerd stond. Mevrouw Decker stond bij het geopende portier met haar ene hand wild te wuiven en met de andere op de claxon te rammen. Ik schaamde me dood.

'Ja, die komen voor mij, sorry.'

'Eigenaardig vervoer.'

Ik knikte en liep zo snel mogelijk naar de auto, halverwege draaide ik om en schreeuwde hem over de parkeerplaats toe.

'Bent u een echte indiaan? Dat zegt mijn vriend.'

'Dat vertel ik je de volgende keer. "Quintin ik moet plassen".'

Ik zwaaide en dook de auto in.

'Hoera! QuinnQuinn stink!'

Ruth kneep haar neus dicht en wees naar mijn kleren. Ik knikte schuldbewust.

'Met wie stond jij te praten? Hoorde je me niet aankomen? Ik wil dat je de volgende keer klaarstaat.'

'Sorry, mevrouw Decker, het zal niet meer gebeuren.'

Mevrouw Decker had alle kleintjes ingeladen en samen maakten ze herrie voor tien. Ze deden me denken aan de loeiende kalfjes bij boer Fletcher die door de inloopstal stuiterden.

Ik zat naast Ruth en leerde haar 'Deze vuist op deze vuist' van ome Willem. Ze vond het geweldig en de hoera's vlogen me om de oren.

'Vanavond ga je naar de jongerenvereniging van de kerk, voor overdag heb ik een klusje gepland.'

'Ik kan niet wachten, mevrouw Decker.'

Het sarcasme droop ervan af, maar ze leek het niet te merken. We draaiden de oprit op. Naast het huis zag ik een grote sneeuwschuiver liggen en ik voelde de bui al hangen.

'Het gaat de komende dagen niet sneeuwen, dus we gaan de gaten in de oprit repareren. Eerst maak je het asfalt sneeuwvrij, de rest leg ik je later uit.'

De kinderen werden uitgeladen en iedereen liep naar binnen. Ik moest ontzettend nodig naar de wc en liep mee.

'Wat ben jij van plan?'

'Even plassen.'

Mevrouw Decker ging aan de keukentafel zitten, haalde haar borst tevoorschijn en drukte baby Jacob ertegenaan. Het maakte me verlegen en ik wist niet zo goed of ik weg moest kijken of juist niet. Mevrouw Decker zag me aarzelen en besloot er een religieus tintje aan te geven. 'Wat God schenkt zullen we niet verachten of verwaarlozen. Ga naar de wc en dan aan het werk.'

Ik maakte me haastig uit de voeten en de rest van de dag was ik bezig met het sneeuwvrij maken en repareren van de oprit. Cement maken bleek minder ingewikkeld dan verwacht. Het deed me denken aan het maken van pannenkoekenbeslag.

Tegen vier uur kwam meneer Decker thuis, hij stak zijn hand op en liep zwijgend naar binnen. Ik vond het fijn dat hij mij verder negeerde, ik hoopte dat hij het tot zondagmiddag zou volhouden.

'Je hebt een stukje overgeslagen.'

Ik had het geronk van de motor wel gehoord, maar was zo druk aan het werk dat ik er verder geen acht op sloeg. Mike leunde voorover uit het raam en wees op een kleine kuil bij de rand van de garagedeur. Ik reageerde geërgerd.

'Je kan ook even meehelpen?'

'Dat doe ik toch? Ik wijs je op je fouten en jij kan ze dan herstellen.'

'Lul.'

'Eikel.'

Ik grinnikte en leunde door het raampje waarachter Meat Loaf weer op dreef was.

'Je stinkt.'

Ik vertelde hoe mijn ochtend was verlopen, dat ik geen tijd had gehad om te douchen en dat ik tot zondagochtend zou moeten wachten voor mijn eerstvolgende douchebeurt. Mike schudde vol ongeloof zijn hoofd, pakte een luchtverfrisser in de vorm van een dennenboompje en hing die aan mijn oor.

'Neem die vanavond maar mee naar de vereniging, zonder dat ding of een goede schrobbeurt mag je niet naast me zitten.'

'Lul.'

'Eikel.'

Mikte trapte het gaspedaal in en liet mij en mijn geurende oorbel in een walm van rook achter.

Ik hoorde hem nog net roepen dat hij mij om zeven uur zou komen ophalen.

17

'Wat fijn dat jullie er allemaal zijn. Quintin, jij in het bijzonder een heel hartelijk welkom op onze verenigingsavond. We komen hier samen om vrij en onbevangen over het woord van God te spreken.'

Nadat Mike was vertrokken kreeg ik toestemming om mijn werkdag te beëindigen. Ik mocht me opfrissen en een goede schrobbeurt bij de wastafel bleek voldoende om de boerderijgeur van mijn lijf te krijgen. Het dennenboompje propte ik in mijn broekzak. Dat zou ik later die avond teruggeven. Tijdens het eten vertelde ik over de kalfjes die ik geboren had zien worden en dat er iedere ochtend wel twintig muizen in de voederbakken van de varkens zaten. De enige die echt leek te luisteren was Ruth. De rest van de familie prikte zwijgend in de stoofschotel van aardappels, groenten en varkensvlees. Ik vroeg meneer Decker of het van de boerderij afkomstig was, maar een antwoord bleef uit.

Na het eten was het voor de kleintjes tijd om naar bed te gaan. Ruth had gesmeekt of ik wilde voorlezen en dus zat ik niet veel later in de slaapkamer van haar en de tweeling, met een kinderbijbel op schoot.

Ik las voor uit het verhaal van de Ark van Noach.

Om de boel wat op te vrolijken voegde ik geluidseffecten toe, imiteerde ik alle dieren, kreeg Noach een hoge piepstem en gebruikte ik de randen van het bed om het krakende hout van de loopplank na te bootsen. Omdat het voor Ruth niet gek genoeg kon schreeuwde ze steeds een ander dier, waardoor ik weer een nieuw geluid of iets anders geks verzon om de kinderen aan het lachen te maken.

'Spinnetje, QuinnQuinn, spinnetje!'

Met mijn hand liet ik de spin, al trippelend, langs het hout van de ledikantjes de loopplank oplopen, gevolgd door een stel pissebedden die allemaal een van blaadjes gemaakte luier droegen.

De kinderen sprongen op hun bedjes heen en weer, waarbij ze de dieren imiteerden en Ruth als een kleine Noach iedereen in de boot loodste.

'Ophouden! Nu meteen!'

Mevrouw Decker was niet bepaald enthousiast, pakte mij bij mijn schouders en trok me naar achteren. Om de kinderen niet van streek te maken deed ik net of ik door een grote golf werd meegesleurd.

'Blijf op de Ark, Ruth, jullie ook, jongens.'

De kinderen grepen zich aan hun bedjes vast en het woord van God was voor even heel geloofwaardig.

'Ben jij helemaal gek geworden met die rare fratsen!'

Op de overloop vlogen de spuugdruppels me om de oren. Hoe smerig ik het ook vond, de spetters waren wel weer passend in het verhaal over een boot op de woeste golven. Ik moest mijn best doen om mijn lachen in te houden. Achter de gesloten deur van de kinderkamer hoorde ik Ruth schreeuwen dat ze Noach was en dat de twee jongens de spinnetjes moesten spelen.

'Pak je jas, je wordt zo opgehaald.'

Ze had gelijk, het was bijna zeven uur. Ik schoot in de potloodventerjas van meneer Decker en bleef bij de deur staan wachten.

Ik nam niet de moeite om gedag te zeggen en liep naar buiten toen ik Mike om de hoek van de straat hoorde aankomen. Ik stak mijn duim omhoog en het raampje aan de passagierskant ging naar beneden.

'Ik neem geen lifters mee, dat is levensgevaarlijk, zeker als ze stinken.'

Ik viste het dennenboompje uit mijn broekzak en hield het bungelend aan het touwtje omhoog.

'Nou, voor deze keer, stap in.'

We reden naar de kerk, onderweg vertelde ik hoe mijn week op de boerderij was verlopen.

Mike luisterde en schudde af en toe zijn hoofd van verbazing.

'Ja, die man is niet helemaal lekker in zijn bovenkamer, dat wist ik al, maar ik heb het idee dat hij jou nog harder aanpakt.'

Ik had geen zin om er verder over te praten en vroeg hem wat ik van de avond kon verwachten.

'Het stelt niet zoveel voor, we praten over het geloof en mijn vader stuurt het aan, niets om je zorgen over te maken.'

De sfeer was inderdaad ongedwongen. We zaten met zijn allen aan een lange tafel waar thee- en koffiekannen werden rondgedeeld. Laura en Becks zwaaiden vriendelijk, terwijl ik naast Mike op een stoel schoof.

'Koffie of thee?'

'Thee alsjeblieft.'

Joshua schoof een kop thee mijn kant op, terwijl Mike mij fluisterend inlichtte wie de ongeveer twintig zielen om ons heen waren. De meeste namen bleven niet hangen, al was het maar omdat Mike ook niet echt geïnteresseerd leek in het gezelschap.

'En dat stuk chagrijn op de hoek naast mijn vader is Alan Fletcher, neef van je gezellige werkgever en lievelingetje van Decker. Wil later dominee worden en gaat volgend jaar in Nederland theologie studeren.'

Ik boog naar voren en vroeg Mike of hij eigenlijk niet in de voetsporen van zijn vader wilde treden; op dat moment besloot de dominee mij bij het gesprek te betrekken.

'Quintin, om je meteen maar voor de leeuwen te gooien: wat betekent God voor jou?'

Zonder een moment van aarzeling veerde ik overeind. 'God is mijn enige troost in leven en sterven, meneer.'

Mike staarde me aan en hij was niet de enige.

'Zo, jongen, dat is een hele mond vol, heb je dit alleen uit je hoofd geleerd of zegt het je ook iets? God is meer dan alleen woorden. Hij is vooral van de daden.'

De dominee wachtte mijn antwoord niet af, ging ons voor in gebed en las daarna een stuk uit de Bijbel.

'... En daarom is God onze Vader en zijn wij Zijn kinderen.'

Op de basisschool, ik was een jaar of zeven, had ik mijzelf ooit van een stoel laten vallen. Ik deed dit om Zijn bestaan te bewijzen. Ik had gehoopt dat Hij mij op zou vangen en ik door Zijn onzichtbare hand gedragen zou worden, maar God ving mij niet op. De enige handen die zich uitstrekten waren die van mijn klasgenoten die van schrik naar hun mond grepen en van de meester die met gestrekte armen naar voren stormde. De klap was niks vergeleken bij de ontgoocheling die ik voelde toen bleek dat Hij niet bestond, of beter gezegd, ik bestond niet voor Hem.

Dat bewijs zou Hij mij de daaropvolgende jaren nog vaker leveren door mij op cruciale momenten in de steek te laten. Toch bleven de vragen over Zijn bestaan me bezighouden, niet alleen door de gebeurtenissen van de afgelopen jaren, maar ook door wat de dominee nu allemaal vertelde.

Ineens viel het kwartje, na al die jaren was het me duidelijk. God, stond er, net als ik, alleen voor. Hij was eenzaam.

'Waar denk je aan?'

Ik twijfelde of ik mijn gedachten met de dominee zou delen.

'Dominee, u zegt dat God onze vader is, toch?'

'Jazeker, jongen.'

'En wij zijn dus Zijn kinderen?'

'Dat klopt als een bus.'

De dominee knikte goedkeurend, alsof hij mij wilde stimuleren om nog meer vragen te stellen.

Ik schoof op mijn stoel heen en weer en draaide gelijktijdig mijn kop thee een paar keer in het rond.

'Ja, wat ik mij dus afvroeg, als God onze vader is en wij Zijn kinderen zijn, waar is dan de moeder in dit verhaal?'

Het werd doodstil. De dominee keek mij doordringend maar niet onvriendelijk aan.

'Nou ben ik al heel lang predikant, maar dit is mij nog nooit gevraagd.'

Hij bladerde in zijn bijbel op zoek naar een antwoord waarvan ik zeker wist dat hij het daar niet zou vinden.

'Heeft iemand van jullie hier een bepaalde gedachte bij?'

De uitnodiging om aan het gesprek deel te nemen werd met weinig enthousiasme ontvangen.

Rebecca en Laura frunnikten wat aan hun haar, Joshua glimlachte en Mike had ondertussen zijn gezicht in zijn handen begraven om zich onzichtbaar te maken. De andere jongeren staarden wat voor zich uit of waren, net zoals Alan, met een pen aan het krassen in een schriftje.

'Nou, Quintin, ik vermoed dat je er zelf een gedachte over hebt die de moeite van het delen waard is?'

Ik probeerde de stemming van de dominee te peilen. Was hij oprecht benieuwd? Zijn ogen lachten met zijn glimlach mee en zijn handen maakten een uitnodigend gebaar.

'Je kunt geen vader zijn zonder dat er een moeder in het spel is, dus ik denk dat God gescheiden is. Misschien was Hij wel een goede vader, maar een slechte echtgenoot en voelt Hij zich nu alleen.'

Je kon een speld horen vallen. Ik voelde me een cowboy die met getrokken revolver als enige nog overeind stond. Het was niet zo dat ik de strijd wilde aangaan met de dominee, ik vond hem aardig. Dit duel vocht ik uit met God en de dominee was slechts zijn niet-werkende revolver.

'Wie is volgens jou dan de moeder?'

Het was Alan die zich in het gesprek mengde.

'Uitstekende vraag, Alan, daar had ik zelf nog niet bij stilgestaan.'

De dominee keek mij vragend aan, Alan daarentegen trok een triomfantelijk gezicht.

Ik heb geen idee waar het antwoord precies vandaan kwam, misschien had het zich langzaam in mijn hoofd gevormd. Had ik de puzzelstukken door de jaren heen zelf gefabriceerd, omdat het beeld dat mij over het geloof en God werd voorgeschoteld niet overeenkwam met de werkelijkheid van mijn leven.

'Ik zie de Dood als de vrouw van God, als Hij onze vader is, dan is Zij de moeder. Ze troost en verzorgt je, precies zoals een echte moeder dat ook doet wanneer je ziek bent, of ergens pijn hebt. De Dood neemt uiteindelijk ook alle pijn weg. Ze zorgt voor ons, haar kinderen, alleen doet ze dat op haar eigen manier en los van God.'

Mike staarde me aan en ik kwam tot het besef dat ik helemaal niet aan zijn tweelingbroer had gedacht en dat mijn opmerking daardoor, onbedoeld, hard aankwam.

'Juist ja, dank voor je overpeinzing, Quintin. Het geeft stof tot nadenken.'

De blik in de ogen van de dominee stond droevig en ik voelde me schuldig. In het halfuur dat volgde was de stemming bedrukt, er werd in verschillende groepjes wat gekletst, maar ik durfde me niet meer in de gesprekken te mengen.

De dominee nam me bij het afscheid nog even apart.

'Ik vond het een mooi gesprek, hoor, Quintin. Blijf je altijd verwonderen en stel de vragen die je hart doen overstromen, dan zul je nooit verdrinken.'

Ik bedankte hem en schudde zijn uitgestoken hand.

'Je bent morgen welkom om bij ons te komen eten, jongen, maar je zult met hem nog wel wat te bespreken hebben.'

De dominee wees naar Mike, die bij de uitgang op me stond te wachten. Hij was woedend, dat zag ik aan alles.

'Jij hebt een veel te grote mond, weet je dat? Je praat te veel.'

'En jij te weinig.'

We waren de parkeerplaats van de kerk nog niet af gereden of de bom barstte. Ik schreeuwde uit frustratie en Mike schreeuwde net zo hard terug.

'Wat bedoel je daar nou weer mee?'

'Zo boos als jij werd toen ik je vroeg over het ongeluk van jou en Samuel. Ik weet niet wat jij aan je ouders hebt verteld, maar het is niet de waarheid, dat weet ik wel!'

Deze keer had ik mijn riem goed vastgemaakt en het enige wat in beweging kwam was Mikes voet die op de rem stampte, waardoor de truck slippend tot stilstand kwam.

'Jij weet helemaal niks, hoor je me!'

Ik maakte de riem los en deed het portier open.

'Ik loop het laatste stuk wel naar huis, heb geen zin in agressief gedoe.'

Het geknisper van de sneeuw onder mijn kisten werd overstemd door de ronkende motor die met veel gebrul de pick-uptruck weer in gang zette. Het was koud en de wandeling duurde, mede door mijn geglibber over de straat, langer dan ik had gedacht. Ik was boos, vooral op mijzelf, omdat ik mijn grote mond niet had gehouden. Ik had gehoopt dat iedereen al in bed zou liggen, dat was niet het geval. Meneer Decker zat aan tafel, naast hem lag de Bijbel.

'Zitten, jij!'

Het was mis, ik zag het aan zijn ogen.

'Hoe haal je het in je gestoorde hoofd om te verzinnen dat God gescheiden is?'

Verschillende scenario's flitsten door mijn hoofd. Was Mike zo boos op mij geweest dat hij Decker had gebeld? Of waren de mooie afscheidswoorden van de dominee onoprecht geweest? Een ruk aan mijn arm dwong me terug in het hier en nu.

'Nou? Wat heb je daarop te zeggen? Hoe durf je onze jeugd aan het wankelen te brengen met je zondige gedachten?'

Alan, hoe kon het ook anders, hij zat niet voor niets naast de dominee. Mij verlinken aan Decker zou hem alleen maar geliefder maken bij de directeur van de school, mijn bloed kookte.

'Lezen jij, hardop, tot ik zeg dat je mag stoppen.'

Gedurende de uren die voorbij leken te kruipen bleef Decker de hele tijd naast me zitten, waarbij hij de teksten uit zijn hoofd meeprevelde. Hoe meer ik over Hem las hoe groter mijn hekel werd aan alles wat met het geloof te maken had. God had inmiddels kennelijk ook genoeg van mijn gebabbel en gebruikte Decker als instrument om er een einde aan te breien.

'Laat ons bidden.'

Mijn handen werden omklemd door de gevouwen handen van Decker, ze voelden koud aan, de mijne waren klam van het zweet.

'... vergeef hem zijn zonden, opdat hij in Uw licht mag wandelen, amen.'

Het was inmiddels kwart voor één in de nacht. Ik liep naar beneden, poetste mijn tanden en kroop in bed. Het cassettebandje van Meat Loaf zat nog in mijn walkman en ik drukte op 'play'.

Heaven can wait,
And a band of Angels wrapped up in my heart,
Will take me through the lonely night,
Through the cold of the day.
And I know, I know,
Heaven can wait.

18

'Quintin, telefoon!'

Ik had het ontbijt overgeslagen om een tweede confrontatie met meneer Decker uit de weg te gaan en kwam pas naar boven toen ik hem hoorde vertrekken voor zijn vaste tripje naar het winkelcentrum. Esther gaf me de telefoon.

'Hallo?'

Het was Mike, hij klonk alsof er gisteren niks was gebeurd en ik vond dat wel prettig. Op zijn vraag of ik zin had om af te spreken antwoordde ik kort en bondig.

'Ik zie je zo.'

'Hoera!'

Bij het ophangen stond Ruth achter me, in haar handen hield ze een pakket vast dat zo groot was dat ze het met moeite kon vasthouden.

'Voor Ruth?'

Ik zag mijn naam in een sierlijk handschrift op het postpakket staan en wist direct wie de afzender was.

'Nee, kaboutertje, dit is voor mij, samen uitpakken?'

Ze knikte en begon meteen aan het papier te scheuren. Het was alleen zo goed ingepakt dat er een schaar aan te pas moest komen om het plakband stuk te knippen.

'Oeeeeh, zacht!'

De kleine vingers hadden zich tussen de scheuren gewurmd en Ruth omhelsde de warmte van de zelfgebreide trui van mijn oma.

Zandkleurig, met dik gebreide kabels over rug en borst en een grote col die een sjaal overbodig maakte.

'Voor Ruth!'

Ze stak haar armen in de lucht en ik trok de trui over haar eigen kleding aan. Ik moest de mouwen drie keer omslaan. Bij de col mocht ik dat niet, die kwam tot over haar neus. Ze leek het niet erg te vinden.

'Prinfef!'

Ik knikte instemmend.

'Nou en of, je bent net een prinses.' Ze draaide een rondje en trok de col tot onder haar kin.

'Warm, uit?'

Ik hielp haar uit het kledingstuk en trok het zelf aan. Hoewel mijn oma mij slechts één keer als paspop had gebruikt, zat de trui als gegoten. Ruth bekeek me kritisch en knikte mij ten slotte goedkeurend toe.

'Ik moet gaan, kabouter, morgen gaan we samen stokpoppetjes tekenen.'

Ze stoof naar haar kamer om papier en tekenspullen te halen, kwam net zo snel weer terug, gooide alles op de eettafel en plofte op een stoel.

'Vandaag is niet morgen, je moet nog even geduld hebben.'

Ze drukte mij een van de potloden in mijn handen.

Ik nam het aan en tekende over de lengte van het hele vel twee konijnen met grote oren, wipneusjes, snorharen en voor ieder twee grote tanden. Ruth volgde nauwlettend iedere streep van het potlood en stak haar bewondering niet onder stoelen of banken.

Ik kreeg zachte klopjes op mijn schouder als beloning voor mijn kunstwerk. 'QuinnQuinn klaar?'

'Bijna, ze moeten allebei nog een naam hebben.'

Ik pakte het potlood en schreef boven ieder konijn een naam.

'Kijk kaboutertje, dit is Hieperdepiep en dit is Hoera.'

Ruth was onder de indruk, wees naar beide konijnen en herhaalde hun namen alsof de diertjes tot leven waren gekomen.

'Dan mag jij ze nu inkleuren.'

Ze knikte, om vervolgens met een paars potlood aan de slag te gaan. Ze ging zo op in haar kunstwerk dat ze me niet hoorde vertrekken.

De auto stond voor het huis. Mikes vingers trommelden op het stuur. Ik opende het portier en hij knikte naar het breiwerk van mijn oma.

'Mooie trui, gestolen?'

'Naar karakter, van jezelf?'

Met die twee zinnen was de ruzie bijgelegd. Mike lachte weliswaar nog steeds niet, maar ik zag aan zijn oogopslag dat hij niet meer boos was.

'Waar gaan we heen?'

'Een meer, uurtje rijden hiervandaan. We gaan ijsvissen.'

De omgeving bleef net zo vlak als de weg naar boer Fletcher.

'Ik had gehoopt dat er meer bergen zouden zijn, in de folders bij het reisbureau zag Canada er heel anders uit.'

'Daar dachten ze waarschijnlijk dat je naar Brits-Columbia wilde, dat was misschien ook wel een betere keuze geweest. Wij gaan er ieder voorjaar naartoe.'

Mike vertelde over die omgeving en ik zag de bergen en de bossen al helemaal voor me.

'Misschien mag je dit jaar wel mee. Aan mijn ouders zal het niet liggen, die vinden je aardig. Dat is toch wel het bewijs dat God bestaat, een groter wonder is er niet te noemen.'

'Ik zal jou eens een wonder op je oogkas bezorgen.'

Ik gaf Mike een klap op zijn schouder. Hij leek het niet eens te voelen. Hij vroeg of ik thuis weleens was wezen ijsvissen, ik vertelde hem dat we al blij waren wanneer we konden schaatsen en dat een strenge winter in Nederland voor hem zou aanvoelen als het voorjaar.

'In de lente gebeuren er hier altijd veel ongelukken. De mensen denken dat het door het warme weer niet meer glad is, maar de wereld is dan één grote glijbaan. Samuel en ik gingen vaak voor het winkelcentrum zitten om de glijpartijen te tellen. Zelfs mijn vader heeft in die tijd van het jaar menigmaal een deuk in zijn truck gereden. Ik ook trouwens, toen ik hem net een week had.'

Mike klopte op het stuur en ik hoopte dat hij mij zou vertellen hoe hij aan die deuk gekomen was, maar we draaiden het parkeerterrein van het meer op. 'Tijd om het avondeten te vangen. Pak jij de hengels en de zaag? Dan neem ik de tas met de handboor mee.'

De tas bleek een plunjezak te zijn waarin ik zou kunnen verdwijnen. Mike gooide het gevaarte over zijn schouder en liep met grote passen voor me uit. Het kostte me moeite hem bij te houden. We liepen zo'n tien minuten over de besneeuwde vlakte toen ik hem vroeg wanneer we bij het meer zouden aankomen.

'We lopen er al overheen, sufferd.'

Hij schoof met zijn voet wat sneeuw opzij. De dikke ijslaag onder mijn kisten leek wel van marmer.

'Goed, jij mag uit die tas de vouwstoeltjes pakken, dan begin ik het gat te boren.'

Hij verspilde geen tijd, draaide de scherpe punt van de boor in het ijs en begon aan de hendel te draaien. De snijbladen boorden zich in het bevroren water en ik verdween ondertussen tot mijn middel in de tas.

Naast de twee vouwstoeltjes vond ik een dikke deken, een thermosfles met koffie, boterhammen in folie, een rol koekjes, aanmaakhoutjes, een bijl en twee doosjes lucifers in een plastic zakje.

'Vuur is leven, hout mag nooit nat worden. Neem jij de bijl en ga aan de oever hout kappen zodat we dat straks niet hoeven te doen.'

Ik deed wat me was opgedragen. Na een halfuur had ik van wat jonge, omgewaaide berkenbomen genoeg brandhout verzameld voor een vuur.

Mike floot op zijn vingers en stak zijn duim omhoog om te controleren of het gelukt was, ik zwaaide ten teken dat alles in orde was en hij gebaarde mij terug te komen.

'Nou, dit is het dus.' Mike wees naar een vierkant gat dat hij in het ijs had gezaagd, groot genoeg om de vissen te zien, maar te klein om in te vallen.

'Als ik alleen ben boor ik een klein, rond gat, scheelt tijd, maar met zijn tweeën is dit leuker en zo zie je de vissen aankomen.'

'Wat voor vis eten we vanavond?'

'Degene die wil bijten.'

Zijn droge manier van reageren bezorgde mij een lachstuip en ik schoof op het ijs heen en weer van het lachen. Zoals alles in zijn leven nam Mike het vissen ook bloedserieus.

'Ophouden met wiebelen, stilzitten en zachtjes praten.'

Ik loerde naar mijn dobber en dacht aan hoe trots mijn opa geweest zou zijn als hij mij hier had kunnen zien zitten.

'Winterwater.'

'Winterwat?'

'Water, winterwater... zo noemde ik als kind ijs altijd. Mijn opa had een zelf gegraven vijver en daar speelde ik in de winter altijd op. Hij zou het hier mooi gevonden hebben.'

Mike knikte bedachtzaam. 'Samuel is hier gestorven...'

Boven mij hoorde ik een vogel, de spanwijdte van zijn vleugels was enorm, ik schatte zo'n twee meter. Zijn witte kop en staart staken fel af tegen de helderblauwe lucht en leken net wolken die in vogelvlucht aan de hemel voorbijtrokken. Op mijn oude kamer had ik vroeger een poster van een torenvalk, maar die was nog niet half zo groot als deze roofvogel. Ik bleef het dier nastaren tot hij uit het zicht verdwenen was.

'Het was een ongeluk.'

Ik durfde Mike niet aan te kijken en knikte terwijl ik mijn blik naar de hemel bleef richten.

In de inrichting had ik de vreselijkste verhalen van mijn medebewoners aangehoord. Vaak begonnen ze te praten, juist omdat ik geen vragen stelde. Ik probeerde hun de ruimte te geven door te zwijgen. Ik hoopte dat dit bij Mike ook zo zou werken.

'We leken totaal niet op elkaar, hij moest altijd rottigheid uithalen, wist zichzelf ook keer op keer in de nesten te werken. Wat dat betreft hadden jullie broers kunnen zijn. Je bent nu trouwens net zo oud als hij toen hij stierf, misschien zijn mijn ouders daarom zo op je gesteld. Het vistripje was niet gepland, ik zou alleen gaan, maar op het laatste moment wilde hij toch mee. Terwijl ik nog aan het inpakken was, zat hij ineens in de truck. Hij moest en zou meegaan, hoe ik ook tegensputterde, hij wilde van geen wijken weten.'

Ik schoof met mijn hakken een geul in de sneeuw.

'Waarom wilde je hem niet mee hebben?'

Mike haalde zijn schouders op. 'Om eerlijk te zijn weet ik het niet. Hij moest zich nog omkleden voor het vissen en ik wilde gewoon weg. Uiteindelijk had ik niks in te brengen en moest ik Samuel van mijn ouders meenemen. In de auto viste hij een cassettebandje uit zijn binnenzak.'

'Meat Loaf?'

Mike knikte terwijl hij met zijn handen de sneeuw op de neus van zijn schoenen wegveegde.

'Had hij die mogen kopen?'

'Nee, ik zei toch dat die eikel op jou leek? Hij was met mijn moeder naar het winkelcentrum gegaan om nieuwe schoenen te kopen, maar omdat zij eerst nog zelf wilde winkelen ging Samuel naar de muziekafdeling. Dit bandje was door een klant beluisterd, maar de medewerkers hadden het vergeten op te ruimen.'

Het duurde even voor ik begreep wat Mike bedoelde.

'Wacht even, had hij, als zoon van een dominee, een cassettebandje gejat met de titel *Bat Out of Hell*?'

'Precies, en omdat hij de helft van een tweeling was, vond hij ook nog eens dat ik voor vijftig procent schuldig was aan de diefstal.'

Mike had gelijk, ik had waarschijnlijk precies hetzelfde gedaan. Lachend liet ik mij in de sneeuw achterovervallen en stak daarbij mijn duimen omhoog.

Mike kon er de humor niet van inzien.

'Dat was natuurlijk totale onzin, want ik was er niet eens bij.'

'Jawel, hij droeg je bij zich, kijk hier.'

Ik klopte op mijn hart en toverde een grote glimlach tevoorschijn.

'Blij dat jij het grappig vindt, ik was vooral bang dat onze ouders erachter zouden komen. Uiteindelijk besloten we dat het beter was om onze mond te houden.'

Ik had ooit met mijn broer een soortgelijk pact gesloten toen we stiekem gingen roken en begreep het belang van een dergelijke belofte.

'En toen?'

'Aangezien we het toch niet meer terug konden brengen drukte Samuel het bandje in de cassettespeler en bleek de muziek, gejat of niet, fantastisch. We gingen zo op in de nummers dat Samuels nieuwe schoenen me pas opvielen toen we uitstapten. Ze waren net zo ongeschikt voor de sneeuw als jouw legerkisten, maar hij had mijn moeder zo gek gekregen om ze voor hem te kopen.'

Hoofdschuddend staarde hij voor zich uit. 'Honderddertig dollar, belachelijk duur en volstrekt nutteloos in de sneeuw. Om de zoveel meter nam hij een aanloop waarbij hij over het ijs gleed, hij schreeuwde dat hij geen schaatsen meer nodig zou hebben. Tegen de tijd dat ik alles had klaargezet om te vissen, gleed hij nog steeds als een idioot om mij heen. Hij stopte alleen om me te helpen een extra groot gat te maken, want die sukkel wilde de vissen zien aankomen.'

Mike staarde naar zijn dobber, hij leek zijn focus te willen verleggen naar de vis die niet wilde bijten. Ondertussen probeerde ik een manier te verzinnen om hem weer aan het praten te krijgen.

'Duurt het altijd zo lang voor ze toehappen?'

'Vissen kennen geen tijd, alleen irritatie wanneer een Nederlander ze uit het water probeert te staren. Samuel was ook altijd zo ongeduldig, ik begin me zo langzamerhand af te vragen of mijn ouders je niet ooit ter adoptie hebben weggegeven.'

'Waarin verschilden Samuel en ik het meeste? Behalve dat ik je in de tegenwoordige tijd kan dwars kan zitten.'

Een handvol sneeuw werd in mijn grijnzende gezicht geduwd, er zat gelukkig geen boosheid bij. De onverwachte kou in mijn gezicht zorgde ervoor dat ik stopte met lachen en ik voelde mijn oren en wangen tintelen.

'Die dag duurde het ook lang voor we beet hadden. Achteraf gezien hadden we gewoon moeten opgeven, maar ineens zag Samuel de vis. Hij was gigantisch, een grotere vis heb ik sindsdien ook nooit meer gezien. We staarden naar het enorme lijf van een snoek die voorzichtig contact zocht met het aas. Samuel fluisterde mij toe dat het kreng meer dan een meter lang moest zijn. Ik zei dat hij het schepnet moest pakken terwijl ik, met de hengel in mijn hand, zo stil mogelijk overeind kwam. Ik had de zin nog niet uitgesproken of de snoek hapte toe. Terwijl ik mijn best deed om ons avondeten niet te verliezen, zocht Samuel naar het schepnet dat ik blijkbaar vergeten was mee te nemen.'

Mike leek steeds meer moeite te hebben om te vertellen wat er op die vreselijke dag was gebeurd. Met horten en stoten vertelde hij hoe Samuel had geprobeerd te helpen door het dier bij de kieuwen te grijpen. Iets wat ze al zo vaak hadden gedaan, alleen nu was het inmiddels donker geworden.

'Het zicht was slecht, Samuel zat op handen en knieën bij het wak en greep de vis vast. Zijn hele hand verdween achter de kieuw, ik zie nog voor me hoe hij zich omdraaide, lachend omdat het ons gelukt was. Bij het opstaan gleed hij weg, allemaal door die rotschoenen van honderddertig dollar, met hun waardeloze grip. Hij viel voorover en schoot onder het ijs, het ging zo snel, ineens was hij verdwenen. Ik probeerde hem nog te redden en dook hem achterna. Ik zag geen hand voor ogen, maar wist hem met stom geluk bij zijn been vast te grijpen.'

Mike keek omhoog en ik staarde naar het ijs, de rilling die ik voelde was niet van de kou. Mikes verhaal klopte niet...

De dominee had verteld dat Samuel een heldendaad had verricht door Mike te redden.

'Maar dit is niet wat je je ouders hebt verteld.'

'Nee, ik heb ze verteld dat ik degene was die in het water viel.'

'Waarom?'

Mike plukte aan de veters van zijn schoenen. 'Ik heb iets heel ergs gedaan, ik deed het niet expres. Ik wist ons bij de rand van het wak te krijgen, maar Samuel raakte in paniek. Hij begon te schreeuwen en wild om zich heen te slaan. Het water was zo koud, zo ontzettend koud. Ik schreeuwde dat hij kalm moest blijven, maar hij luisterde niet, trok me naar beneden en probeerde over mij heen weer op het ijs te klimmen.'

Mike sloeg zijn handen tegen zijn hoofd en leek zichzelf te willen troosten door heen en weer te wiegen. Ik legde mijn hand op zijn schouder, maar die schudde hij van zich af, alsof hij vond dat hij mijn medeleven niet verdiende.

'Ik trapte hem van me af, Quintin.'

Mike begon te huilen. Mijn hand werd niet meer weggeduwd.

'Ik kreeg hem uiteindelijk uit het water en duwde hem op het ijs. Mijn vader was zich zorgen gaan maken en ons komen zoeken. Ik zag zijn zaklantaarn en schreeuwde om hulp. Ik wilde hem vertellen wat er gebeurd was...'

'Maar dat deed je niet...'

Ik dacht terug aan de eerste uren nadat de man op de verlaten parkeerplaats zich aan mij had vergrepen. Toen ik thuisgekomen was zocht ik mijn toevlucht op de trap. Over de leuning keek ik naar de linoleum vloer op de gang en hoorde de sloffende voetstappen van mijn vader. Hij liep naar de voordeur om de krant van de deurmat op te rapen, bij het teruglopen zag hij mij zitten. Mijn aanblik liet het voorpaginanieuws naar de achtergrond verdwijnen en hij haastte zich met twee treden tegelijk naar boven om mijn gezicht in zijn handen te nemen. De schrik in de ogen van mijn vader, die zocht naar antwoorden die ik hem niet durfde te geven. Ik had het uit willen schreeuwen, maar ik deed het niet...

'Mijn vader vond ons uiteindelijk doordat we in het licht van zijn zaklantaarn verschenen. Ik lag naast mijn hengel op het ijs, Samuel hield ik stevig vast in mijn armen, hij was toen al dood.'

De dobber van Mike schoot omlaag en ik trok de hengel uit zijn handen. Het zou mijn eerste zelf gevangen vis in Canada worden. Hij was piepklein.

Ik gooide het visje weer terug in het water, stak mijn hand uit en trok Mike overeind.

'Ik hoop dat je moeder nog wat anders te eten heeft, want dit stelt niks voor. Wil je naar huis of gaan we aan de oever vuur maken en warm worden?'

'Ik wil nog niet terug.'

'Mooi zo, dan heb ik me niet voor niets in het zweet gewerkt voor dat hout.'

De koffie in de thermosfles was nog lekker warm, we aten van de koekjes en zaten zwijgend naar de vlammen te staren.

'Weet je wat het treurigste is aan Samuels dood?'

'Nou?'

'Wat het met jou gedaan heeft. Ik zie je nooit lachen.'

Mike knikte en gooide het laatste restje van de koffie in het vuur.

'Kom, we gaan.'

We liepen terug naar de parkeerplaats, de maan scheen inmiddels en zijn licht weerkaatste op de enorme vlakte.

'Zie je dat?'

Ik stootte Mike aan en wees hem op een klein bloemetje dat boven de sneeuw uitstak. Volledig uitgebloeid en voorovergebogen leek het een buiging naar het leven, of de dood, te maken.

'Dat ben jij.'

'Gebroken, bedoel je?'

'Nee, je laat je niet ondersneeuwen. Niet voor mij of wie dan ook, laat je er dan ook niet onder krijgen door je schuldgevoel. Je hebt gedaan wat je kon, niemand zou het je kwalijk nemen als ze de waarheid zouden weten, het was niet jouw schuld.'

19

Het avondeten was lekker. We ontweken het onderwerp Samuel en ik lette extra goed op dat ik er niets lomps uit zou flappen.

'Je bent wat ons betreft iedere zaterdag welkom, Quintin.'

'Bedankt, dominee, tot morgen.'

Mike en ik liepen naar de auto, halverwege de oprit kreeg ik de sleutels toegeworpen.

'Als je ons doodrijdt maak ik je af, laat maar eens zien wat je nog weet van de eerste les.'

Ik genoot van iedere kilometer. We wisselden nauwelijks een woord, maar de stilte was niet onprettig.

'Zou je vriendje weer op de uitkijk staan?'

Ik vertelde hem wat er vrijdagavond was gebeurd en dat ik het vermoeden had dat Fletchers neefje Alan me had verlinkt. 'Hij heeft me daarna uren in de Bijbel laten lezen.'

Mike stelde voor dat ik me zo rustig mogelijk zou opstellen om uit de problemen te blijven, maar nog voor hij de woorden had uitgesproken schudde hij zijn hoofd. 'Kansloze missie.'

'Hoezo? Je doet echt alsof ik me niet kan gedragen.'

'Kijk nou eens naar jezelf, man. Ga jij me nou vertellen dat het je de afgelopen jaren gelukt is om je gedeisd te houden?'

Daar had hij een punt, maar ik weigerde toe te geven en stak bij het uitstappen mijn middelvinger op.

'Laat Decker het maar niet zien, voor je het weet zitten jullie weer de hele avond, hand in hand, te bidden.'

Nog voor ik gedag kon zeggen reed hij weg. Ik zwaaide hem na, tot de wagen ineens in zijn achteruit werd gezet. Mike stopte vlak voor mijn neus, het raampje ging open en hij stak zijn hand naar buiten.

'Bedankt, voor alles...'

Voor de tweede keer kreeg ik geen kans om te reageren, want Mike trapte het gas in alsof de duivel hem op de hielen zat. Dat Meat Loaf daarbij de soundtrack verzorgde was niet meer dan logisch.

Meneer Decker stond voor het raam te kijken hoe ik via de zijkant van het huis naar de achterdeur liep. Zodra ik uit het zicht was trok ik een sprint zodat ik hem kon ontwijken. Ik rukte de achterdeur open en stormde de trap af naar mijn slaapkamer.

De eerstvolgende confrontatie zou de volgende ochtend zijn. Ik stond nog geen anderhalve minuut onder de douche of de deur ging open.

'Tijd om je af te drogen.'

Ik griste de handdoek uit zijn handen en gebruikte ook nu weer het douchegordijn om mezelf te bedekken. Mijn boosheid maakte plaats voor onverschilligheid. Zodra ik hem op de trap hoorde, liep ik naar mijn slaapkamer en trok mijn zondagse plunje aan.

De rest van de dag verliep rustig. Ik tekende in de ochtend stokpoppetjes met Ruth en knipte ze voor haar uit. Samen plakten we ze op een stuk karton en bekeken ons kunstwerk kritisch.

Tijdens de kerkdienst kon ik de psalmen en gezangen steeds

beter meezingen. Mike was onder de indruk en stak zijn duim omhoog. Als antwoord maakte ik met mijn hand twee duivelsoren en, zonder geluid te maken, zong ik het refrein van 'Bat Out of Hell'.

Hij gaf geen krimp. Ik nam me voor het tot mijn missie te maken hem te laten lachen.

Boer Fletcher was bij de tweede dienst ook weer van de partij. Hij had zijn vrouw meegenomen. Ze zwaaide vriendelijk en gaf me voor aanvang van de dienst twee pepermuntjes. Ik hield er een voor mezelf en de andere drukte ik Ruth in haar hand.

'Peperen munten! Hoera!'

Meneer Decker vroeg sissend aan zijn vrouw hoe ze aan het snoepje was gekomen.

'Dat weet ik ook niet.'

Ik trok mevrouw Decker aan haar mouw.

'God voorziet in al onze behoeften, toch, mevrouw Decker?'

Haar gezicht sprak boekdelen, maar ze kon niet anders dan me gelijk geven, het waren immers haar eigen woorden. Ondertussen ging de preek over eenzaamheid en hoe je, zelfs wanneer je dacht helemaal alleen te zijn, altijd in gesprek met God kon gaan omdat Hij je zou begrijpen.

Na de dienst stond de dominee tussen het vaste groepje mannen dat hem omringde. In het voorbijgaan tikte hij mij op de schouder en bedankte me voor het mooie onderwerp dat ik hem gegeven had.

'Graag gedaan, dominee, u weet me te vinden.'

Bij het weglopen voelde ik ogen in mijn rug prikken.

'Wat zit jij dom te lachen?' vroeg Mike zodra hij me in het vizier kreeg.

'Ik kreeg een compliment van je vader en als ik me niet vergis zien Decker en boer Fletcher nu groen van jaloezie.'

Mike loerde over mijn schouder en bevestigde mijn vermoeden.

'Ik weet niet wat mijn vader tegen je heeft gezegd, maar zelfs Alan is erbij gaan staan. Daar hebben we nog een appeltje mee te schillen trouwens, suggesties?'

'Genoeg, maar allemaal strafbaar.'

Boer Fletcher maakte een einde aan het weekend door mij naar zijn auto te schreeuwen. 'Quintin, hou op met kletsen en kom mee.'

'Ik zie je vrijdag?'

Mike knikte en gebaarde dat ik haast moest maken. 'Onthoud wat ik gezegd heb, blijf uit de problemen.'

'Ik ga mijn best doen.'

We reden in hoog tempo naar de boerderij. Ik vond zijn roekeloze rijstijl doodeng. Mevrouw Fletcher zat tussen ons in.

'Rij nou wat rustiger, het is zo'n mooie dag.'

'Ik wil naar de koeien, zolang we nog licht hebben wil ik elke minuut benutten.'

We reden het erf op en bij het passeren van de inloopstal zag ik een koe luid loeiend aan de rand van de omheining staan, er staken twee pootjes uit haar.

Fletcher stopte en rende de auto uit.

'Ga hem snel helpen, Quintin.'

Ik rende op mijn vlaschoenen achter de boer aan en ging door het gladde profiel drie keer onderuit, waardoor mijn zondagse kleding per direct tot werkkleding was omgedoopt.

'Het kalfje ligt in stuitligging, touw om de pootjes binden en het er zo snel mogelijk uit trekken.'

Fletcher rende naar een andere koe die ook op het punt van bevallen stond. Er was zoveel haast bij geboden dat hij de emmer met glijmiddel oversloeg. Ik trok gehoorzaam het kalfje uit zijn moeder; het ging sneller dan ik dacht. Het dier plofte op de grond en bewoog niet. Fletcher schreeuwde mij toe dat ik het kalfje droog moest wrijven met stro.

Het levenloze lichaam bewoog door mijn geschrob wild heen en weer, en ik controleerde ondertussen of er iets van een hartslag of ademhaling te bespeuren viel.

'Til dat beest bij de achterpoten omhoog, de longen zitten vol vocht en dat moet eruit, tempo!'

Staken de achterpootjes eerst nog uit de moeder, nu torenden ze boven mijn hoofd, als twee antennes die een teken van leven probeerden op te vangen. Hoewel ik mijn best had gedaan om het kalf droog te wrijven was het lastig om grip te krijgen.

'Ik zei toch dat je dat dier de lucht in moest houden, die longen moeten leeg, jij bent verantwoordelijk voor haar.'

Vanuit mijn ooghoek zag ik hoe Fletcher met een kalfje in zijn armen naar de schuur rende. Het door elkaar geschudde dier keek verdwaasd om zich heen. Terwijl de boer met de pasgeborene in het krat met de warmtelamp zat, bleef ik mijn best doen om dit leven te redden. Of het door de kou of de kramp kwam, weet ik niet. Feit was dat ik oncontroleerbaar begon te trillen. Het kalfje gleed keer op keer uit mijn handen, waardoor ik haar steeds met een stevige ruk omhoog moest hijsen. Ondertussen droop er vocht uit haar neus en bek. Het leek een beetje op snot, alleen dunner en doorzichtiger. Het droop over mijn broekspijpen en kwam op de neus van mijn schoenen terecht. Ik vroeg me af of mevrouw Decker boos zou worden dat ik mijn zondagse kleding had verpest.

De moederkoe maakte de reddingsoperatie ook niet eenvoudiger. Ze duwde haar kop telkens in mijn rug en door haar gepor verloor ik mijn evenwicht.

'Ik doe mijn best, maar je moet me echt wat ruimte geven.'

Door met mijn elleboog tegen haar snuit te drukken, leek ze te begrijpen wat ik bedoelde en ze draaide zich van me weg, ook al was het onder luid loeiend protest.

Volgens mijn horloge stond ik al bijna een halfuur met het kalfje in mijn armen. Ik wiegde haar zachtjes heen en weer om de laatste resten vocht uit haar longen te krijgen. Ik was zo geconcentreerd bezig dat ik boer Fletcher niet zag aankomen. Het kalfje dat hij in zijn armen had was piepklein en keek nog even versuft de wereld in. De boer schoof het dier onder de moeder, maar die leek niks van haar pasgeboren kind te willen weten en draaide zich weg. Fletcher duwde de snuit van haar kind tegen de uier. Daar was de koe niet van gediend en zonder pardon haalde ze met haar achterpoot hard uit. Het kalfje en Fletcher werden op een haar na gemist; wat de boer betreft vond ik dat spijtig.

'Laat dat beest los.'

Ik voelde de achterpoten langs mijn wangen glijden, waarbij er stukjes geboortevlies achterbleven die plakkerig aanvoelden. Ik bukte om de laatste restjes vocht uit de bek van het kalfje te verwijderen en schudde een paar keer met het levenloze lijf.

'Met rust laten, ze was al dood toen ze ter wereld kwam, kom hier en help me.'

Hij zei het met zoveel onverschilligheid dat de rillingen over mijn rug liepen.

Alles was een test, elke handeling die ik uitvoerde werd gewikt, gewogen en, naar alle waarschijnlijkheid, te licht bevonden.

'Vastbinden, zodat ze niet gaat trappen.'

Fletcher had ondertussen de andere koe tussen de hekken gedreven en gooide het touw mijn kant op zodat ik haar achterpoten aan het metaal kon vastmaken.

'Zorg dat dat kalf gaat drinken.'

Hij liep naar de varkensstal.

'Wanneer je klaar bent met aanleggen, deze hier in de kuil gooien.'

De boer knikte in de richting van het overleden kalfje dat met een gekke knik in de voorpootjes op de koude grond lag. Het kalfje dat nog wel een kans maakte stond te zwabberen op de pootjes. Ik probeerde het dier te helpen door het te ondersteunen, en ik stuurde het bekje in de richting van de uier. Dit maakte de moederkoe woedend en ze begon in de krappe ruimte van de hekken te bokken.

Fletcher hoorde het lawaai en kwam teruggerend. 'Kun je dan helemaal niks!'

Ik had het kalfje in mijn armen genomen. Samen zaten we in het mengsel van sneeuw en stro beduusd naar de woedende koe te kijken. De boer schreeuwde mij toe dat ik een prutser was.

Het feit dat sommige kinderen ongewenst waren was niet nieuw voor me. De inrichting was gevuld met voorbeelden van afgewezen levens; dat het bij dieren ook voorkwam wist ik niet. Ik kon niet bevatten dat dit kalfje met zijn zachte snuit en lieve oogopslag niet gewenst was.

Fletcher nam de situatie op en schopte uit frustratie tegen de hekken waar de koe nog steeds tussen geklemd stond. 'Dit heeft geen zin, ze wil niks van dit jong weten, stom kreng.'

Met samengeknepen ogen bekeek hij mij en het kalfje dat mijn vingers voor spenen aanzag en zich daar vol overgave op stortte.

De andere moederkoe stond ondertussen bij haar overleden kind en likte het instinctief schoon. Af en toe loeide ze, waarbij ik het gevoel kreeg dat ze niet begreep dat haar kind dood was.

Het bracht Fletcher op een idee. 'Meekomen jij.'

Hij trok mij overeind en sleurde me naar het dode kalf. Terwijl hij de moederkoe wegduwde en op afstand hield, wierp hij mij zijn mes toe.

'Villen, vanaf de neus naar de schedel, over de hele rug, tot voorbij de schouders en heupen.'

Ik keek hem niet-begrijpend aan.

'Ik moest het toch in de kuil gooien?'

'Je moet doen wat ik je zeg en dat is dat beest villen zoals ik je net heb uitgelegd.'

De moeder leek aan te voelen wat er ging gebeuren en begon dreigend met gebogen hoofd mijn kant op te lopen. Fletcher schopte met zijn laarzen in haar flanken om haar bij mij en het kalfje weg te houden.

'Waar wacht je op, tempo!'

Hij schreeuwde zo hard dat de raven achter de varkensstal luid krassend uit de bomen opfladderden.

Niet prikken maar snijden, ik hoorde het de boer in gedachten zeggen terwijl ik het mes van de grond raapte en het boven de neus in de vacht duwde.

Het kalfje dat ik een halfuur in mijn armen had gehouden, moest ik nu, om voor mij onduidelijke reden, ontdoen van haar huid.

'Ogen openhouden en snijden.'

Ik deed wat me werd opgedragen, terwijl Fletcher mij steeds nieuwe aanwijzingen toeschreeuwde. Zijn stem leek, net als het geloei van de koe, naar de achtergrond te verdwijnen.

Ondanks de kou voelde ik het zweet over mijn voorhoofd stromen en vielen de druppels op het dode dier.

Het deed me denken aan de dominee bij ons thuis, die zijn hand in de doopvont liet zakken om vervolgens enkele druppels over het hoofd van de pasgeborene te sprenkelen en daarbij het kind te verzekeren van een plek in de hemel. Ik hoopte dat God mij zou vergeven dat ik een schepsel van Zijn hand aan het verminken was en dat haar bloed, vermengd met mijn zweet voldoende was om haar voor eeuwig te laten rennen over groene weilanden.

'Lossnijden tot onder de heupen en meekomen.'

Fletcher trok het mes uit mijn handen en liep naar het verstoten kalfje. Een laatste, stevige ruk zorgde ervoor dat de huid loskwam van de pezen en spieren en ik liep met de gestripte vacht naar de boer. Hij wees naar vier stukken touw die naast het kalfje op de grond lagen.

'Jij gaat de huid op dit dier binden, dat doe je zo strak mogelijk zodat het niet gaat schuiven. Met een beetje geluk denkt die daar dat het haar kind is. Ik ga bij de varkens kijken.'

Fletcher liet me achter bij kalfje. Ik trok het overeind en ondersteunde het tot het zelfstandig kon staan. De vacht gooide ik over het arme dier. Het was een akelig gezicht om de loszittende huid bij de snuit heen en weer te zien bewegen, alsof de Dood het leven een winterjas had willen geven.

Ik bond de huid zo strak mogelijk vast, het deed me denken aan het opspannen van een drumvel. Ik trommelde met mijn vingertoppen op de rug van het kalf, dat zijn kop heen en weer schudde om zich te ontdoen van de huid van zijn soortgenoot. Zijn eigen vacht was bruin en had her en der kleine krulletjes. Zijn ogen deden me denken aan die van een ree. Ik boog naar voren en kriebelde het onder zijn kin.

'Ik noem je Drum, niet verder vertellen, oké?'

20

De moeder van het overleden kalfje wilde niks weten van de lappendeken die moest doorgaan voor haar kind. Het maakte Fletcher razend. Daar kwam nog bij dat Drum een jongetje en geen meisje was.

De enige stier op de boerderij was er om voor nakomelingen te zorgen en hij stond apart van de kudde. Het dier was een enorm stuk chagrijn dat op je af kwam stormen zodra je het hek van zijn omheining bereikte. Zelfs Fletcher maakte zich snel uit de voeten wanneer hij het gigantische dier zijn voer had gebracht. Ik kwam tot de conclusie dat alleen grof geweld Fletcher van de wijs kon brengen. Hadden we dus toch iets gemeen.

Omdat Drum niet aan zijn lot kon worden overgelaten kreeg ik hem als extra taak op mijn bord geschoven. Naast het verzorgen van de varkens en de koeien moest ik hem, meerdere malen per dag, met de fles voeden.

'Ik zie het er nu nog niet aan af, maar wellicht heeft hij goed DNA en kan ik met hem gaan fokken wanneer die ouwe reus met pensioen gaat.'

Drum sliep niet bij de andere koeien en dat was zijn eigen schuld. Hij bleef proberen om zijn melk bij de bron vandaan te halen. Dat hij daarbij voortdurend door de inloopstal getrapt werd, omdat de koeien niks met hem te maken wilden hebben, leek hem niet te kunnen schelen. Uiteindelijk besloot Fletcher dat hij bij de honden in de schuur kon verblijven. Omdat ik het zielig vond dat hij op de koude grond moest liggen, had ik een paardendeken voor hem neergelegd. Het gevolg was dat Drum omringd werd door de honden die al genoegen namen met een klein puntje van de deken om op te liggen. Het voeren van de honden behoorde ook tot mijn dagelijkse routine en het villen van de konijnen vond ik al bijna normaal.

Drum wende aan de commando's en handgebaren waar de honden op reageerden. Niet dat hij trek kreeg in konijn, maar hij wachtte netjes op zijn beurt tot ik klaar was met het maken van zijn poedermelk. Hij dronk zo gulzig dat het moeite kostte om de fles goed vast te houden. Wanneer ik me klaarmaakte om de andere dieren te gaan voeden trippelde hij om mij heen, hunkerend naar aandacht, een kriebel onder zijn kin. Hij had altijd zin om te spelen. Zodra ik bukte om iets op te rapen kwam hij aanstormen om mij omver te duwen. Ik vond het fantastisch. Wanneer ik met de truck naar de hooiopslag ging om het voer in te laden, zag ik hem in de zijspiegels achter me aan hollen, luid loeiend, alsof hij beledigd was dat hij niet naast me mocht komen zitten. Soms tilde ik hem in de laadbak en reed dan langzaam naar de omheining om het voer uit te laden. Dat Drum dan op ooghoogte met zijn volwassen soortgenoten stond leek hij geweldig te vinden. De natte neus snoof alle geuren in zich op.

Tijdens de lunchpauze zag ik hem vaak achter het raam verschijnen, te klein om iets te kunnen zien, maar slim genoeg om te weten dat ik binnen mijn boterhammen zat te eten. Er verscheen dan een grote tong die als ruitenwisser de ramen voorzag van speeksel. Omdat ik als enige uitzicht had op wat er gebeurde maar mijn kaken stijf op elkaar hield, begreep mevrouw Fletcher er niets van dat ze wekelijks dat ene raam moest zemen.

Om te voorkomen dat ik Drum bij zijn naam zou noemen had ik hem geleerd om te reageren op een fluittoon.

Dat had hij binnen een paar dagen door. Zo voorkwamen we de woede van Fletcher; dieren hadden immers geen naam, enkel een functie. Als ze niet voldeden, of in de weg liepen, had de boer er geen enkele moeite mee ze af te knallen.

Fletcher was in het bezit van een repeteergeweer dat in de bijkeuken aan de wand hing. Het ding was tot op honderd meter nauwkeurig en had ruimte voor zeven kogels.

Na ieder schot duwde hij een hendel naar beneden om nieuwe munitie in de kamer te laden.

Wanneer 's nachts de honden aansloegen omdat er een wolf of een ander roofdier in de buurt van de omheining kwam, hoorde ik de boer naar buiten rennen.

Niet veel later klonk er dan een schot.

Soms vond ik de volgende ochtend een bloedspoor dat rechtstreeks naar de kuil liep. Omdat het zoveel sneeuwde was het vaak lastig te ontdekken welk dier er die nacht door de boer was afgeschoten. Wanneer ik ernaar vroeg antwoordde hij snauwerig dat het er niet toe deed.

Waar ik mij vooral over verbaasde was het feit dat de honden zich nooit tegoed deden aan de diepvriesmaaltijden die in de kuil voor het grijpen lagen.

'Hoe hebt u ze dat afgeleerd?'

'Door ze een waardevolle les te leren.'

Fletcher vertelde dat er eerst zes honden waren. De jongste van het stel trok vaak zijn eigen plan, wat door de andere honden getolereerd werd. Ze hadden hem proberen bij te sturen en toen dat niet lukte lieten ze hem links liggen. Fletcher kon niet vertrouwen op deze hond. Het frustreerde hem dat het dier keer op keer op de kadavers dook en de anderen wist over te halen hetzelfde te doen.

'Dus na de zoveelste keer joeg ik de anderen uit de kuil, dwong ze te zitten en schoot de onruststoker door zijn kop.'

Ik probeerde me voor te stellen hoe Fletcher zijn moord met voorbedachten rade had gepland door kalm naar de bijkeuken te lopen, het geweer van de wand te nemen en rustig op de honden af te wandelen.

Dat hij ineens tussen hen in sprong zou paniek hebben veroorzaakt. Het karkas waaraan ze zaten te vreten zouden ze hebben laten liggen en ze zouden alle kanten opstuiven, tevergeefs. De dwingende stem van Fletcher smoorde een vluchtpoging in de kiem. Het gehoorzamen aan de man die hun onderdak bood was sterker dan het instinct om weg te rennen. De onruststoker werd bij zijn nekvel uit de kuil gesleurd en op de grond gesmeten.

Hij kwispelde, niet van blijdschap, maar van angst. Als een witte vlag die de boosheid van Fletcher moest wegwuiven, wapperde hij met zijn staart of zijn leven ervan afhing.

De boer zou het wapen geladen en de loop van het geweer tegen de kop van de hond gedrukt hebben. Het staal weerspiegelend in de pupil, waarbij het wegdraaiend oogwit zich definitief leek over te geven.

De echo van het schot dat volgde zouden alleen zijn soortgenoten en Fletcher horen. Het was voor de dieren een levensles die ze niet meer zouden vergeten.

De restanten van de hond werden door Fletcher met zijn voet in de kuil geschoven. De rest van de roedel zou voortaan gehoorzamen en zich nooit meer laten leiden door honger.

'Hou nou eens op met staren, over een paar maanden gaan we op het land werken en tot die tijd controleren we de landbouwmachines en repareren we ze waar nodig.'

Fletcher vertelde mij dat alles wat stuk is gerepareerd kon worden en ik vroeg me af of dat ook voor mensen gold. Aan mij viel er ook genoeg te sleutelen.

De rest van de middag leerde ik hoe de bougies en de bedrading van een oude John Deere-tractor zouden moeten werken. Met een staalborstel verwijderde ik roet en vuilresten, terwijl Fletcher de bedrading verving. We werkten zonder een woord met elkaar te wisselen. Af en toe kregen we bezoek van de honden, ik kon ze inmiddels aaien, maar deed dit zonder dat Fletcher het zag, bang voor de gevolgen als hij enige vorm van affectie zou bespeuren.

Mikes advies om zo veel mogelijk uit de problemen te blijven had ik stevig in mijn oren geknoopt.

Het liefste werkte ik buiten het zicht van de boer, dan was er des te minder risico dat ik in zijn ogen iets stoms deed. Ik zoog zijn aanwijzingen als een spons op. Hoe eerder ik zelfstandig kon werken, des te sneller liet hij mij met rust. Bovendien kon ik dan stiekem met mijn walkman op aan de slag, muziek maakte alles een stuk fijner.

'Ik moet in het dorp materiaal halen, jij blijft doorwerken. Als je klaar bent met de tractor ga je die houten palen op lengte sorteren. Die van twee meter apart houden, daar moet een punt aan gemaakt worden zodat we die kunnen gebruiken voor een nieuwe omheining.'

Ik keek naar de stapel hout die deels onder een groot zeil in de hoek van de schuur lag en knikte.

'Mag ik eerst nog even naar de wc?'

'Als je maar opschiet.'

Ik rende naar de boerderij, toen ik klaar was stond mevrouw Fletcher mij op te wachten. In haar ene hand hield ze een koek en in de andere mijn walkman.

'Vers uit de oven, eet maar lekker op.'

Ik knikte dankbaar en zette mijn tanden in de traktatie, de walkman nam ik aarzelend aan.

'Quintin, zorg dat meneer Fletcher je niet betrapt met je muziekdoosje. Ik heb je horen meezingen terwijl je de dieren aan het voeren was. Dat is geen goed idee.'

'Dank u, mevrouw Fletcher, ik zal beter opletten.'

Ik propte de walkman onder mijn werkkleding en zette de koptelefoon op mijn hoofd, mijn muts trok ik er zo ver mogelijk overheen. De boerin bekeek me kritisch en wees naar de draden die ik onmogelijk kon verstoppen. De keuze voor de felgekleurde Sony Sports-walkman bleek niet zo handig omdat de bedrading ook geel was.

'Misschien kun je hier wat mee?'

Mevrouw Fletcher kwam uit de keuken met een rolletje zwarte tape tevoorschijn.

'Een keuken zonder rommella is geen keuken. Wikkel dit maar om de draadjes heen, dan heb je onzichtbare muziek.'

Ik glunderde bij het idee dat ze een list voor me had bedacht en keek haar blij aan. Kijkend in de spiegel kwam ik tot de conclusie dat boer Fletcher nooit zou weten dat ik samen met Freddie Mercury het hout sorteerde.

'Ik ga weer naar mijn ovenschotel, dan kun jij aan het werk.'

Onderweg naar de schuur zag ik de pick-up het grote hek uit rijden. In de verte speelde Drum tikkertje met de honden en joeg de twee kleinsten van de roedel op door ze meerdere rondjes rondom de schuur achterna te stuiven.

'Ophouden, pestkop! Je ziet toch dat ze het niet leuk vinden?

Kom mee, dan krijg je straks de fles.'

Drum kwam in draf achter mij aan en ging in de schuur op zijn kleed liggen. Hij viel direct in slaap terwijl ik me in het zweet werkte.

Dankzij Queen ging het zware werk als vanzelf, ik ging zo op in het liveconcert, dat het voelde alsof ik in het Wembleystadion stond en alles voor mijn ogen zag gebeuren. De mensenmassa die op en neer deinde bij de begintonen van 'One Vision' en helemaal gek werd op het moment dat Freddie het podium op liep. Ik kende ieder woord en elke kreet naar het publiek uit mijn hoofd en zong steeds harder mee. Drum sliep gewoon door.

Ik sloeg ondertussen met twee oude verfkwasten op het ritme van de muziek op de werkbank en hoopte dat Roger Taylor trots op me zou zijn. Terwijl Freddie vol overgave zijn laatste noten zong, ramde ik met mijn geïmproviseerde drumstokken het slotakkoord mee. Met mijn armen in de lucht juichte ik en zag helemaal voor me hoe mijn grote voorbeeld, met gebalde vuist, het publiek opzweepte.

Ik hapte naar adem, de verfkwasten vielen uit mijn handen en ik keek naar de vuist van Fletcher die zich in mijn borstkas had geplant. Zijn vuist trof mij een centimeter of vijf onder mijn borstbeen. Ik leunde tegen de werkbank om niet onderuit te gaan. Fletcher greep mij bij mijn schouders, waarbij zijn duimen zich diep in mijn huid en de onderliggende spieren boorden. Ik kreeg vlekken voor mijn ogen en voelde de grond als een golfslagbad heen en weer gaan voor ik flauwviel.

Een paar flinke tikken in mijn gezicht zorgden ervoor dat ik weer bijkwam. Ik hoorde Drum op de achtergrond zachtjes loeien en nerveus heen en weer trippelen. Fletcher veegde zijn voorhoofd af met een zakdoek, terwijl hij mij gelijktijdig hardhandig overeind trok.

'Wat ben je toch een miezerig ventje, meekomen jij!'

Ik zag hoe mijn voeten door de sneeuw getrokken werden. Drum volgde nieuwsgierig het spoor dat ik achterliet. Wapperend met mijn hand gebaarde ik dat hij moest stoppen omdat ik wilde voorkomen dat de boer zijn woede op hem zou koelen.

'Blijf op je poten staan en loop mee.'

We liepen het huis in en de geur van zuurkool met kaas en rozijnen drong mijn neus binnen.

'Vind jij dit normaal gedrag? Wat voor zondige muziek is dit?'

De walkman werd uit mijn handen gerukt en Fletcher ramde ongeduldig op de knoppen om het apparaat open te krijgen. Hij trok het bandje eruit en bekeek het met samengeknepen ogen. Een klasgenoot had het opgenomen en cadeau gegeven voor mijn verjaardag. In mijn netste handschrift had ik opgeschreven wie de artiest was, met bijbehorend album.

Ik vroeg me af of Fletcher enig idee had wie Queen was. Aan zijn glazige blik te zien leek hij er weinig chocola van te kunnen maken. Hij gooide het bandje op tafel en hield mijn walkman nu woest voor zich. De gele plastic randen van de koptelefoon werden vuil door zijn smerige vingers. De boer keek naar de zwarte tape die het gele snoer voor hem onzichtbaar had moeten maken.

'Je hebt moeite gedaan dit voor mij te verstoppen, hoelang doe je dit al en hoe kom jij aan die tape, heb je die uit mijn gereedschapskist gejat?'

Ik keek Fletcher aan, glimlachte en zweeg.

De eerste die mij leerde om niet te klikken was mijn opa.

'Echte mannen klikken niet, jonkje, goed onthouden.'

Na zijn dood kregen zijn lessen in de inrichting een vervolg. We kwamen er als bewoners al snel achter dat, hoewel we daar allemaal met onze eigen problemen zaten, we toch ook iets gemeen hadden. We deelden een afkeer van de vele huisregels en een aantal begeleiders, en als het moest vormden we één front. Als iemand rottigheid uithaalde werd hij door de anderen niet verlinkt, zelfs niet als dat betekende dat we als groep in de problemen zouden komen.

Omdat ik het vaakst op het matje werd geroepen, kreeg ik ook regelmatig de schuld van dingen die niet eens mijn idee waren geweest. Een van de begeleiders, Erik, had het tot zijn missie gemaakt om mij de anderen te laten verlinken.

'Vertel me wie de sigaretten uit de personeelskamer gestolen heeft en ik beloof je dat je geen straf krijgt. Ik weet dat jij niet rookt dus waarom zou je hiervoor de klappen opvangen?'

Erik kon je niet bozer krijgen dan door te glimlachen, dus dat deed ik. Ik lachte hem vriendelijk toe en zei niks.

Nog geen minuut later werd ik aan mijn arm door de gang naar mijn kamer gesleept. Onderweg kwamen we de nieuwe eigenaresse van de gestolen sigaretten tegen; ik gaf haar een knipoog.

'En je blijft hier tot je me gaat vertellen hoe je aan die tape bent gekomen, in dit huis wordt niet gestolen.'

Fletcher gaf mij een slinger aan mijn arm en lanceerde mij op het bed. Hij sloeg de deur met een rotklap dicht, direct daarna hoorde ik hem tegen zijn vrouw tekeergaan. Ik kon niet goed verstaan wat er allemaal gezegd werd. Er werd geschreeuwd, gehuild en met spullen gegooid. Ik was opgelucht dat ik de volgende dag weer met de bus naar Winnipeg zou reizen.

In de ochtend was Fletcher, na mijn dagelijkse overhoring, direct aan het werk gegaan.

Ik ontbeet en verzorgde de dieren in stilte. Ik maakte me

zorgen om Drum. Hij had nog steeds een aantal keren per dag de fles nodig en ik hoopte dat Fletcher dat met zorg zou doen. Drum leek zelf ook te voelen dat ik weg zou gaan, want hij bleef na het voeden met zijn kop tegen mij aan schurken en liep zelfs tot in de varkensstal met me mee. Nadat ik de muizen had gevangen en in de emmer had gestopt stak hij, nieuwsgierig als hij was, zijn hele kop erin.

Een aantal knaagdieren zag hun kans schoon en gebruikte zijn neus en voorhoofd om via zijn rug te ontsnappen.

'Nou, je hebt weer je best gedaan om het mij lastig te maken, hup naar buiten jij, voordat de boer je ziet.'

Ik duwde Drum de stal uit, recht in de armen van mevrouw Fletcher. Ze keek verbaasd, maar besloot om er niks over te zeggen. 'Ben je zo klaar om te vertrekken, lieve jongen?'

Ik knikte, maakte mijn taken zo snel mogelijk af en rende naar binnen om mijn tas te pakken. Op mijn bed lag mijn walkman. Het doorzichtige plastic schermpje waarachter je het bandje kon zien draaien had een barst, de koptelefoon was in tweeën gebroken en toen ik de knopjes indrukte gebeurde er niks.

Ik moest ontzettend mijn best doen om mijn tranen te bedwingen. Ik gunde Fletcher mijn verdriet niet.

'Ik vind het zo erg voor je, hij was zo boos en ik durfde niet tegen hem in te gaan.'

Mevrouw Fletcher stond met betraande ogen achter mij en grabbelde in een van de twee zakken van haar schort. 'Deze viel onder de tafel toen hij je muziekdoosje tegen de muur smeet.'

Ze gaf me het bandje van Queen en ik stopte het in mijn broekzak. Ze gebaarde mij haast te maken zodat we zo snel mogelijk konden vertrekken.

We reden de oprit af en zagen Fletcher in de schuur met de tractor bezig, er werd niet getoeterd of gezwaaid. Ik staarde uit het raam en wist niet goed wat ik moest zeggen.

De bus stond al gereed voor vertrek en ik bedankte de boerin voor de lift.

'Wilt u alstublieft voor Dru... het kalfje zorgen?'

Ik werd rood tot achter mijn oren en hoopte dat ze mijn verspreking niet opgemerkt had. Ze leek het te negeren en knikte mij toe.

'Maak je geen zorgen, ik zal goed voor je vriendje zorgen, hij zal je missen de komende dagen en ik ook...'

'Hij vindt het fijn als je hem na het drinken even onder zijn kin aait. Niet zomaar weglopen, hoor, dan gaat hij loeien en stopt niet tot hij zijn kriebeltjes heeft gehad.'

'Ik zal het doen, we zien je zondag weer.'

Bij het uitstappen gaf ik haar een hand. 'Dank u wel, mevrouw Fletcher.'

'Nee, jongen, jij bedankt, voor gister, dat had je niet hoeven doen.'

Ik schudde mijn hoofd. 'Jawel.'

21

'Goedemorgen "Quintin ik moet plassen", ik vroeg me al af of ik je vandaag zou zien. Heb je zin in koffie?'

De indiaan was in een beter humeur dan ik, maar zijn voorstel was zo slecht nog niet. Bovendien was de auto van de familie Decker nergens te bekennen.

'Ja, lekker, dank u wel.'

Er gebeurde niks, de man bleef zitten waar hij zat en leek niet van plan om in beweging te komen.

'Dan moet je het wel gaan halen, neem je voor mij ook mee?'

Grinnikend om zijn eigen grap gebaarde de indiaan mij om haast te maken.

Er stond geen rij bij het koffietentje, ik kocht twee koffie en een donut. Het zoete gebak kende ik alleen van de tv waar politieagenten ze altijd aten.

'Alstublieft, deze moeten we delen.'

Ik wapperde de donut onder zijn neus, maar hij duwde hem weg.

'Nee, dank je, suiker is slecht voor je.'

'Drinken ook, u ziet er heel verdrietig uit als u drinkt. Ik noem u vanaf nu "De verdrietige indiaan".'

‘Wie zegt dat ik een indiaan ben? Misschien ben ik wel een Schot, weet jij veel.’

Daar had de man een punt en ik probeerde me hem voor te stellen in een Schotse kilt. Ik ging zitten, we zeiden niks en dronken onze koffie. De donut at ik in drie happen op. Suiker of niet, het was overheerlijk.

Ondertussen gaf de man toe dat hij indiaan was, Cree om precies te zijn.

‘Maar ik ben geen deel meer van mijn familie. Ik kon me moeilijk aanpassen, viel een beetje buiten de boot. Ik hoopte buiten het reservaat iets te vinden waardoor ik me beter op mijn plek zou voelen, dat bleek een vergissing.’

‘Waarom gaat u niet terug naar uw familie?’

‘Trots, schaamte… misschien wel allebei. Het leven stuurt je op paden die nodig zijn om te groeien, om je echte naam te verdienen.’

‘Ik vind de indianennaam die u mij hebt gegeven heel erg stom.’

‘Wat voor naam had je dan willen hebben?’

Ik haalde mijn schouders op. ‘Ja, dat weet ik niet, iets stoers.’

‘Stoere namen bestaan niet, je krijgt eerst een geboortenaam en daarna, als je ouder bent, een naam die je verdient en het beste bij je past.’

‘Hoe heet u dan?’

‘Ik heet Kapapamahchakwew.’

‘Dat moet u zeker vaak spellen.’

De indiaan verslikte zich in zijn koffie van het lachen.

‘In Friesland, waar ik vandaan kom, vinden ze mijn achternaam ook lastig uit te spreken. Ik zat vroeger op judo, weet u wat dat is, judo? Het is een soort vechtsport maar dan zonder slaan, heel gek eigenlijk. Ik was er best goed in, maar ik wilde niet meer winnen, want bij de prijsuitreiking was het steeds een drama wanneer mijn naam werd omgeroepen, dus verloor ik met opzet.'

'Jij praat veel, weet je dat?'

'Ja, dat hoor ik vaker.'

Ons gesprek werd overstemd door het geluid van tientallen vrachtwagens die het parkeerterrein kwamen opgereden.

'Ze gaan beginnen met opbouwen, het is gedaan met de rust.'

Ik begreep niet wat hij bedoelde en was ook te veel afgeleid door de auto van de familie Decker die in de verte kwam aanrijden. Ik krabbelde overeind en stak mijn hand uit. Ondanks de kou was zijn hand warm, net als de blik in zijn ogen.

'Dag meneer Kapapa, tot de volgende keer.'

'Je krijgt een nieuwe naam, "Quintin ik moet plassen" is slechts je geboortenaam.'

'Daar ben ik blij om.'

Bij het instappen keek ik nog een keer om, hij zat alweer ineengedoken met het glazen potje in zijn handen. Rammelen had geen nut, er zat nog niks in.

'Wat zit jij toch altijd met die smerige zwerver te praten, waarom kun je nou nooit normaal doen?'

Ik antwoordde mevrouw Decker niet. Dan kon ik ook niks verkeerds zeggen. Ze had de kinderen niet meegenomen en dat vond ik jammer.

'Morgen is de jaarlijkse braderie, vanuit de kerk organiseren we allerlei activiteiten. Jij gaat samen met Mike en zijn broertje flyeren en de bezoekers vertellen over het woord van God.'

Ik schrok me een ongeluk, ik had geen idee wat ik kon vertellen over God dat de bezoekers zou kunnen overtuigen om met Hem in zee te gaan. Ik had het sterke vermoeden dat zelfs Hij dit een heel slecht idee zou vinden.

In een poging haar af te leiden vroeg ik waar de kleintjes waren.

'Die zijn op school aan het helpen met de voorbereidingen. Ze maken slingers voor de verschillende kraampjes, wij gaan daar nu ook naartoe.'

Ik veerde op bij die gedachte en kon niet wachten om Mike en de anderen te zien.

Het was op het schoolplein een komen en gaan van gezichten die ik van de kerk kende.

Meneer Decker stond met een lijst in zijn handen en dirigeerde iedereen naar zijn of haar taak.

Een pick-uptruck werd volgeladen met konijnenhokken, waarvan ik er met Ruth ook een had getimmerd. De dominee stond boven op de laadbak alles als een perfect passende puzzel in te ruimen, hij zwaaide enthousiast.

'Waar is Mike?'

Hij wees naar de school. 'In de gymzaal, flyers inpakken.'

Ik liep naar binnen en zag in de hal de kleintjes aan een grote tafel zitten. Van stukjes gekleurd papier knipten ze lange stroken, deze werden gevlochten en met lijm beplakt, het eindresultaat was een lange slinger.

Ik snapte niet waarom, maar ze hadden Ruth de taak gegeven om ieder uiteinde van het papier te besmeren met lijm.

'QuinnQuinn stickertje?'

Ze wapperde met een groen gekleurd papiertje dat aan haar vingers geplakt bleef.

Ik schoof aan tafel en binnen enkele seconden vormden de kleintjes en ik een geoliede machine in onze eigen 'slingerfabriek'. Zelfs de tweeling lachte vriendelijk.

'Vijf minuten, jongens, dan moet ik Mike gaan helpen.'

Ik begreep ineens waarom de lijm aan Ruth toevertrouwd was, want toen ik haar de schaar gaf, kon ik haar er nog net van weerhouden om een forse lok van haar krullen af te knippen.

'Jij hoeft niet naar de kapper, je haar zit perfect.'

'Wat maak je dat kind weer onrustig!'

Mevrouw Decker stond achter mij en gebaarde dat ik plaats moest maken. 'Ga de anderen helpen.'

'QuinnQuinn hoera!'

Ik stond op en terwijl mevrouw Decker plaatsnam stak ik, buiten haar gezichtsveld, mijn tong naar haar uit. Ruth zag het en vond het fantastisch. Ik drukte mijn wijsvinger op mijn lippen en gaf haar een knipoog, ze knikte. In Ruths beleving had ik haar de opdracht gegeven mij te kopiëren.

'Mama bleh!'

Ik maakte mij zo snel mogelijk uit de voeten en stak mijn neus om de deur van verschillende klaslokalen op zoek naar het gymlokaal.

'Aan het einde van de hal linksaf, Quintin.'

Becks stond met een doos in haar armen en knikte mij in de goede richting.

De gymzaal was anders dan ik van mijn eigen middelbare school gewend was. Deze ruimte was enorm en had een tribune waar de hele school met gemak op plaats kon nemen. In het midden van de zaal stond een grote tafel met dozen; Mike, Joshua en Laura stonden met de rug naar mij toe en waren zo druk bezig dat ze mij niet aan hoorden komen.

'Hulp nodig?'

Mike draaide zich om en ik kon mijn ogen niet geloven.

'Jezus!'

Ik riep het zo hard dat ik van schrik mijn hand voor mijn mond sloeg.

'Wat dragen jullie nou?'

'Hetzelfde als jij!'

Joshua grabbelde in een doos en gooide mij een wit T-shirt met de tekst SMILE! JESUS LOVES YOU! toe.

'Ik ga dit echt niet dragen, hoor.'

'O jawel, Nederlander, als wij in de naam van God voor lul lopen, dan wandel jij enthousiast met ons mee. Het is een XL, dan kun je hem over je trui dragen. Jezus houdt je warm.'

Mopperend trok ik het kledingstuk aan en begon te helpen met uitpakken. Op de folders stond een Bijbeltekst met daaronder een plaatje van twee uitnodigende handen, klaar om je op te vangen, omgeven door stralen van licht.

'Waar is die braderie eigenlijk?'

'Op de parkeerplaats van het winkelcentrum, je kent het niet meer terug. Er is van alles te doen en je kan er ook leuke kleding en andere dingen kopen.'

Laura had er overduidelijk zin in en Joshua vertelde al even enthousiast over de verschillende attracties die er zouden zijn. Mike beet zijn broertje toe dat ze daar niet veel van mee zouden krijgen omdat ze moesten flyeren.

'Wiens idee was dat eigenlijk en hoe zit het met die konijnenhokken?'

Mike schoof een van de dozen opzij en ging op de tafel zitten. 'Drie jaar geleden had de kerk een probleem met een ingestort dak vanwege enorme sneeuwval. Het geld dat er met de zondagse collecte opgehaald was bleek niet voldoende om de kosten te dekken. Er waren grote zorgen en meneer Decker zag in de braderie de oplossing. Een week later stonden we te collecteren en verkocht ieder gemeentelid alle bruikbare rotzooi uit zijn garage. We haalden gigantisch veel geld op, meer dan nodig was voor de reparatie, sindsdien is het een jaarlijks terugkerend feest van ellende.'

'Oké, maar nu weet ik nog steeds niet wat het verhaal is met die hokken.'

'Er is hier een overschot aan die beesten, op de braderie staat altijd een man die ze vangt en verkoopt. De meeste mensen houden ze een jaartje en dan staan ze op het kerstmenu, tot die tijd moeten ze ergens wonen. Decker wist een jaar later een plekje naast de konijnenman te regelen en verkocht toen vijf van die hokken die hij zelf had staan timmeren. Vorig jaar had hij de halve gemeente zo gek gekregen om een hok te bouwen en verkochten ze er ruim twintig. En nu minder vragen stellen en helpen met inpakken, we hebben nog veel te doen voor morgen.'

De rest van de middag werkten we hard door om alle flyers in te pakken. Daarna moesten we nog de garage leeghalen van zijn familie en de Deckers. Er stonden nog dozen van vorig jaar die niet eens uitgepakt waren en zo ingeladen konden worden. Bij thuiskomst was iedereen vol energie en enthousiasme over de dag die komen ging. Ruth had het tijdens het avondeten over de konijntjes die ze wilde knuffelen, terwijl Esther en Zacharias een planning maakten hoe ze zo veel mogelijk konden bekijken. Het vooruitzicht van de braderie en de bijkomende verdiensten zorgde voor een luchtige sfeer en ik dacht dat ik wel om een gunst kon vragen.

'Als ik zelf nog een extra konijnenhok maak, mag ik dan twee konijntjes voor haar kopen?'

'Knuffelen hoera!'

Ruth klom van blijdschap op haar vaders schoot, maar die wist zich geen raad met de zondvloed aan liefde die hem ten deel viel.

'Ruth, doe nou even rustig, meisje! Zie je wat ervan komt? Natuurlijk mag dat niet, waarom prop je van die waanzinnige ideeën in dat kind haar hoofd?'

Ik begreep het probleem niet, er was ruimte genoeg. Bovendien was ik ook bereid om wat zakken voer te kopen, maar ondanks mijn voorstel wilden meneer en mevrouw Decker er niets van weten.

'God voorziet in onze behoeften, aan onzin geven we ons geld niet uit.'

Daarmee was de discussie gesloten. Ruth leek zich er al bij neer te leggen en kwam haar slaapkamer uit met haar tekening van Hieperdepiep en Hoera. De dieren waren met alle kleuren van de regenboog bekrast.

'QuinnQuinn worteltje?'

Ik pakte een oranje potlood, maar in de wereld van Ruth waren wortelen donkerblauw.

De stilte tijdens het avondeten werd doorbroken door de telefoon.

'Huize Decker, goedenavond.'

Het gesprek was eenzijdig, de persoon aan de andere kant van de lijn voerde het woord. Het was een mannenstem, wat er gezegd werd kon ik niet horen.

Naarmate het gesprek vorderde begon de mond van meneer Decker steeds meer op een spaarpot te lijken. Bij het ophangen spuwden de ogen die nooit lachten vuur. 'Ga naar je kamer.'

Ik stond direct op, naar de reden vragen had geen zin, zijn voetstappen dreunden achter mij aan. In de deuropening van mijn slaapkamer kreeg ik een duw in mijn rug.

'Maak je tas open.'

Zijn handen graaiden door mijn kleding. De aanblik van de vingers van meneer Decker die aan mijn ondergoed zaten, waarbij zijn duim over de stof van mijn boxershort gleed, bezorgde me een smerig gevoel.

'Waar heb je het verstopt, zeg op!'

Mijn kleren vlogen door de kamer, en terwijl ik ze weer van de grond raapte vroeg ik me af waar hij naar op zoek was.

'Hou op met opruimen! Waar is de muziek waar Fletcher het over had!'

Mijn gedachten waren net zo'n warboel als de kleding in mijn kamer. Wat moest hij nou met mijn muziek? Bovendien was mijn walkman kapot en viel er weinig te luisteren. Ik wees naar het zijvakje waar een aantal van mijn cassettebandjes in zat. Deckers hand grabbelde in de tas en kwam weer tevoorschijn met een waaier aan muziek.

'Goed opletten, dan kun je het de volgende keer zelf.'

Mijn broer was in opperste concentratie, hij stond op het punt om mijn cassettebandje van Jip en Janneke te repareren. Halverwege het liedje, waar Takkie was weggelopen, besloot het apparaat dat het genoeg was en vrat de tape op. Bij het verwijderen kwam er een slinger aan gefrommelde bruine tape tevoorschijn. Ik brulde om hulp en die kwam in de vorm van mijn twee jaar oudere broer. Jip en Janneke werden op een theedoek gelegd en hij trok de bruine tape voorzichtig uit het bandje.

'Ik kan het voor je maken, maar je raakt wel een stukje van het liedje kwijt, daar kan ik niks aan doen.'

Ik knikte en keek gespannen toe hoe hij als een chirurg te werk ging.

'Geef me de schaar, dan kan ik de beschadigde stukken wegknippen.'

Met het puntje van zijn tong uit zijn mond en terwijl zijn bril keer op keer naar beneden gleed, knipte hij de verfrommelde delen weg.

'Kijk, deze twee uiteinden heb ik nu recht afgeknipt, even aan elkaar plakken en dan kun je weer naar je muziek luisteren. Geef me dat potlood even.'

Mijn broer stak het in een van de tandwieltjes en rolde de tape voorzichtig terug in de cassette.

'Nou, laten we testen hoe erg de schade is.'

Ik hoorde Takkie blaffen en de weg op rennen, het volgende moment waren Jip en Janneke druk in gesprek met een mevrouw die alleen een herdershond had gezien.

'Er is maar een klein stukje weg! Ik ben hier heel blij mee.'

'Goed zo, ruim jij de spullen even op?'

'Ruim die troep op!'

De deur werd met een rotklap dichtgeslagen. Ik zat op de grond, omringd door kleding en bedekt onder meters tape die uit mijn cassettebandjes waren getrokken. Ik dankte, voor het eerst in jaren, God, dat Decker mijn andere tapes niet had ontdekt. Mijn handen vouwen om mijn dankbaarheid te tonen ging niet, die waren gevuld met snippers van het papiertje waar het telefoonnummer van Dennis op geschreven stond. Ik probeerde de papieren puzzel weer tot een leesbaar geheel te krijgen, maar het was onmogelijk om er nog iets van te maken.

'Dit is muziek van de duivel, gezongen door hen die God niet willen kennen!' had meneer Decker me woedend toegeschreeuwd.

Ik probeerde hem uit te leggen dat Freddie juist heel veel goede dingen had gedaan en vertelde over het Live Aid-concert uit 1985.

'Hij is een homo, daar zit geen goedheid in!'

'Maar Dennis houdt ook niet van meisjes en die was hartstikke aardig voor me, hij gaf me zelfs zijn adres en telefoonnummer.'

Ik weet niet precies wat ik verwacht had toen ik het papiertje van mijn medereiziger uit het katoenen zakje met mijn paspoort haalde. Het briefje werd uit mijn handen getrokken en grondig bestudeerd.

'Zit jij achter onze rug om te bellen?'

Ik schudde mijn hoofd en vertelde over de vlucht, waar Dennis mij op mijn gemak had weten te stellen, dat hij een goed mens was en dat het volgens mij voor God niet uitmaakte op wie je verliefd werd.

Dat laatste had ik niet moeten zeggen. Meneer Decker duwde me achterover en scheurde het adres van Dennis tot kleine stukjes confetti en gooide die over me heen, alsof hij daarmee het gelijk van zijn geloof wilde vieren.

Ik kreeg flarden van de film *Ciske de Rat* voor ogen, waar Ciske zag hoe zijn moeder een boek van hem kapotscheurde en hij haar daarna in een vlaag van woede neerstak.

Het scherpste voorwerp in de kamer was een potlood van Ruth. In mijn fantasie ramde ik het met kracht in zijn borst, maar in werkelijkheid durfde ik niks te doen. Decker stond schreeuwend voor me, met mijn cassettes in zijn handen.

'En deze muziek zul je in dit huis nooit meer beluisteren!'

Hij trok met woeste halen de tape uit de bandjes en de lange slierten verfrommelde hij, ik denk om er zeker van te zijn dat ik het niet met plakband en een schaar zou kunnen repareren.

De dichtslaande deur liet mijn haar wapperen, het was alweer een stuk langer geworden.

22

Het parkeerterrein was omgetoverd tot een explosie van geluiden, geuren en bezienswaardigheden. Er waren draaimolens, springkussens en een mechanische stier waarop je rodeo kon rijden. Je kon er met pijl-en-boog op een doelwit schieten, en zelfs ponyrijden.

Omdat meneer Decker een plekje had gehuurd, mochten wij met de auto het terrein op om alles uit te laden. De kinderen stoven direct alle kanten op. Het was nog vroeg en het zou nog twee uur duren voor de braderie officieel geopend zou worden. Kapapa zag ik nergens en ik hoopte dat hij van iemand koffie had gekregen.

'Help met de hokken neerzetten, dan kun je daarna gaan flyeren.' Meneer Decker had haast en gebaarde mij door te werken.

De man die de konijnen verkocht was ondertussen ook verschenen en knikte goedkeurend bij het zien van de hoeveelheid hokken die we hadden uitgestald.

'Het worden er ieder jaar meer, Decker, ik heb zo'n gevoel dat we goede zaken gaan doen.'

'Quintin, jij kan het hier wel afronden, ik ga een rondje over het terrein lopen.'

Meneer Decker liep weg en liet mij achter met de konijnenman.

'Nou staan we al een paar jaar naast elkaar, maar hij zegt geen stom woord. Het is en blijft een eigenaardige man.'

Ik knikte en hielp hem met het uitladen van de konijnen. Ze zaten in kleine hokjes, maar zagen er goed verzorgd uit.

'Konijntjes hoera!'

Ruth kwam aangelopen, wurmde zich los van haar moeder en rende op de dieren af.

'Zo jongedame, wat ben jij enorm gegroeid in een jaar tijd. Als je hier nou even gaat zitten, dan mag je er zo een paar vasthouden, is dat een goed idee?'

Ruth plofte in een klapstoel en strekte haar armen uit. Twee konijntjes werden voorzichtig op haar schoot gelegd, ze glimlachte en fluisterde zachtjes hoera.

'Mike en de anderen staan verderop, ga hen helpen.'

Ik knikte mevrouw Decker toe en zwaaide naar Ruth die nog helemaal in de wolken was met haar twee pluizige vrienden. Tot haar grote plezier en mevrouw Deckers ergernis imiteerde ik het gewiebel van de konijnenneusjes met mijn eigen neus en met mijn handen voor mijn borst sprong ik naar Mike en de anderen.

'Doe normaal, Quintin!'

'Reuzenkonijn, hoera!'

Joshua zwaaide en gebaarde dat ik door moest lopen. Dozen met flyers en T-shirts stonden in de laadbak van Mikes pick-uptruck en werden door hem, met een chagrijnig gezicht, aan zijn broertje overhandigd.

'Jij hebt er zin in, zo te zien?'

Mike trok een T-shirt over zijn trui aan en wierp mij er een toe.

'We gaan eerst door het winkelcentrum lopen en daar flyeren, dat is de enige plek waar we onze jas niet aan hoeven en de mensen deze achterlijke spreuk kunnen zien. De shirts zijn trouwens ook te koop.'

'Niemand gaat dit toch kopen?'

Mike reageerde door een handvol flyers mijn kant op te gooien. 'Moet jij eens opletten, daar zorgen onze topmodellen wel voor.'

Becks en Laura kwamen aangelopen.

'Kijk je het mooie er niet vanaf, Quintin? God kijkt mee, hoor, dat vindt Hij vast niet goed.'

Rebecca tikte mij op mijn neus om de aandacht van haar borsten af te leiden, dat laatste was bijna onmogelijk aangezien haar T-shirt zo strak zat dat van de wervende tekst vooral het woord SMILE! opviel omdat het helemaal werd opgerekt.

'Nou, lachen gáán de mensen, dat weet ik wel zeker.'

Na de flyers van Mike kreeg ik nu een pets van Becks tegen mijn schouder.

'Je begint al net zo bijdehand als Joshua te worden. Kom nou maar mee, we gaan in het winkelcentrum beginnen.'

Het was druk. We stonden op het grote plein en terwijl Mike, Joshua en ik de mensen flyers in hun handen drukten, verkochten de meiden voor vijf dollar per stuk de T-shirts en nodigden ze mensen uit om een bezoek aan de kerk te komen brengen. Of dat laatste ging gebeuren weet ik niet, maar de kledingstukken gingen als warme broodjes over de toonbank. Ik loerde stiekem naar de meiden en begreep wel waarom Joshua verliefd was op Rebecca. Het hele winkelcentrum leek de vlinders te voelen en binnen anderhalf uur waren de flyers uitgedeeld en bijna alle T-shirts verkocht.

We gingen weer naar buiten, zwierven wat over de braderie en bleven staan bij de stand waar je met pijl-en-boog kon schieten. Een man in indianenkostuum legde ons uit hoe we de boog het beste konden hanteren. Ik vroeg hem of hij Cree was.

'Of ik wat ben? Nee joh, ik ben gewoon Canadees. Wil je nou schieten of niet?'

Ik schudde mijn hoofd en samen met Mike liep ik terug het winkelcentrum in.

'Wil je koffie?'

Mike knikte en we gingen in de rij staan, het was drukker dan ik eerder had meegemaakt. Vlak voor we aan de beurt waren zag ik Kapapa in een hoek zitten, zijn hoofd naar beneden. Zijn glazen potje was nagenoeg leeg.

Ik bestelde drie koffie. Mike zei er gelukkig niks van.

'Dag meneer Kapapa, één koffie zonder whisky, precies zoals u hem het liefste niet drinkt.'

'Dank je "Quintin ik moe–"'

Om te voorkomen dat hij mijn bijnaam nog verder uitsprak, schopte ik met mijn voet tegen zijn schoen. Gelukkig begreep hij mijn hardhandige hint.

'Wie is je argwanend kijkende vriend?'

'Dit is Mike en zo zit zijn gezicht het lekkerst. Mike, dit is meneer Kapapa, meneer Kapapa, dit is Mike.'

De twee schudden elkaar de hand, waarna de indiaan van zijn koffie nipte.

'Lekker, dank je wel, heb je die drukte buiten gezien? Allemaal idioten die iets te verkopen hebben.'

Mike en ik trokken gelijktijdig onze rits tot onder de kin omhoog, in de hoop dat onze shirts hem niet zouden opvallen.

'Morgen zijn ze weg en kun je weer op je vertrouwde plek zitten. Kunnen we nu nog iets voor je doen?'

'Whisky zou er wel in gaan?'

'Allesbehalve dat of andere drank. Wil je een broodje of een stuk pizza?'

De indiaan wees naar de broodjeszaak iets verderop. 'Iets met vlees erop zou fijn zijn, o, en vraag of ze het warm willen maken, bedankt, jongens.'

We liepen weg. Mike vroeg zich hardop af waarom ik toch zulke rare vrienden had.

'Ik spaar raar...'

Ik bleef Mike net zo lang aanstaren tot hij begreep dat hij een onderdeel van mijn collectie van rare vrienden was.

'Eikel.'

'Lul.'

Het broodje warme pastrami werd door Kapapa dankbaar in ontvangst genomen.

'Wieberen jullie twee... Eten kan ik prima in mijn eentje, ga iemand anders vervelen.'

Mike zag hem als eerste. Hij schoot tussen de mensenmassa door alsof hij een dringende boodschap moest doen.

'Daar gaat je vriendje.'

'Decker is niet mijn vriendje.'

Mike trok me aan mijn arm mee en we volgden meneer Decker. De mensenmassa gebruikten we om onzichtbaar te blijven.

'Zijn we op een missie?' vroeg ik hem terwijl ik mij verstopte achter een rek met Hallmark-kaarten.

'Je weet dat je geen kind van negen bent, toch?'

'Jazeker, maar daarom kunnen we toch nog wel op een missie zijn?'

Mike zuchtte diep. 'Wat ben jij een kleuter, maar prima, wat jij wilt. We zijn op een missie.'

Ik dacht aan de cowboy in het vliegtuig en het verhaal dat hij had verteld over de zeventienjarige Billy die met gevaar voor eigen leven de tunnels indook. Billy, die iets ouder was dan ik en voor wie het leven geen spelletje was, maar Russische roulette.

'Wat is onze missie precies?' Ik keek Mike vol verwachting aan.

'Je neemt dit wel heel serieus. Goed, onze missie is om informatie te verzamelen, zodat we meer over de vijand te weten komen.'

Ik knikte en kneep mijn ogen tot spleetjes om ons doel niet uit het oog te verliezen.

'Hij gaat naar de kiosk.'

De conclusie van Mike had ik kunnen voorspellen, toch was ik teleurgesteld.

'O, nou, dan kunnen we de missie staken. Hij gaat zijn tuinmagazine kopen, let maar op.'

Decker liep naar binnen en zoals ik had voorspeld waren de tuinmagazines het doel van zijn bezoek. Zijn hand gleed langs een aantal van de uitgestalde tijdschriften. Ik stond achter Mike verstopt en we zagen Decker aandachtig bladeren, af en toe keek hij schichtig om zich heen. De minuten kropen voorbij en ik wilde weg.

'Zullen we gaan? Dit is saai.'

'Laten we nog even blijven...'

'Hij staat gewoon te lezen, niets geks aan.'

'Nee, misschien niet, maar toch wil ik nog even blijven.'

Ik gaf Mike zijn zin en zo bleven we naar Decker kijken die naar de lectuur in zijn handen staarde. Het duurde lang en ik wiebelde van mijn ene been op het andere. Mike siste dat ik moest ophouden met bewegen. We zagen Kapapa naar ons staan kijken en tussen de laatste happen van zijn broodje pastrami door gebaarde hij ons wat we toch aan het doen waren. Ik drukte mijn vinger op mijn lippen, in de hoop dat hij onze missie niet in gevaar zou brengen.

Na een klein halfuur had Decker besloten dat hij genoeg gezien had. Hij schoof nog wat met andere bladen in het rek, rekende af en liep met een bruin papieren zakje de winkel uit. Mike en ik verstopten ons achter een kledingrek dat voor een etalage stond. Hij passeerde ons op nog geen meter, er gleed een zweetdruppel over zijn slaap.

'Ik zei het je toch, niks spannends aan. Zoals iedere zaterdag koopt hij zijn leesvoer, dat hij aan de keukentafel gaat zitten lezen.'

'We gaan toch even naar binnen, kom.'

Mike liep de winkel in en ik volgde met lichte tegenzin. Zijn handen flitsten door de tuinbladen waarbij hij, net als Decker, af en toe over zijn schouder keek.

'Wat zijn we hier aan het doen?'

'Schreeuw niet zo, straks worden we weggestuurd. Ik vind het gek dat iemand een blaadje koopt, maar het in de winkel uitvoerig gaat staan lezen. Waarom iets kopen wat je al doorgespit hebt?'

Ik moest toegeven dat het vreemd was, maar ik had de afgelopen zaterdagen toch steeds gezien hoe meneer Decker aan de keukentafel naar alles wat groeide en bloeide had zitten staren.

'Waar zoek je naar?!' Ik fluisterde het zo hard als ik kon.

'Dit!'

Zijn ogen waren opengesperd. De keuze aan tuinmagazines was enorm en Mike had wel vijftien verschillende bladen door zijn vingers laten glijden.

'Onze meneer Decker is een boefje.'

Ik werd geconfronteerd met een naakt lichaam en durfde er

uit schaamte niet naar te kijken. Mijn schoolagenda was volgeplakt met plaatjes van Erika Eleniak uit *Baywatch*. Ik zei dat ik haar mooi vond vanwege haar blonde krullen en blauwe ogen, het was een leugen en iedereen wist dat.

Decker had geen leugen nodig, alleen een tuinmagazine als dekmantel. De plaatjes sloeg hij op in zijn geheugen, zodat hij ze aan de keukentafel weer tevoorschijn kon halen.

'Deze moesten we maar eens kopen.'

Mike keek mij geschrokken aan. 'Ik ga daar niet mee naar de kassa lopen, hoor, wat moeten we ermee?'

Ik keek om me heen, er stonden vier mensen bij de toonbank, het meisje achter de kassa keek verveeld naar de groene cijfertjes die op het display verschenen en was totaal niet met ons bezig. Kapapa stond nu recht tegenover de winkel en keek naar de openslaande deuren alsof het een bioscoopscherm was en Mike en ik de hoofdrol in zijn film speelden.

'Mike, ik denk dat het tijd is om te gaan.'

Ik liep langzaam in de richting van de uitgang.

'Hoezo?'

'Omdat ik een blootblaadje in mijn broek heb.'

Mike bekeek me verbijsterd van top tot teen.

Een medewerker kwam in looppas op ons aflopen. 'Wat lopen jullie te smoezen, kom eens hier.'

'Dit is het moment om te gaan rennen.'

We sprintten de winkel uit, en sloegen meteen links af. Vanuit mijn ooghoek zag ik Kapapa met zijn handen wapperen, alsof hij rooksignalen zonder vuur aan het verspreiden was. De reden werd me duidelijk toen ik twee beveiligers recht op ons af zag komen.

'Die twee hebben iets gejat!' riep een van hen.

We renden over de grote glimmende tegels naar de roltrappen. In het voorbijgaan passeerden we Kapapa voor de tweede keer.

'Kleine Raaf!'

'Wat zeg je?'schreeuwde ik hem toe terwijl ik met twee treden tegelijk de roltrap op rende.

'Je nieuwe naam, Quintin! Vanaf nu heet je Kleine Raaf, vlieg maar gauw weg.'

Mike gaf me een duw in mijn rug en we renden door de hal om bij de trappen weer snel naar beneden te sprinten.

'We pakken de nooduitgang.'

Het groene bordje boven de twee grote klapdeuren had er nog nooit zo uitnodigend uitgezien en ik volgde Mike zonder aarzelen. Hij ramde tegen de metalen stang alsof hij een rugbyspeler was die door de laatste verdedigingslinie heen moest. De zon verblindde ons, en we liepen mensen omver terwijl we onze vrijheid tegemoet renden.

'Geen paniek, Jezus komt naar u toe!' Ik flapte het eruit terwijl we ons in de drukte van de braderie mengden.

We stopten pas toen we bij Mikes truck waren, sloegen de deuren dicht en ploften op de stoelen.

'Eikel! Waarom jat je nou zoiets?'

Ik staarde naar de punten van mijn schoenen en voelde het blootblaadje in mijn bil prikken.

'Weet ik veel, ik dacht er niet bij na.'

'Joh, je meent het? Nou, laat zien dat ding, wie had dat gedacht van meneer Decker...?'

Ik trok het blootblaadje tevoorschijn en we zagen een meneer met borstelige snor die op de houten vloer stond van iets wat een schuur moest voorstellen, zijn ene been rustte op een baal stro. Zijn cowboylaarzen waren veel te nieuw voor iemand die zogenaamd op een boerderij werkte. Bovendien was dat ook het enige wat hij droeg. Zijn huid glom van het zweet en zijn piemel was hard en dik en werd door hem vastgehouden alsof het een hooivork was. Er stond *Playgirl* op de cover. We bladerden vluchtig door het magazine en de foto's lieten niets aan de verbeelding over.

'Zie je boer Fletcher al zo op een hooibaal staan?' Ik kreeg de slappe lach van mijn eigen opmerking.

Mike maakte een kokhalsgeluid en gaf mij het blootblaadje terug. 'Doe ermee wat je wilt, maar zorg ervoor dat ik er niet door in de problemen kom.'

'Dat beloof ik.'

'Mooi zo, ik denk trouwens dat de kust wel veilig is, helemaal als we onze jas uitdoen.'

Ik keek naar de mensenmassa die, door de onverwachte warmte, met hun jas over hun arm liep. Tientallen van hen droegen een wit T-shirt dat vertelde dat Jezus een reden was om te glimlachen. De beveiligers die zochten naar twee jongens in dikke winterjassen liepen ons straal voorbij.

'Zo mannen, waar hingen jullie nou uit? Ik heb jullie de hele middag niet gezien.'

De dominee stond bij de pony's en kriebelde er gelijktijdig twee onder de kin. Mike mompelde iets onverstaanbaars en ik trok vlug mijn shirt over mijn broek.

'Zo te zien draag je het met trots, Quintin.'

Ik keek naar de letters en knikte. 'Jazeker, dominee, Jezus redt.'

23

Die avond mocht ik bij Mike blijven eten en we spraken over de bijzondere dag en de hoeveelheid geld die was opgehaald. De dominee was in zijn nopjes.

'Het exacte bedrag weet ik nog niet, maar ik heb slechts twee konijnenhokken mee terug hoeven nemen en jullie hebben bijna alle shirts weten te slijten. Hoe dan ook kan de penningmeester van de kerk aardig wat bijschrijven, dat is een ding dat zeker is. Ik zal morgen iedereen uitvoerig bedanken.'

Ik was helemaal vergeten dat mijn zondagse kleding niet meer geschikt was voor de kerk en schrok zichtbaar.

'Wat zit jij nerveus op je stoel te draaien, zeg op jongen, wat zit je dwars?'

'Mijn zondagse kleding is werkkleding geworden.'

De dominee en zijn vrouw keken mij vragend aan en ik vertelde over het kalfje dat ik had proberen te redden maar al dood bleek te zijn, dat ik het had moeten villen van boer Fletcher en dat mijn kleding daardoor helemaal smerig was geworden.

'Ja, ik heb wel genoeg gehoord.'

De dominee knikte naar zijn vrouw en ze gebaarde mij haar te volgen.

We liepen naar de slaapkamer van Samuel en stonden voor een grote kledingkast die al een paar jaar onaangeraakt was.

'Ik denk dat we hier wel iets moois gaan vinden voor je.'

Een kwartier later stond ik in een lichtblauw pak met een echte stropdas voor de spiegel.

'Ik knoop hem wel voor, dan hoef je zondagochtend alleen maar aan deze lus te trekken.'

Mevrouw Bauer toverde het stuk stof om tot de das zoals die behoorde te zijn. Samuels zwarte schoenen met gaatjes waren maar één maat te groot en glommen alsof ze nieuw uit de doos kwamen.

'Ik vind je er heel knap uitzien, ga je beneden maar even tonen aan de rest.'

De deur naar de keuken kraakte een beetje, iets wat me nog niet eerder was opgevallen. De stoelpoten kraakten ook. Nu was het de dominee zelf die op zijn stoel zat te wiebelen. Zijn hoofd was naar zijn bord gericht, hij kuchte een paar keer in zijn hand en keek toen op. Zijn ogen werden vochtig, maar hij wist zich te herpakken.

'Nou jongen, dat is me toch wat. Het staat je geweldig.'

Joshua zei niks en prikte met zijn vork in een aardappeltje.

Mike stond op, liep naar me toe, bekeek me van top tot teen, trok mijn stropdas recht en sloeg met zijn vlakke handen tegen de zijkant van mijn schouders.

'Dit is goed zo.'

Er viel een korte stilte die door mevrouw Bauer werd onderbroken, haar stem klonk onvast. 'Kleed je gauw weer om, dan doe ik je nieuwe kleding in een mooie hoes. De familie Decker weet niet wat ze ziet als je morgen aan het ontbijt verschijnt.'

De rest van de avond speelden we monopoly en zat ik voornamelijk in de bak. Mike mompelde dat hem dat niks verbaasde, en ik trapte hem onder de tafel tegen zijn schenen.

Aan het einde van de avond reed hij mij weer naar het huis van de familie Decker.

'In de voorjaarsvakantie gaan we naar de bergen. Mijn ouders zouden het leuk vinden als je meegaat.'

'Jij ook?'

'Ja, ik ook, maar als je mij weer schopt stomp ik je in elkaar.'

Ik stapte uit. Het idee dat ik mee zou mogen op vakantie gaf me een warm gevoel.

'Je vergeet je pak.'

'Het is van Samuel, ik mag het even lenen.'

'Het is van jou... Ik zie je morgen.'

De volgende ochtend begon zoals verwacht. Decker nam tijdens het douchen weer plaats op zijn stoel in de badkamer. Ik dacht aan het vieze blaadje dat ik tussen de tijdschriften in de kast had geschoven. Het voelde als een geheim wapen en ik glimlachte toen ik mijn handdoek uit zijn handen trok. Ik merkte dat mijn houding hem verwarde en hij struikelde over zijn woorden toen hij zei dat ik haast moest maken.

Ik kleedde me om in mijn nieuwe zondagse goed en bij het openen van de keukendeur viel het stil.

Ruth sloeg haar handjes voor haar mond. 'QuinnQuinn prins!'

Ik maakte een lichte buiging en schoof op mijn krukje. Hoewel het op de laagste stand stond, had ik het gevoel boven iedereen uit te torenen. Meneer en mevrouw Decker zeiden niks. Samuels pak voelde als het kostuum van een superheld.

De dominee bedankte tijdens de kerkdienst iedereen voor zijn inzet en maakte daarbij de opmerking dat een glimlach in de naam van Jezus ons veel had gebracht.

De rest van de dag verliep rustig en ik keek er voor het eerst naar uit om weer op de boerderij te zijn, dat had vooral met Drum te maken. Bovendien vond ik het harde werken ook wel fijn. De concentratie die het vergde leidde me af van nare herinneringen.

Gedurende de rit naar Carman liet ik mij van mijn beste kant zien door mijn mond te houden.

Zodra ik uit de auto stapte floot ik Drums deuntje. Al loeiend kwam hij tevoorschijn. Ik was bang dat hij mij vergeten zou zijn, niks was minder waar. Boos was hij wel, waarschijnlijk omdat ik hem een paar dagen had verlaten. Hij beukte een aantal keer met zijn kop tegen mijn heup, en verloor mij vervolgens geen seconde meer uit het oog.

'Laat dat beest met rust en ga aan het werk.'

Een nieuwe periode brak aan. Ik stelde geen vragen, gehoorzaamde, werkte hard en voerde alle taken uit die mij werden opgedragen. Niet dat dit alles mijn band met Fletcher versterkte. In zijn ogen was ik nog steeds een prutser. Dat bewees ik met regelmaat door mijn Bijbelteksten niet goed genoeg te kennen. Mij straffen door niet te mogen ontbijten had al geen effect meer. Mijn lichaam had zich er simpelweg op ingesteld en als ik wel mocht ontbijten at ik weinig. Meestal werkte ik de hele dag rondom de boerderij en was ik in de weer met de dieren en het repareren van alles wat stuk was. Er waren ook dagen dat ik nauwelijks met de varkens en koeien bezig mocht zijn, de boer verzon dan iets anders. Ik denk dat hij dat deed om mij te pesten. Ik voelde me op die momenten nutteloos; werken met de dieren gaf me het gevoel dat ik ertoe deed. Fletcher deed niets liever dan mij fysiek en mentaal afbreken.

Zo reed hij mij op een ochtend naar een stuk grond zo'n vijf kilometer verderop. In de truck lagen de palen die ik had bewerkt om te gebruiken voor de nieuwe omheining. Nadat we een voorhamer en grondboor hadden uitgeladen, wierp hij mij een tas toe.

'Koffie en een paar plakken bananenbrood, ik kom je tegen het middageten ophalen, dan verwacht ik dat je al een flink eind op weg bent.'

Wat hij precies bedoelde met 'een flink eind' wist ik niet, maar ik werkte me in het zweet om uit de problemen te blijven. De omheining was bedoeld voor de oudere koeien en zou in de zomer in gebruik worden genomen.

Met mijn laars schoof ik wat sneeuw opzij en prikte met de neus in de harde ondergrond.

'Is het niet handiger om dit in het voorjaar te doen? De grond is nog keihard, het duurt dagen om alle gaten te boren en dan moeten de palen en het prikkeldraad nog bevestigd worden.'

Fletcher haalde zijn schouders op.

'Is dat mijn probleem? Ik stel voor dat je minder klaagt en harder werkt.'

Tegen Fletchers logica was geen kruid gewassen, ik zou er bijna twee weken over doen om de klus te klaren.

Toen het voorjaar eindelijk zijn intrede deed, werden de enorme hoeveelheden sneeuw door de aarde als een spons opgezogen. Het boerenerf veranderde in één grote modderboel. Op alle andere plekken knalde het leven uit de grond.

Het lopen door de blubber vergde veel inspanning en dat bracht Fletcher op het idee om mij nog meer te laten wandelen. Enorme stukken land moesten worden voorbereid voor het zaaien.

'Deze kun je vullen bij de hoofdtank naast de varkensstal, dan ga je de randen van de stukken land naast het bos besproeien tot de grote tank leeg is.'

Fletcher wees naar een jerrycan met leren riemen. Dagenlang liep ik met een plastic tank van vijfentwintig liter op mijn rug door het land. Met een handpomp pompte ik het gif via een slang naar een spuitstuk en al lopend besproeide ik de grond met pesticiden.

Dat zou stukken sneller gaan met de tractor, maar volgens Fletcher was het goed voor mijn geest om intensief bezig te zijn.

Het giftige goedje zorgde voor rode bultjes zodra het in aanraking kwam met mijn huid. Ik deed ontzettend mijn best om dit te voorkomen, tevergeefs. Bij het vullen van de jerrycan morste ik nogal eens iets, of ik had de wind tegen tijdens het sprayen, dan voelde ik de kleine druppels op mijn handen en in mijn gezicht terechtkomen. Jeuken deed het niet, branden des te meer. Na een paar uur zat ik onder de rode vlekken en bultjes. Het duurde bijna drie weken voor ik daarvan af was. Dit tot groot vermaak van Joshua die de meiden had wijsgemaakt dat het kwam door het vele masturberen. Dat idee op zich was al belachelijk, en bovendien deed ik dat bijna nooit. Het idee dat ik betrapt zou worden door meneer Decker maakte me misselijk. Hij zou me waarschijnlijk niet eens straffen, maar nog eerder stiekem begluren. Ik schudde het nare beeld van me af door mijn neus in Drums vacht te begraven.

Hij groeide als kool en bleek een enorme plaaggeest. Zijn grootste plezier was mij dwarszitten en hij liet geen kans onbenut om me in de weg te lopen, omver te duwen, of om mij heen te springen. Ieder vrij moment stoeide ik met hem. Daarbij sloeg ik mijn armen om zijn nek en duwde met mijn schouder tegen zijn borst. Drum zette zich schrap en duwde net zo hard terug.

In het begin maakte hij geen schijn van kans, maar met de week werd hij sterker en moest ik alles op alles zetten om niet door hem overlopen te worden.

Het was Mike die het als eerste opviel dat ik zelf ook sterker was geworden. Zijn vele plaagstootjes op mijn schouder beantwoordde ik inmiddels door hem met judoworpen omver te gooien.

'Is er toch nog iets goeds voortgekomen uit het werken bij die maffe boer.'

Ik keek hem niet-begrijpend aan en trok hem overeind na de zoveelste stoeipartij.

'Die spaghetti-armen van je zijn eindelijk wat gegroeid.'

Ik bekeek mijzelf die avond in de spiegel en zag dat hij gelijk had. Door het werk op de boerderij en het vele spelen met Drum was ik geen jongetje meer. Ik zou mijzelf nu eindelijk kunnen beschermen. Het gaf me voor het eerst in mijn leven een onoverwinnelijk gevoel.

Drum stond altijd naast me wanneer ik iets te doen had bij de inloopstal van de koeien. Ik vond het vooral lief en dacht dat hij gewoon bij mij in de buurt wilde zijn. Door goed naar mij te kijken had hij begrepen dat het plastic handvat met het metalen haakje dé manier was om zijn soortgenoten te bevrijden. Waarschijnlijk vond hij het niet meer dan normaal dat ze, net zoals hijzelf, overal moesten kunnen grazen.

Op een middag, tijdens de lunch, zag ik zijn enorme kop voor het keukenraam verschijnen. Een lange lik over het raam volgde en hij liep door, gevolgd door de complete kudde inclusief kalfjes die als gekken de tuin van mevrouw Fletcher omploegden. Mevrouw Fletcher gilde het uit toen een van de koeien de ontsnapping verraadde door keihard te loeien. De boer stoof van tafel en sleurde mij mee.

'Je hebt de boel niet goed afgesloten! Die vervloekte beesten zijn uitgebroken, stop met vreten en help mee.'

De koeien hadden van hun vrijheid geproefd en waren niet van plan zich zomaar gewonnen te geven. Ze stoven alle kanten op toen de boer en ik van twee kanten kwamen aangerend om ze bijeen te drijven. Steeds wanneer we dachten dat het ons ging lukken kreeg er weer een de kolder in haar kop en begon de ellende van voren af aan. Drum rende in het begin nog mee, wat de ergernis van Fletcher alleen maar groter maakte. Onder luid gescheld van de boer bracht ik hem naar zijn kleedje.

'Blijf nou alsjeblieft rustig liggen, je maakt het alleen maar erger. Voor jezelf, maar ook voor mij.'

Zacht loeiend deed hij wat ik van hem vroeg. Het kostte ons uiteindelijk anderhalf uur om de kudde weer in de inloopstal te krijgen. Drum had al die tijd verveeld vanaf zijn kleedje toegekeken hoe wij de chaos probeerden te beteugelen.

In de namiddag moest ik de dieren in mijn eentje voeren en tijdens het inladen van de pick-uptruck liep Drum niet mee en bleef bij de omheining rondhangen. Toen ik het voer had ingeladen en terugreed zag ik hem, tot mijn stomme verbazing, het plastic handvat met zijn neus uit het metalen oogje wippen. De complete kudde werd voor de tweede keer die dag vrijgelaten. Het ging zo snel dat ik te laat was om in te grijpen en als een vloedgolf overspoelden de dieren nogmaals het grasveld voor het huis. Fletcher was witheet en kwam uit de schuur gestormd, liep recht op mij af en sloeg met de rug van zijn hand in mijn gezicht. Zijn vingers roken naar mest en smeerolie.

'Stommiteiten worden afgestraft.'

Het bloed uit mijn neus spatte op het rubber van mijn laars, ik probeerde het met mijn andere voet weg te vegen. Mijn zwijgzame handelen maakte Fletcher nog bozer, en hij rammelde mij aan mijn schouders hard door elkaar.

'Heb je hier nog wat op te zeggen?'

Ik vertelde hem niet wat er echt gebeurd was, Drum kon er immers niets aan doen. Hij was gewoon blij en zoog het leven op als een spons.

'Het zal niet meer gebeuren, meneer Fletcher.'

'Dat weet ik wel zeker, help mee om de dieren terug te krijgen.'

De verspilde tijd moest ik inhalen en ik werkte na het eten nog uren aan de landbouwmachines in de schuur. De honden en Drum drentelden de hele avond om mij heen. Tegen middernacht was ik klaar. Bij het teruglopen naar de boerderij zag ik Fletcher op de veranda zitten. Zijn geweer lag op schoot en hij had de klep van zijn pet over zijn ogen getrokken. Zijn hand rustte op de kolf van het wapen en zijn ademhaling was zwaar. Het zou me geen moeite kosten om het uit zijn handen te grissen en Drum voor altijd te beschermen tegen zijn boosheid.

'Ga naar bed.'

Ik schrok me een ongeluk. Ik vroeg me af of hij met behulp van God in staat was om mijn gedachten te lezen. Die nacht droomde ik over tientallen ontsnapte Fletchers die luid scheldend over het erf liepen. Drum zat met een cowboyhoed op in de stoel en richtte zijn geweer op de op hol geslagen meute. Ik naaide ondertussen de gevilde huid van het overleden kalfje terug op zijn lijf, wist hem tot leven te wekken en daarmee Drum een vriend voor het leven te geven.

De volgende ochtend werd ik al voor de wekker wakker. Het was vrijdag en ik had besloten alleen nog het strikt noodzakelijke te doen en Gods woord in mijn hoofd prenten hoorde daar niet meer bij. Fletcher en Decker hadden mij als een uit de kudde ontsnapt dier terug proberen te brengen bij God, maar net als Drum was ik niet te sturen en zou ik mijn eigen gang gaan.

'Zeg je tekst op.'

Ik keek Fletcher aan en haalde mijn schouders op.

Hij leek het niet helemaal te kunnen bevatten en keek verbijsterd naar mevrouw Fletcher die me op een vriendelijke manier probeerde op weg te helpen door de eerste woorden voor te zeggen. Ik glimlachte naar haar. Ze was zo lief, maar ik moest voet bij stuk houden en niet buigen voor de wil van de boer. Fletcher greep mij bij mijn nek en deed zijn best om mijn gezicht dwars door de Bijbel heen te drukken.

'Lees... Zijn... woord!'

Mijn handen lagen plat op de tafel.

'Je bent sterker dan je beseft, Quintin, jij bent de enige die jezelf naar beneden kan halen, niet vergeten, hoor.' Het waren de woorden die mijn opa tientallen keren tegen mij had uitgesproken, maar ik moest ervoor naar Canada reizen om ze ten volle te begrijpen.

Mijn armen strekten zich uit en ik voelde de kracht via mijn bovenlijf naar mijn benen stromen. Mijn voeten in de geitenwollen sokken stonden stevig op de linoleum keukenvloer en ik schoof de stoel naar achteren terwijl ik langzaam omhoogkwam.

Hoezeer Fletcher ook zijn best deed om mij naar beneden te duwen, het lukte hem niet. De vele stoeipartijen met Drum hadden me sterk gemaakt en zonder al te veel moeite stond ik op. Ik liep naar de bijkeuken, trok mijn laarzen aan, pakte het vlees voor de honden uit de koelkast en liep naar buiten.

Drum stond bij de ingang van de inloopstal naar het plastic handvat te kijken.

'Je laat het!'

Hij kwam in draf mijn kant op gelopen. Het bleef een raar

gezicht, dat enorme dier dat zich als een puppy gedroeg. Ik pakte Drums kop in mijn handen.

'Snap je dan niet dat je jezelf in de problemen brengt? Ik weet daar alles van. Hou je gewoon gedeisd, speel met de honden en luister naar wat ik je zeg, dan heeft de boer ook geen reden om boos op ons te worden.'

Drum likte over mijn gezicht, ik betwijfelde of hij de ernst van de situatie inzag. Hij dribbelde achter me aan.

'Weet je wat het is, door "niet te luisteren" ben ik zelf ook in de problemen gekomen. Ik was aan het klieren tijdens de les van meneer Grit. Als ik gewoon had geluisterd dan had ik niet hoeven nablijven en zou ik de man op de verlaten parkeerplaats waarschijnlijk nooit zijn tegengekomen.'

Drum loeide zachtjes.

'Misschien heb je gelijk, was het hoe dan ook gebeurd en zijn sommige dingen onvermijdelijk.'

Ik kriebelde hem achter zijn oren en probeerde gelijktijdig zijn staart te ontwijken die mij om de oren zwiepte.

Fletcher schreeuwde ons toe dat we op moesten houden met donderjagen en dat ik moest opschieten met mijn taken.

We holden naar de varkensstal waarbij Drum zich weer in de machinekamer wist te werken.

'Nee, vriendje, na het weekend gaan we weer spelen, ik moet nu mijn taken afmaken.'

Ik drukte een kus op zijn voorhoofd en duwde hem gelijktijdig tegen zijn borst naar achteren.

Een paar uur later werd ik bij de bushalte in Carman afgeleverd.

'Dag, lieve jongen, we zien je zondag weer. Eet deze maar lekker op, het is nog een beetje warm.'

Mevrouw Fletcher drukte me een van haar baksels in handen.

'Past u weer goed op het kalfje? Hij wil nog weleens rottigheid uithalen.'

'Drum is een dondersteen, ik zag wel hoe hij het hek openmaakte. Het was heel dapper om de schuld op je te nemen, dat deed je ook al eens voor mij.'

Ik kleurde rood en begon te stotteren en vroeg haar hoe ze zijn naam wist.

'Maak je geen zorgen, ik zal jullie geheim niet verklappen. Ik hoorde je zijn naam een keer zeggen toen jullie aan het stoeien waren. Ik weet hoeveel hij voor je betekent en zal hem goed in de gaten houden. Nou je bus in.'

In mevrouw Fletcher leek ik een bondgenoot te hebben, toch voelde ik me tijdens de rit naar Winnipeg onrustig.

'Ik heb je weleens vrolijker gezien, Kleine Raaf.'

Kapapa zat met twee koppen koffie in zijn hand op de vertrouwde plek.

'Voor mij?'

'Jazeker.'

We proostten met de kartonnen bekertjes op het leven en zaten een tijd zwijgend naast elkaar. Na mijn laatste slok begon ik hem over Drum en de boosheid van Fletcher te vertellen.

'Ik zou proberen je er niet te veel van aan te trekken, jij bent niet een mens voor iedereen. Degenen die wel van je houden zijn de enigen die ertoe doen. Die moet je beschermen.'

Kapapa keek naar de luchtbelletjes in zijn koffie en blies ze stuk met zijn adem.

'Tegen wie?'

'Wil je dat echt weten, Kleine Raaf?'

Ik knikte.

'Jij leeft in de schemerwereld, ergens tussen dit leven en het volgende. Daarin herkennen zich degenen die zich met jou verbonden voelen, alleen zijn ze niet in staat het onder woorden te brengen.'

Ik keek Kapapa vol verwarring aan.

'Het water uit de zee slaat zichzelf stuk op de rotsen, dat is wat het doet, dat is net zomin de schuld van het water als van de rots en jij, Kleine Raaf, zult voor veel mensen een rots blijken te zijn.'

'Dat klinkt niet heel gezellig.'

De auto van de familie Decker maakte een abrupt einde aan ons gesprek.

Ik stond op om in te stappen.

'Vergeet je niet iets?'

Ik controleerde mijn tas en greep onder mijn trui naar het koord met het zakje waar mijn buskaartje en wat geld in zat.

'Nee, ik heb alles.'

Kapapa rammelde met het glazen potje.

'Ik heb de koffie gehaald, maar niet voor je betaald, ik krijg één dollar negenenzestig van je.'

Ik stopte twee dollar in zijn potje en graaide het wisselgeld eruit om hem te pesten.

'Mij heb je er niet mee, ik had deze gekregen van de juffrouw van het koffietentje.' Hij draaide gauw een deksel op het potje en glimlachte naar me. 'Tot volgende week, Kleine Raaf.'

'Tot volgende week, meneer Kapapa.'

24

'Instappen, we hebben haast.'

De schoolfotograaf zou komen, dat bleek hier nogal een groot gebeuren. De gymzaal werd gebruikt als decor en alle leerlingen liepen er helemaal opgedoft bij.

Ik dacht eerst nog dat ik ook op de foto mocht, daar bleek volgens mevrouw Decker geen sprake van.

'Nee, natuurlijk niet.'

'O, jammer. Het had mij wel leuk geleken om een foto voor mijn ouders en oma te hebben.'

'Jij moet de lijsten bijhouden en zorgen dat iedereen klaarstaat om naar de gymzaal te gaan. We willen geen vertraging oplopen.'

Niet veel later zat ik achter een tafeltje met een lange lijst namen. Het enige wat ik hoefde te doen was een van de twee vakjes aanvinken en alle leerlingen naar de tribune van de gymzaal sturen. De fotograaf moest het tweede vakje aankruisen als hij iemand gefotografeerd had.

'Goedemorgen, ik moet hier aan het werk.'

Een slungelige man stond voor mijn tafeltje, met een leren tas over zijn schouder en een statief in zijn hand. Hij keek verveeld om zich heen en nam niet eens de moeite mij aan te kijken.

De fotograaf werd door een aantal leerlingen nieuwsgierig bekeken. Mike stond met Joshua, Becks en Laura tussen het groepje dat hem aanstaarde.

'Getver, op alfabetische volgorde.'

Mikes vinger wees naar zijn achternaam op de lijst en gleed toen helemaal naar beneden.

'Kun je me onderaan zetten? Ik haat op de foto gaan, helemaal met pottenkijkers op de tribune. Als ik als laatste mag is iedereen alweer weg.'

'Dat is goed. Ga jij dan ondertussen je glimlach oefenen?'

'Jij bent een vervelend mannetje, weet je dat?'

Ik knikte. 'Dat hoor ik vaker.'

Tijdens het afvinken kreeg ik ineens een idee. 'Becks, hebben we nog T-shirts over van de braderie?'

'Wat moet je daar nou mee? Laat ook maar, ik wil het niet weten. Volgens mij ligt er nog een doos in het opslaghok naast het biologielokaal.'

'Fantastisch! Kun jij dit even van mij overnemen?'

'Wat je ook van plan bent, hou mij erbuiten!'

Ik rende naar de opslag. Ze had gelijk, de doos lag achterin. Ik greep de grootste maat die ik kon vinden en liep het eerstvolgende klaslokaal in. Bang om betrapt te worden kroop ik naar het bureau van de leraar en rommelde in zijn laatjes op zoek naar iets om mee te schrijven. Een zwarte marker bood uitkomst en ik herschreef de tekst op het T-shirt in mijn netste handschrift. Ik bekeek mijn meesterwerk op een afstandje en trok het vervolgens aan met mijn trui eroverheen. Ik liep terug naar mijn tafeltje waar Becks me met opgetrokken wenkbrauwen opnam.

'Wat lach jij stom, wat heb je gedaan?'

'Geloof me, dat wil je niet weten.'

Ik schoof weer achter mijn tafel.

Zodra ik een naam had afgevinkt stuurde ik diegene door naar de gymzaal, waar hij of zij op de tribune plaats mocht nemen.

De fotograaf had er weinig zin in. 'Opletten, lachen in drie, twee, één... de volgende alstublieft.'

De een na de ander werd vereeuwigd en de dag vloog voorbij. Mijn werk zat erop en ik was naast Mike op de tribune gaan zitten. Samen keken we naar zijn klasgenoten die op de foto werden gezet tot hij zelf aan de beurt was.

'Nou, grote vriend, jij bent aan de beurt.'

'Hij zal niet op mij letten, dat scheelt weer.'

Ik was het met Mike eens, de fotograaf deed zijn werk zonder enige aandacht. We zaten precies achter hem en konden zien dat hij alleen even door de camera keek wanneer er iemand plaatsnam. Vervolgens telde hij af en drukte lusteloos op het knopje.

'Wil je wat voor me doen?'

Ik vroeg het Mike terwijl hij langzaam de tribune afliep.

'Liever niet.'

'Kijk vlak voor hij de foto maakt even mijn kant op.'

Terwijl Mike op de stoel plaatsnam ging ik twee treden hoger op de tribune zitten. Mijn timing moest perfect zijn. Zou ik te vroeg opstaan dan werd hij misschien boos, wanneer ik een fractie te laat was bestond de kans dat hij mijn aangepaste tekst niet goed kon lezen en dan zou mijn plan mislukken. De monotone stem van de fotograaf klonk door het gymlokaal en de adrenaline gierde door mijn lijf.

'Opletten, lachen in drie, twee, één...'

Bij 'twee' stond ik op en zag nog net hoe Mike zijn wenkbrauw omhoogtrok. Ik hoorde de fotograaf 'één' zeggen, mijn trui had ik inmiddels over mijn hoofd getrokken en met beide handen trok ik het shirt strak naar beneden zodat de tekst leesbaar was.

'De volgende alstublieft...'

Ik hoorde een stoel naar achteren schuiven, trok mijn trui weer naar beneden en veegde het haar uit mijn gezicht. Ik zag Mike nog net de gymzaal uitlopen terwijl de fotograaf mij gebaarde om op de stoel plaats te nemen.

Ik liep de tribune af om achter hem aan te gaan en te vragen of mijn plan gelukt was.

'Niet zo snel, even zitten voor de foto.'

Ik nam plaats op de stoel.

De man zocht op zijn lijst naar een naam die er nooit op had gestaan.

'Hé, dat is gek, volgens dit formulier heb ik iedereen gehad, hoe heet je?'

'Hoelang duurt het voor de foto's klaar zijn?'

'Een week of drie, minder vragen stellen en de mijne beantwoorden, je naam?'

'Quintin, meneer.'

'Quintin hoe?'

Ik aarzelde en kwam tot de conclusie dat deze foto de meeste kans van slagen had als ik voor de komende dertig seconden iemand anders was.

'Decker, Quintin Decker.'

'Ah juist, familie van de directeur?'

'Ja meneer, daar kan de rekening ook naartoe.'

'Uitstekend. Nou, daar gaan we. Opletten, lachen in drie, twee, één...'

De grijns op mijn gezicht zat er nog steeds toen ik de gymzaal verliet.

'Wat zit jij dom te lachen.' Mike zat op een stoel in de gang.

Het schoolgebouw was nagenoeg leeg en de parkeerplaats verlaten.

'De vraag is of jij moest lachen?'

'Wat denk je zelf? Nou, schiet op, ik breng je naar huis op verzoek van meneer de directeur.'

In de auto werd weinig gezegd, Mike schudde af en toe zijn hoofd en mompelde daarbij wat in zichzelf. Ik vroeg hem of de muziek aan mocht.

'Dat is goed, alleen even geen Meat Loaf, oké?'

Ik draaide aan de knoppen van de radio tot we een nummer van Aerosmith hoorden.

'Over twee weken is het voorjaarsvakantie, heb je al besloten of je met ons meegaat naar de bergen?'

'Ik wil wel mee, maar heb het nog niet durven vragen. Decker en Fletcher moeten allebei toestemming geven en ik ben bang dat ze nee zeggen.'

'Zal ik vragen of mijn vader met ze gaat praten?'

Ik vond het een goed idee, de rechterhand van God zouden ze niet snel iets weigeren.

25

Het was de stem van meneer Decker die mij wekte. Niet door me te roepen, maar doordat ik hem aan de telefoon mijn naam meerdere malen hoorde zeggen. Ik dacht in eerste instantie dat hij de dominee aan de lijn had, zijn stem klonk rustig en bij het uitspreken van mijn naam was weinig irritatie te bemerken. Ik liet mijn hoofd in het kussen zakken en probeerde me voor te stellen hoe het zou zijn om de voorjaarsvakantie in de bergen door te brengen. Aan de ene kant leek het me fantastisch, aan de andere kant vroeg ik me af wie Drum dan uit de problemen moest houden en Ruth van haar dagelijkse dosis 'hoeraatjes' moest voorzien.

'Quintin, opstaan en aankleden. Ik had zojuist mevrouw Fletcher aan de lijn: de boer is onderweg en zal hier over een halfuur op de stoep staan.'

Ik had Decker niet horen ophangen en zonder te kloppen was hij binnengekomen.

'Maar het is zaterdag? Ik zou met Mike iets leuks gaan doen.'

'Kom je bed uit en kleed je aan. De varkens moeten ingeladen worden voor transport en jij gaat helpen.'

Ik begreep er niks van. Vlak voor mijn vertrek naar de familie

Decker had Fletcher tegen mij gezegd dat er op maandagochtend meerdere grote vrachtwagens zouden komen om de varkens op te halen. Ze waren gevoed, vetgemest en volgens de boer klaar om hun functie te vervullen.

Dat was ook precies wat ik tegen meneer Decker zei.

'Er komt maandag een voorjaarsstorm en dus is besloten om vandaag alles af te ronden.'

Het halfuur zou twintig minuten worden, het ronkende geluid van de oude pick-uptruck van Fletcher hoorde ik van ver aankomen. De claxon die twee keer werd ingedrukt leek, door het vroege tijdstip, extra hard door de straat te klinken.

Tijd om Mike af te bellen kreeg ik niet en het lukte mij nog net om Ruth gedag te zeggen.

'QuinnQuinn niet leuk!'

'Daar heb je gelijk in, kabouter, ik vind het ook niet leuk.'

Ik maakte een nog grotere chaos van haar krullen door er met mijn handen doorheen te woelen. Ze lachte en rende naar de voorkant van het huis om me uit te zwaaien. Het meisje met de onverwoestbare glimlach stond met haar neus tegen het raam gedrukt.

'Hoera!' riep ik.

'Schreeuw niet zo stom! Moet de hele straat je soms horen? Instappen, we hebben een lange dag voor de boeg.'

Fletcher leek het gaspedaal dwars door de roestige bodemplaat te willen trappen.

Bij aankomst op het boerenerf werd de truck naast de varkensstal geparkeerd en liepen we direct naar binnen. Drum kwam in volle sprint op ons af en wilde direct spelen. Fletcher was daar niet van gediend.

'We hebben geen tijd voor onzin, tempo.'

Ik kriebelde Drum onder zijn kin en duwde hem zachtjes naar de schuur toe. Ik wilde mijn kisten uittrekken om de laarzen voor de varkensstal aan te doen.

'Nee, dat hoeft niet, vandaag is hun laatste dag en daarna gaan we de stal schoonmaken. We gaan het als volgt doen. Je laat de varkens uit hun hok en zorgt dat ze via het looppad naar de deur lopen, daar gebruik je deze voor.'

De veeprikker die ik maanden had weten te vermijden werd me in de handen gedrukt. Fletcher ging ondertussen onverstoorbaar verder met zijn uitleg.

'We doen dat in twee etappes. We beginnen bij de eerste hokken tot halverwege de stal, bij de volgende vrachtwagen doen we de volgende lichting. De deur tussen de stal en de machinekamer blijft dicht tot ik hem open, ik moet daar een afscheiding maken naar de buitendeur zodat ze de apparatuur niet beschadigen.'

Ik staarde naar de veeprikker en keek naar de varkens die mijn onrust leken te voelen en op een andere manier knorden dan ik gewend was.

'Heb je me begrepen?'

'Ja, meneer Fletcher.'

Hij liep weg en bij het openen van de buitendeur hoorde ik, boven het geluid van de varkens uit, een vrachtwagen. Het zou de eerste van twee zijn die de dieren naar hun eindbestemming zou brengen. Ik vroeg me af of ze wisten wat hun te wachten stond. Om eerlijk te zijn had ik zelf geen idee wat er precies met ze ging gebeuren, ja, ze zouden worden doodgemaakt en op mensen hun bord belanden, van de manier waarop had ik geen idee.

Ik schudde het nare gevoel van me af en opende de hokken. De veeprikker gebruikte ik wel, alleen zonder op het knopje te drukken. Het enige wat ik hoefde te doen was de dieren er af en toe mee porren om ze in beweging te krijgen. Het ging sneller dan verwacht en het looppad van de stal stond vol met flapperende oren die onvrijwillig dezelfde kant op stonden.

Fletcher had me uitgelegd dat de vrachtwagen met de achterkant van de trailer zo dicht mogelijk bij de buitendeur van de stal zou worden geparkeerd. De loopplank zou tegen de drempel staan.

De chauffeur en zijn collega zouden aan weerszijden houten schotten vasthouden, twee triplex platen van vijf millimeter dik, daardoor werd de varkens het zicht op hun vrijheid ontnomen. Tijdens zijn uitleg stond het zweet al op zijn voorhoofd. Hij veegde het af met een smoezelige zakdoek die hij uit zijn jaszak had gevist. Ik moest ondertussen geduld hebben tot Fletcher de deur zou openen en zat op de rand van een van de hokken te wachten.

Ik verveelde me en drukte een paar keer op het knopje van de veeprikker, op de scherpe tikjes na gebeurde er niets. Ook niet toen ik de metalen puntjes van de vork tegen de muur duwde en voor de tweede keer het knopje ingedrukt hield.

Op de mavo had ik natuurkunde moeten volgen. Ik begreep er niets van en lette alleen op wanneer onze directeur, meneer Bos, proefjes ging uitleggen. Niet omdat hij dat zo goed kon, maar juist vanwege het feit dat het altijd misging. Een watje gedrenkt in een vloeistof die 'absoluut geen vlam kon vatten' stond garant voor een half geflambeerde natuurkundeleraar.

Een experiment waarbij hij liet zien welke elementen goed stroom geleiden lukte wonderlijk genoeg wel, koper was daar één van en laat dat nou net het materiaal zijn waar de deurknop van de stal van was gemaakt.

Kleine bliksemstraaltjes omvatten het koper als een warme hand. Ik vond het magisch en was zo gebiologeerd door het verschijnsel dat ik hem niet had horen aankomen. Boer Fletcher pakte, aan de andere van de deur, de deurknop vast.

'Stroom geleidt tien keer sneller dan normaal wanneer er vocht, zoals zweet of water, aan je handen zit. Wisten jullie dat?'

In gedachten hoorde ik het meneer Bos zeggen en aan het geschreeuw en de tapdansende laarzen van boer Fletcher te horen, had hij gelijk gehad.

Uit naam van de wetenschap drukte ik nog een paar keer op het knopje. Dat laatste was een domme fout. Het lukte de boer om de deur open te rukken waardoor hij mij nog vol overgave met de veeprikker in de weer zag. Ik kreeg direct twee stevige kletsen om de oren.

'Rotjongen, ga bij de houten schotten staan en maak jezelf nuttig, de volgende vrachtwagen kan ieder moment arriveren.'

Ik duwde samen met de chauffeur tegen het houten schot en zag hoe de dieren de vrachtwagen in werden geloodst. Sommige liepen uit zichzelf naar binnen, andere kregen een zetje in de vorm van de veeprikker die Fletcher met sadistisch genoegen gebruikte. Drum keek van een afstandje toe en ik gebaarde hem uit het zicht te blijven.

'Als deze vrachtwagen vol zit mag je gaan eten, de volgende redden we denk ik wel, toch, mannen?'

De twee chauffeurs knikten en de laatste van de eerste lichting dieren werd zwijgend ingeladen. Ik liep langs de zijkant van de vrachtwagen waar natte neuzen zich bij de openingen verdrongen, zich afvragend wat ze verkeerd hadden gedaan. Fletcher gaf mij een duwtje in mijn rug.

'Etenstijd, jongen.'

Ik begreep niks van de onverwachte vriendelijkheid en liep aarzelend naar de boerderij.

Bij de deur van de bijkeuken keek ik nog een keer om en zag

Fletcher, druk gebarend, de volgende vrachtwagen naar de juiste positie dirigeren.

In de keuken stond de boerin voor het fornuis, ze knikte me toe en wees naar de keukentafel om te gaan zitten.

'Waar heb je zin in? Als dessert heb ik appeltaart.'

Ik vroeg haar om eieren en kreeg er drie op versgebakken brood. Ze kwam bij me aan tafel zitten, maar at niet mee.

'Vertel me eens over je leven in Nederland.'

Ik wist niet zo goed wat ik moest zeggen.

Er waren zoveel herinneringen die ik liever zou vergeten, daartegenover stonden de momenten die mij op de been hielden en het verlangen naar huis alleen maar groter maakten.

'Wat zijn je hobby's? Ik weet dat je van muziek houdt, wat vind je nog meer leuk?'

Tussen twee happen door mompelde ik dat ik heel erg veel van films hield.

'Wij kijken hier geen televisie, maar dat wist je natuurlijk al.'

'Bent u ook nog nooit naar de bioscoop geweest?'

Ze schudde haar hoofd en zei dat het er niet van was gekomen.

'Ik ook niet zo heel vaak hoor, het is best duur, maar als het zou kunnen, zou ik iedere week gaan.'

De schreeuwende stemmen van buiten drongen het huis binnen en ik keek naar het keukenraam.

'Wil je een stuk appeltaart? Hij is nog warm.'

Ik vroeg me hardop af wat er te vieren viel, maar kreeg geen antwoord. In plaats daarvan stond mevrouw Fletcher gehaast op.

Boven het geschreeuw van de boer en de vrachtwagenchauffeurs uit hoorde ik de honden onrustig blaffen, ik liep naar het raam en zag ze rondom de vrachtwagen rennen.

Het begon ineens te regenen en de wind trok aan, druppels sloegen tegen het raam en beperkten mijn zicht. Toch zag ik hem staan...

Door de openingen aan de zijkant van de vrachtwagen stak Drums bruine vacht schril af tegen het roze vlees van de varkens.

Er viel een stoel om doordat ik er bij het wegrennen tegenaan stootte. Mevrouw Fletcher duwde ik hardhandig opzij, waarbij het stuk appeltaart op de grond viel. Ze sloeg haar handen voor haar gezicht en schreeuwde het uit.

'Het spijt me zo, Quintin, het ging per ongeluk!'

Ik sprintte naar de bijkeuken, rukte de deur open, sloeg alle treden van de veranda over en rende.

Ik had al veel gerend in mijn leven.

Voor mijn plezier, omdat de wind door mijn haren mij het gevoel gaf dat ik vloog. Tijdens het sporten, omdat ik de snelste voetballer van mijn club was en zelfs de volwassen spelers van de hogere elftallen mij niet bij wisten te houden. Of wanneer ik moest vluchten, omdat ik rottigheid had uitgehaald en anders gepakt zou worden. Gerend voor andermans leven had ik nog nooit...

De regen maakte de toch al zompige grond spekglad. Mijn legerkisten, gemaakt als onderdeel van een uitrusting die bescherming en veiligheid moest bieden, waren waardeloos. Ik gleed drie keer onderuit en was door het gebrek aan grip veel te traag.

Bij de derde glijpartij zette de vrachtwagen zich in beweging en hoorde ik Drum een geluid maken dat niets met loeien te maken had. De honden renden mee, wild blaffend, omdat ze niet voor de tweede keer iemand van hun roedel wilden verliezen.

'Stop, alstublieft stop!'

Fletcher stond met zijn rug naar me toe en zwaaide de chauffeur uit. Ik kwam aanrennen en greep hem bij zijn middel. Niet om hem onderuit te halen, maar om te smeken. Ik zakte door mijn knieën en trok met mijn handen aan de onderkant van zijn jas, zei hem alles te doen wat hij van mij zou vragen, zolang hij de vrachtwagen maar zou laten stoppen.

Hij keek me niet aan en hoewel ik zijn lijf door mijn gesjor aan zijn jas heen en weer zag bewegen, bleef hij onbewogen staan.

'Drum.'

Ik liet hem los. Ik wist zeker dat ik Drums naam nooit in het bijzijn van Fletcher had genoemd. Toch was hij degene die nu zijn naam uitsprak.

'Dieren hebben geen naam, alleen een functie, dat was toch wat ik je heb gezegd toen je hier kwam werken?'

Ik zag de vrachtwagen het hek uit rijden, boog mijn hoofd en bedekte mijn oren om Drums noodkreet niet te hoeven horen.

'Heb ik je dat gezegd of niet?'

Fletcher greep me bij mijn schouder en dwong me naar de wegrijdende vrachtwagen te kijken.

'Jij dacht eigenwijs te kunnen zijn en alles op jouw manier te doen, toch? Weet dan dat dit jouw eigen schuld is.'

Ik voelde hem half over mij heen stappen terwijl hij naar de schuur liep. Hij droeg me op de stallen schoon te maken en ik stond op en liep er gehoorzaam naartoe. Fletcher kwam terug met een kruiwagen waarin een opgerolde tuinslang lag met daarop een sneeuwschuiver die dienst zou doen als strontschep.

'Dinsdag komen de nieuwe biggen, dus vandaag maak jij dit helemaal schoon, aan de slag, jij.'

Nadat Fletcher de deur achter zich had dichtgetrokken en ik alleen in de lege ruimte stond, voelde ik de eieren van het middageten omhoogkomen. Ik begon te kokhalzen en zag mijn braaksel zich vermengen met de stront van de varkens.

Toen de deur in het slot viel herinnerde ik mij ineens de woorden van Kapapa. '… en jij, Kleine Raaf, zult voor veel mensen een rots blijken te zijn.'

Blijkbaar trof dieren hetzelfde lot wanneer ze met mij in aanraking kwamen.

Later die avond kwam mevrouw Fletcher op de rand van mijn bed zitten, ze pakte mijn hand vast en had tranen in haar ogen toen ze begon te vertellen.

'Ik stond lachend voor het raam en meneer Fletcher raakte daardoor geïrriteerd. Ik voel me zo stom, Quintin. Ik zei tegen hem dat hij niet zo moest mopperen en even moest komen kijken hoe lief Drum met de honden aan het spelen was.'

Ze wist dat het mis was zodra ze de woorden had uitgesproken en zag aan de ogen van haar man dat er geen weg terug was.

Ik nam het haar niet kwalijk. Het was net zomin haar schuld als de mijne, ook al voelde ik dat laatste niet zo.

26

'Oprotten en nooit meer terugkomen!'

Fletcher had het me nageschreeuwd toen ik door het hek liep. Ik stak mijn middelvinger op. Het voelde als een getrokken zwaard dat na een overwinning met een oerkreet in de lucht werd gestoken.

Ik had de angst in zijn ogen gezien en hoorde die nu ook terug in zijn stem, dat was meer genoegdoening dan ik ooit voor Drum zou krijgen. Met die gedachte verdween de boosheid uit mijn lijf, althans voor het grootste gedeelte.

Het was zondagochtend halfzeven, er was nauwelijks verkeer te bekennen en ik stelde me in op een lange wandeling. Na tien minuten hoorde ik achter me het geronk van een pick-uptruck.

'Lekker aan de wandel?'

'Nee, mag ik een lift?'

Het gezicht was vriendelijk, de ogen stonden rustig en vanonder de groene John Deere-truckerspet zag ik donkerbruine krullen die perfect pasten bij de woeste baard.

'Jij bent toch die knul die bij Fletcher op de boerderij werkt?'

Ik knikte en hoopte dat hij niet door zou vragen.

'Eigenaardig type.'

'Dat hoor ik vaker.'

'Niet jij, Fletcher. Nou, stap in, waar moet je naartoe?'

'Ik moet de bus pakken naar Winnipeg.'

'Wat ga je daar doen?'

'Vragen aan mijn oma of ik thuis mag komen. Zij heeft het ticket betaald en ik moest van haar leren om op eigen benen te staan, ik denk dat ik dat nu wel kan.'

Ik trok de deur open en plofte op de bank van de pick-uptruck. Er zat een scheur in het leer van de bekleding.

'Ben je oké? Je ziet eruit alsof je niet geslapen hebt.'

De vriendelijkheid overviel me een beetje, maar hij had gelijk, het was een korte nacht geweest. Ik begon te vertellen. Over Fletcher en Drum, maar ook over Samuel die verdronken was en Mike die zich daar schuldig over voelde. Ik praatte aan één stuk door en had pas na drie kwartier door dat we op de snelweg richting Winnipeg zaten. Ik voelde me opgelucht, maar tegelijkertijd ook een beetje ongemakkelijk. Wat moest deze man wel niet van mij denken? Bang dat hij met Fletcher zou gaan praten was ik niet, er was niemand meer die ik moest beschermen.

'Moest u ook deze kant op?'

'Nee, maar ik had het gevoel dat je nogal wat kwijt moest en wilde je niet onderbreken, je hebt geluk dat ik van rijden houd.'

We reden het parkeerterrein op waar ik Kapapa op zijn vertrouwde plek zag zitten. De dag des Heren was voor hem gewoon een dag als iedere andere.

'Kunt u me iets verderop afzetten?'

Ik wees naar de uiterste hoek van het parkeerterrein, ik wilde de indiaan even niet onder ogen komen.

'Dank voor je openheid, dat is een mooie eigenschap.'

Ik schudde de boerenhand van mijn onverwachte privéchauffeur en bedankte hem voor de lift.

'Je weet dat je naar varkensstront stinkt, toch?'

Ik knikte en zwaaide de wegrijdende truck zo lang mogelijk na. Het laatste stuk naar de familie Decker liep ik. Het was koud en ik stak mijn handen diep in mijn broekzakken. Daar kwam ik de reservesleutel van Fletchers pick-uptruck tegen. Ik gooide hem zo ver mogelijk weg en voelde me meteen kilo's lichter. Ik besloot mijn route te verleggen en klopte niet veel later op de voordeur van de dominee. Hij deed zelf open.

'Jongen toch, wat zie jij eruit en wat stink je enorm, kom binnen.'

De hele familie zat aan de keukentafel en keek vol verbazing naar de onverwachte visite.

'Deze jongeman gaat eerst heel lang onder de douche. Schat, help jij hem aan schone kleding, zeep en handdoeken, maar vooral heel veel zeep?'

Ik was zo gewend om mij aan de drieminutenregel te houden dat ik me bij het dichtdraaien van de kraan een ongeluk schrok van de stem van de dominee die mij vanuit de hal toeriep er nog minstens een halfuur onder te blijven staan. Tegen de tijd dat ik naar de keukentafel liep zat iedereen mij vol verwachting aan te kijken.

'Ik heb iets stoms gedaan, geloof ik.'

Joshua pakte een bord en beker uit de kast en mompelde iets over 'goede binnenkomer'.

Mike schonk thee in terwijl de vrouw van de dominee een boterham met kaas klaarmaakte.

'Je gaat eerst eten en opwarmen. Weet de familie Decker dat je hier bent?'

Ik schudde mijn hoofd en de dominee staarde even voor zich uit.

'Laten we dat dan maar zo houden, ik stel voor dat jij vandaag niet school- maar kerkziek bent, dat vindt God vast wel goed.'

'Niet als u weet wat ik gedaan heb.'

'Wat het ook is, er is niets waar je geen vergeving voor kan vragen. Vertel ons maar wat er gebeurd is.'

Ik zag ertegen op om de waarheid te vertellen, maar wist ook dat ik geen andere keuze had.

Het was halfvier in de nacht. Ik had tot laat in de avond in de stallen gewerkt. De poep zat overal. Ik proefde het op mijn lippen, peuterde het uit mijn oren en ondervond nu de nadelen van mijn lange haar, want ook dat was doordrenkt met de geur van urine en stront. Na uren van schrobben, vegen en schoonspuiten rook ik het zelf niet meer. Een vluchtige controle van Fletcher kon enkel rekenen op een korte knik dat ik genoeg had gedaan. Tegen een uur of elf in de avond had ik mezelf, boven de wastafel in de badkamer, zo goed en zo kwaad als het ging gewassen.

Ik strafte mijzelf door mijn gezicht zo ruw af te drogen dat mijn wangen er schraal en vurig rood van werden, iets wat ik een medepatiënte in de inrichting had zien doen. Op de vraag waarom ze dat deed antwoordde ze: 'In de hoop dat ik dan tenminste nog iets voel.'

Toen begreep ik het niet, maar terwijl ik de ruwe handdoek over mijn wang haalde en het brandende gevoel langzamerhand de overhand kreeg, snapte ik wat ze bedoelde. Ik voelde de tranen over mijn wangen stromen en deed geen moeite ze weg te vegen.

Het was Fletcher die mij wakker maakte, niet door op de deur te bonzen, of te schreeuwen dat ik mij verslapen had, maar door fluitend in de badkamer zijn dag te beginnen. Niet veel later hoorde ik hem door de gang lopen. Ik opende zachtjes mijn slaapkamerdeur en zag hem om de hoek naar de keuken verdwijnen. Hij rommelde wat in de besteklade en trok de koelkast open. Ik stond tegen de muur van de gang gedrukt. Het was gestopt met regenen, maar het waaide nog wel. Boven het geluid van de wind uit hoorde ik de honden rondom het huis scharrelen. Hun eten hadden ze niet aangeraakt en ik had ze de hele dag onrustig op het terrein heen en weer zien lopen. Soms als een vloeiend geheel, dan weer opgesplitst om Drum op zo veel mogelijk plekken te kunnen zoeken.

De alfa leek nog wel het meest van slag. Hij had tegen het einde van de dag de hoogste plek op het terrein opgezocht door op de veranda van het huis te gaan staan. Hij had zijn blik strak op het grote hek gericht en leek niet meer van plan zijn post te verlaten. Ook al was Drum een pestkop geweest, hij was wel deel van zijn roedel. Op de uitkijk staan was op dit moment het enige wat hij kon doen.

Als Fletcher de lamp van de veranda had aangedaan had hij de hond kunnen zien liggen en was hij er niet over gestruikeld.

De klap op de houten vloer en het gescheld van de boer werden gevolgd door hard gejank. Ik rende naar de bijkeuken en zag hem, door het raam, met zijn knie op de nek van de hond zitten. Ik werd woedend, pakte in een reflex het geweer van de muur en rukte de deur open. Fletcher draaide zich om, kwam overeind, liep een paar passen op mij af en bleef toen staan, zijn ogen vol verbazing op het geweer gericht. De alfa was opgesprongen en had zich tussen mij en de boer gemanoeuvreerd. Grommend en met zijn lip omhooggetrokken stond hij klaar om Fletcher aan te vallen. Zonder mijn blik van de boer af te wenden maakte ik met mijn mond een klikgeluidje. De alfa draaide zijn kop naar mij toe en ik wees naar de schuur.

In de voorgaande maanden hadden we een band opgebouwd,

geen vriendschap, maar wel respect voor elkaars wezen. Ik stuurde hem weg om hem tegen zichzelf te beschermen; een aanval op de boer zou hij met de dood moeten bekopen.

Ik keek hem na en was even afgeleid. Het was nog niet eens een seconde, maar dat was wel het moment dat Fletcher naar voren sprong.

De kolf van het wapen ramde ik tegen Fletchers borstbeen. Precies zoals hij mij met zijn vuist naar adem had laten happen. Nu was hij het zelf die naar zijn borst greep, achteroverviel en geen lucht meer kreeg.

Ik kreeg een waas voor ogen en in die mist van woede zag ik al mijn demonen tot leven komen...

Op het houten dek van de veranda voelde ik hoe de man op het parkeerterrein zich weer bij mij naar binnen drong. Ik hoorde de stem van een van de begeleiders van de inrichting die mij schreeuwend dwong om mijn medicatie in te nemen. Ik zag de ogen zonder glimlach van meneer Decker, en ik zag Fletcher die Drum in de vrachtwagen duwde...

De boer kroop achterstevoren de treden van de veranda af tot hij het gras onder zijn vingertoppen voelde en liet zich op zijn rug vallen.

Ik had mijn hand op de trekker en richtte de loop van het wapen op de plek waar bij een normaal mens een hart zou zitten. De waarheid was dat niet Fletcher, maar ikzelf schuldig was aan Drums dood doordat ik niet had opgelet. Ik was te laat omdat ik eieren op zelfgebakken brood zat te eten. Ik was te laat omdat de cowboy uit het vliegtuig gelijk had gehad en legerkisten waardeloos zijn in een land als Canada, maar bovenal was ik te laat omdat ik voor één moment in Fletchers vriendelijkheid had geloofd.

Ik staarde Fletcher in de ogen en voelde me leeg. Zijn blik

was vol verwarring, alsof hij niet kon bevatten wat hem nu overkwam.

'Meneer Fletcher, wat is uw enige troost, beide in het leven en sterven?'

Zijn antwoord kwam in de vorm van een raar soort gerochel dat mij nog agressiever maakte.

'Wat staat er geschreven?'

Ik schopte hem zo hard ik kon in zijn zij en daarmee in gedachten ook al die anderen die mijn woede nooit hadden ondervonden.

'Wat is het antwoord godverdomme?'

Fletcher keek me met grote ogen aan en vroeg me wat ik bedoelde. Het maakte me razend, ik zette mijn voet op zijn borst en boog naar voren.

'Wat... is... het... antwoord?'

Het licht op de veranda weerkaatste in de loop van het geweer. Mevrouw Fletcher was op het lawaai afgekomen en stond achter mij te gillen. Het interesseerde me niet, in de wijde omgeving was er niemand die haar zou horen.

'Quintin, stop alsjeblieft.'

Ik was niet van plan te luisteren tot ik van de boer kreeg wat ik wilde horen. Ik drukte de loop tegen zijn strottenhoofd en duwde met mijn schouder tegen de kolf van het wapen.

'Ik wacht...'

Fletchers blik veranderde omdat hij aan mij zag dat ik het meende. Met angst in zijn ogen dreunde hij hortend en stotend de woorden op die inmiddels in mijn geheugen gegrift stonden. Bij iedere aarzeling porde ik hem met de loop van het geweer en moest hij van mij weer van voren af aan beginnen.

'Opnieuw, tot het goed is.'

'Dat ik met lichaam en ziel, beide in leven en sterven niet van mijzelf, maar van mijn trouwe Zaligmaker Jezus Christus eigendom ben, die met Zijn kostbaar bloed voor al mijn zonden volkomen betaalt.'

'Goed zo! Tijd voor het ontbijt.'

Het was niet mijn bedoeling geweest om het wapen af te laten gaan. De kogel liet de opspattende grond op het gezicht van Fletcher landen en hij bedekte zijn oren. Nadat hij het laatste woord van de catechismus had uitgesproken was ik over hem heen gestapt. Op mijn blote voeten gleed ik uit over het natte gras.

'Het overhalen van de trekker was dan ook een ongeluk...'

Ik nam een slok thee en ontweek de blikken van de familie Bauer. De dominee snoot zijn neus, zijn vrouw zuchtte en Joshua leek zijn lachen in te houden. Mike was de eerste die zijn mond opendeed. 'Dus richten kun je ook al niet.'

Omdat de dominee niet wist hoe snel hij Mike moest corrigeren, greep hij het eerste dat hij voor handen had, en gooide zijn oudste zoon een droge boterham naar het hoofd.

'Kijk nou, manna.'

Iedereen, behalve Mike, lachte. Hij besmeerde de boterham met pindakaas, nam een hap en trok een vies gezicht.

'Gortdroog, ben de boter vergeten.'

27

'Kom ik in de problemen?'

Het was zondagavond, Mike en ik zaten op de bank in het haardvuur te staren. Ik had beide kerkdiensten overgeslagen en was de hele dag binnen gebleven. Fletcher en zijn vrouw waren wel op komen dagen, en volgens de dominee viel er niks aan hen te merken. Tijdens het koffiemoment had Fletcher het gehad over de nieuwe lading varkens die door de voorspelde storm vertraging had opgelopen.

Mijn naam kwam alleen ter sprake toen hij tegen Decker zei dat mijn hulp op de boerderij niet meer nodig was.

'Als ik heel eerlijk ben, denk ik dat hij zich kapot schaamt en terecht.'

Ik gooide een houtblok op het haardvuur en vroeg me af of Mike gelijk had. De dominee leek wel overtuigd, want tussen de twee kerkdiensten nam hij mij apart.

'Nou, lieve jongen, dat was me het avontuur wel. Ik zou me er niet te druk over maken. Fletcher is een trots en koppig man, hij zal zijn fouten nooit toegeven. Dat is iets tussen hem en God. Ik stel voor dat jij hier deze week logeert. Ik heb al gesproken met de familie Decker en ze vinden het goed.'

'Wat hebt u dan tegen ze gezegd? Want wat het ook is geweest, u hebt erover moeten liegen.'

'Dat klopt en dat is dan weer iets tussen God en mij. Ik denk dat ik er wel mee wegkom, wat denk jij?'

'Ik vraag me af of ik het risico van een confrontatie met God waard ben.'

'Als jij je best doet om iets van je leven te maken, ben je dat risico meer dan waard.'

Ik kreeg een stevige schouderklop.

'Dan trek ik me nu even terug in mijn werkkamer om mijn preek van vanmiddag wat aan te passen.'

Die middag kreeg Fletcher een tweede pak slaag; dat kwam deze keer via de dominee die zijn preek, met als thema 'oog om oog, tand om tand', bijna helemaal had herschreven.

'... en daarom, gemeente van onze Heere Jezus Christus, vraag u tot slot het volgende af. Wie is het werkelijk verloren schaap, als de herder zijn kudde met geweld bijeen probeert te houden? Amen.'

Joshua vertelde het glunderend tijdens het avondeten en had niet trotser op zijn vader kunnen zijn. De dominee hoorde het glimlachend aan, maar riep het onderwerp 'Fletcher en Quintin' meteen een halt toe. 'Ik denk dat we er alles over gezegd en zelfs geschreven hebben. Ik stel voor dat we het onderwerp in gebed afsluiten en ons dan gaan richten op positievere zaken.'

We spraken over de vakantietrip en het verzoek van Mike om met zijn eigen truck te mogen rijden en eerst nog te gaan kamperen voor we ons bij zijn ouders en broertje in de blokhut aan zouden sluiten.

Mevrouw Bauer stond niet te juichen. 'Met je eigen auto gaan vind ik prima, maar waarom gaan jullie niet gezellig met ons mee? Zo'n tent is toch niks?'

Mike schudde driftig zijn hoofd.

'Hij is toch niet van suiker gemaakt, bovendien heeft hij er zelf vast ook wel wat over te zeggen.'

Ik had er van alles over te zeggen, maar ik wist niet zo goed hoe ik het moest brengen. Ik vond het fijn om bij de familie Bauer te logeren, maar omdat ik nu niet meer op de boerderij werkte en Drum dood was, leek mijn verblijf in dit land ineens zo zinloos.

'Ik denk dat het tijd is om naar huis te gaan.'

Het gesprek viel stil.

Mike schoof zijn stoel woest achteruit. De stoelpoten schraapten over de houten vloer en gaven me kippenvel.

'Nou, geweldig dit!'

Hij stond op en liep naar de woonkamer. We hoorden hoe er met veel geweld een houtblok in de open haard werd gegooid. Het gaf me een rotgevoel en ik mompelde dat het me speet.

'Trek het je niet te veel aan, Mike is erg op je gesteld, wij allemaal. Je mededeling valt een beetje rauw op ons dak, dat is alles.'

De dominee had zijn zin nog niet uitgesproken of Joshua stormde ook van tafel.

'Ik vind dit dus heel erg stom!'

Ik bleef achter met de dominee en zijn vrouw en plukte wat aan het tafelkleed.

'Weet je wat het is, Quintin, mensen komen en gaan en sommigen blijven voor altijd een beetje bij je. Jij bent er daar een van. Ik heb cake gebakken, ga maar een stuk naar Mike brengen.'

Ik knikte, en liep met twee bordjes naar de woonkamer waar Mike met de pook in het beginnende vuur zat te porren. Met het schoteltje tikte ik op zijn schouder.

'Kijk, cake.'

'Had je me niet even kunnen waarschuwen?'

‘Ik kan hier toch niet voor altijd blijven?’

‘Ik zie niet in waarom niet, we hebben een kamer over…’

Ik staarde naar de foto van Samuel op de schoorsteenmantel.

‘En nu?’

‘Ik denk dat ik mijn oma even moet gaan bellen.’

Mike knikte en brokkelde stukjes cake af zonder ze op te eten.

‘Doe dat morgen maar, oké?’

Joshua was afgekoeld en kwam samen met de dominee en zijn vrouw bij ons zitten.

‘Misschien is dit een mooi moment om een stuk uit de Bijbel te lezen over vriendschap.’

‘Het is ook een heel mooi moment om dat niet te doen, pap.’

Mike drukte het initiatief van zijn vader hardhandig de kop in, tot plezier van Joshua en mijzelf. Zelfs mevrouw Bauer kon een glimlach niet onderdrukken en aaide haar man troostend over zijn rug.

De rest van de avond haalden we herinneringen op en werden er belangrijke beslissingen genomen over de vakantie. Omdat ik niet mee zou gaan, kregen Mike en Joshua, na langdurig overleg, toestemming om zelf te rijden. Het plan om te gaan kamperen wilden de beide jongens hoe dan ook doorzetten. Hun moeder was er niet gelukkig mee, maar ze accepteerde mopperend dat haar kinderen steeds minder van haar zorg afhankelijk waren. Het was tegen halfelf toen de dominee besloot dat het tijd was om te gaan slapen.

‘Breng jij Quintin even naar zijn kamer?’

Hij knikte naar mevrouw Bauer en een paar minuten later stond ik voor de tweede keer in Samuels slaapkamer.

‘Je mag kiezen, of bij een van de twee jongens op een matras op de grond, of in het bed van Samuel. Persoonlijk zou ik het wel weten want die twee snurken ontzettend hard.’

Ik ging op het bed zitten en voelde ineens hoe vermoeid ik was.

'Als het echt geen probleem is, wil ik graag in deze kamer slapen.'

'Dat lijkt me een heel verstandige keuze; handdoeken liggen in de kast en ik zal even een tandenborstel voor je pakken.'

Ik hing mijn kleren over de stoel, poetste mijn tanden en ging in bed liggen. Ik zou aan één stuk door slapen en kon me niet herinneren wanneer ik voor het laatst zo uitgerust wakker werd.

Het was de laatste week voor de vakantie en Mike en Joshua waren al naar school vertrokken.

'Iemand had zijn slaap nodig!'

De dominee stond bij het aanrecht en schonk koffie in.

'Mevrouw Bauer is boodschappen doen. Ga zitten jongen, je zal wel honger hebben.'

Ik hoefde alleen mijn ogen te sluiten en mijn handen te vouwen om aan mijn ontbijt te mogen beginnen. Ik schrokte in recordtempo twee boterhammen naar binnen en spoelde ze weg met koffie.

'Het was erg lekker, tijd om aan het werk te gaan, wat moet ik doen?'

'Ik heb zo inderdaad een klusje te doen, je mag me helpen, maar je moet helemaal niks. Wil je niet nog wat eten of drinken?'

De vriendelijkheid voelde onwennig en ik wist me geen houding te geven. Ik at nog een paar boterhammen en deed dat in stilte. Voor het eerst sinds tijden had ik geen opgejaagd gevoel.

'Ik heb van mijn vrouw de opdracht gekregen om de garage uit te mesten, als echtgenoot "moet" je soms dingen. Daar kom je nog wel achter als je later zelf getrouwd bent, misschien vind je het leuk om me te helpen?'

Zonder mijn antwoord af te wachten liep meneer Bauer naar de achterdeur en ik volgde.

'Jij mag de auto naar buiten rijden, ik begreep van Mike dat je inmiddels met een automaat overweg kan.'

De dominee opende de garagedeur met een druk op de knop. Ik begreep meteen waarom hij de opdracht had gekregen om op te ruimen. De ruimte stond vol rondslingerend tuingereedschap, een stuk of tien dozen met kerstdecoratie, de overgebleven konijnenhokken van de braderie en nog veel meer spullen. Ik reed de Bronco naar buiten en stapte uit. Samen met de dominee keek ik naar de gigantische hoeveelheid troep.

'Wat een enorme teringbende.'

'Ja, zo zou je het ook kunnen zeggen, niet mijn woordkeuze, maar je hebt wel gelijk. Ik ben blij dat je me wil helpen. Als we ons een beetje kwaad maken zijn we over een uurtje klaar.'

Na maanden bij Fletcher op de boerderij te hebben gewerkt, kon ik klussen goed inschatten.

'Minimaal twee uur, opruimen is altijd eerst meer rommel maken. Het beste is om alles naar buiten te slepen.'

'Tot uw orders, meneer!' De dominee sprong in het gelid en salueerde met zijn rechterhand. Ik keek hem aan en vroeg me af wat de cowboy hiervan gevonden zou hebben. Het maakte me een beetje verlegen en ik begon de eerste dozen naar buiten te sjouwen.

'Komt u me nou maar helpen, van in het gelid staan wordt de garage niet opgeruimd. Alles wat u niet direct nodig hebt bergen we achterin op, zoals bijvoorbeeld de kerstdozen. Het tuingereedschap komt vooraan, want daar zult u de komende tijd veel gebruik van maken, denk ik.'

De dominee deed precies wat ik van hem vroeg. Nadat we buiten alles hadden gesorteerd, ruimden we de boel weer netjes in. Ik wees waar alles het beste kon staan. In zijn eentje tilde hij zonder problemen een van de twee konijnenhokken op, zette dat op zijn kant en schoof het in de hoek.

'Kijk, meneer Bauer, nu past die andere er precies tegenaan en hebt u een soort lange rechthoek gemaakt die veel minder ruimte inneemt.'

'Het is net een puzzel op deze manier en ik heb er nog lol in ook, maar toch zou ik er liever vanaf willen.'

Ik mompelde iets over een gemiste kans, de dominee vroeg wat ik bedoelde. Ik vertelde hem dat ik voor Ruth twee konijnen had willen kopen, maar dat meneer en mevrouw Decker er niets van wilden weten.

'Is dat zo? En waarom dan wel niet?'

'Omdat God in al hun behoeften voorziet.'

'Ah juist ja, nou, dat is ergens ook wel zo.'

De dominee staarde even voor zich uit, tot ik hem in zijn zij porde met een doos vol kerstversieringen.

'Niet lanterfanten, maar werken.'

We waren uiteindelijk twee uur en twintig minuten bezig en stonden met de armen over elkaar, vol trots, naar het resultaat van ons werk te kijken.

'Zo jongen, hoe voelt dat nou? Een opgeruimde garage?'

Ik keek hem verbaasd aan, het was tenslotte niet mijn rotzooi die ik had opgeruimd.

'Dat kan ik beter aan u vragen.'

De dominee lachte en duwde afwisselend met zijn wijsvinger op mijn hoofd en hart.

'Ik heb het over deze garage.'

'Ow... Rustiger, opgeruimder, voor nu tenminste.'

'Dat is goed genoeg, leef jij maar wat meer in het moment. Wanneer het straks winter wordt, reorganiseer je de boel gewoon opnieuw. Ik heb zojuist van een wijze jongeman geleerd dat ik dat ook moet doen.'

'Ik heb honger.'

'Nee, jongen, je hebt trek.'

'Niet als u ziet hoeveel ik kan eten.'

We aten pannenkoeken, ik at er zes en dronk drie grote glazen melk.

'Oké, jij had inderdaad honger. Ik ga zo aan mijn preek van aanstaande zondag werken. Jij mag iets voor jezelf doen. Moet ik je naar de stad rijden of wil je ergens anders heen?'

'Zou ik mijn oma even mogen bellen, ik betaal voor de telefoonkosten.'

'Maak je daar niet druk over, bel je oma maar in mijn werkkamer, ik ga je wel even voor.'

Bij het openen van de deur werd ik welkom geheten door kasten vol boeken, een groot bureau met daarop een telefoon en daarachter een bruine leren bureaustoel.

'Zo, meneer de directeur, gaat u zitten.'

Ik draaide een rondje op de stoel en wilde de hoorn van de telefoon oppakken toen deze begon te rinkelen.

'Laat gaan, het antwoordapparaat neemt het zo wel over.'

Halverwege de vierde keer schakelde het toestel over naar een bandje. 'U luistert naar het antwoordapparaat van dominee Bauer, zijn vrouw en... Mike, Samuel en Joshua! We zijn op het moment niet in de gelegenheid de telefoon te beantwoorden. Laat u alstublieft na de piep een boodschap voor ons achter en we bellen u zo spoedig mogelijk terug.'

De jongens mochten hun eigen naam inspreken. Terwijl de dominee de rest van de boodschap insprak, hoorde je zijn kinderen op de achtergrond donderjagen, in de verte was de stem van mevrouw Bauer te horen die ze tot de orde riep.

'Ze wilden het zo graag samen met mij opnemen, ik heb het nog niet willen aanpassen, ze zijn hier nog samen, zo blij, vol leven... Zoals het hoort.'

De stem van Samuel leek op die van Mike en het drong langzaam tot me door dat ik hem nu voor het eerst op een vrolijke en blije toon hoorde.

Er werd een bericht achtergelaten door de penningmeester van de kerk die een vergadering wilde inplannen. De dominee trok een verveeld gezicht en gaf mij de hoorn nadat de verbinding verbroken was.

'Ga je oma maar bellen, lieve jongen.'

De telefoon van mijn oma stond op een keukentrapje. Op de eerste twee treden lagen altijd boeken, de *Mikro Gids*, het spelletje Boggle in een geel doosje en een breiwerkje. Na drie keer overgaan nam ze op.

'Met Anna Beijnum.'

'Dag beppe, ik ben het.'

'Jonkje! Wat fijn om je stem te horen, hoe gaat het?'

'Goed hoor...'

Dat antwoord beviel mijn oma voor geen meter. 'Mensen die "goed hoor" zeggen spreken niet de waarheid, we gaan het nog een keer proberen.'

Ze stelde tientallen vragen en wanneer mijn antwoorden niet naar haar zin waren vroeg ze door.

Uiteindelijk vertelde ik hortend en stotend over wat er allemaal bij Fletcher gebeurd was en hoe ik mij voelde.

'Weet je nog wat je tegen mij zei toen ik je vroeg wat je grootste wens was?'

'Dat ik ergens heen wilde waar niemand me kende, zodat ik opnieuw kon beginnen.'

'Dat klopt, en kort daarna belde je me omdat het allemaal stukken zwaarder was dan je had verwacht.'

'Ja, u zei dat ik moest leren om op mijn eigen benen te staan.'

'Precies... Is je wens uitgekomen?'

'Nee, beppe.'

'Waarom niet, jonkje?'

De afgelopen maanden passeerden in sneltreinvaart de revue. De momenten dat ik door de weilanden liep en Drum op een holletje op mij af zag komen waren het fijnste. Hij accepteerde mij zoals ik was, ook al deed ik dat zelf niet. De vriendschap die Mike en ik hadden opgebouwd was weliswaar hecht, maar ik had hem geen deelgenoot gemaakt van mijn donkerste herinneringen, zoals hij wel bij mij had gedaan. Ik had me ergens, onderweg in mijn leven, voorgenomen mensen te laten lachen, zodat ze niet zouden zien hoe verdrietig ik zelf was. Dat lukte zo goed dat ik zelf was gaan geloven in het toneelstuk dat ik opvoerde.

'Quintin, ben je er nog?'

'Ja, beppe, wat was de vraag ook alweer?'

'Of je wens is uitgekomen.'

'Nee, beppe.'

'Waarom niet?'

'Omdat ik mijzelf mee op reis heb genomen, beppe...'

'Goed zo, jonkje. Dat betekent dat je hebt geleerd om op eigen benen te staan.'

Ik draaide de bureaustoel van de deur vandaan, het snoer van de telefoon wikkelde zich om mij heen. Ik huilde om Drum, die ik in de steek had gelaten op het moment dat hij mij het hardste nodig had. Om pake, die zijn leven in de hemel begon met een leugen, want ik wist dat wanneer God hem zou vragen of hij nog iets op te biechten had, hij mij niet aan Hem zou verraden. Om

Samuel die ik nooit gekend had en vanwege de woorden van Kapapa, die mij had gezegd dat mensen op mij stuk zouden slaan als het water op een rots.

'Beppe?'

'Zeg het eens, Quintin.'

'Mag ik naar huis komen?'

28

De dominee zag mij als Houdini, met het telefoonsnoer om mijn lijf, in zijn stoel zitten.

'Zo te zien was het een ingewikkeld gesprek.'

Ik lachte door mijn tranen heen en vertelde dat ik van mijn oma naar huis mocht komen.

'Fijn jongen, ik ben blij voor je. Moet ik je helpen met het boeken van je terugvlucht?'

'Mijn paspoort en ticket liggen bij de familie Decker.'

'Dan gaan we die even ophalen, jij rijdt.'

De dominee grabbelde de sleutels uit zijn broekzak en drukte ze mij in de hand.

Tijdens de rit vroeg hij of ik nog iets speciaals wilde doen in de laatste week dat ik bij hen was. Ik kon zo snel niets bedenken en zei erover na te zullen denken.

Het was mevrouw Decker die de deur opendeed toen we aanbelden. Ik had gezegd dat we prima via de achterdeur naar binnen konden, maar dat was volgens de dominee geen optie.

'Heb ik twee keer gedaan, mensen schrikken dan. Ze zien mij toch een beetje als een politieagent in dienst van de Heer.'

Mevrouw Decker verschoot van kleur. 'Wat heeft hij nou weer gedaan!'

'Helemaal niks, mevrouw Decker. Mogen we binnenkomen?'

Aan de keukentafel werd ons een muffin aangeboden, ze zagen er allemaal uit alsof ze door Ruth tegen de koelkast waren gesmeten, dus ik gebaarde naar de dominee dat hij het aanbod beter kon weigeren.

'Heel lief, maar we hebben net gegeten. We kwamen even Quintins paspoort halen. Hij gaat weer terug naar Nederland.'

Precies op dat moment kwam Ruth de keuken in gelopen. Ze vloog me om de nek en pakte mijn gezicht in haar handjes. 'QuinnQuinn!'

'Hallo, kabouter.'

'Ruth, doe normaal en ga op je stoel zitten.'

Ik kreeg een knoop in mijn maag bij de gedachte dat ik het kleine meisje nooit meer zou zien.

'Tekenen?'

'Natuurlijk, wat gaan we maken?'

'Stokpoppetjes, hoera!'

Terwijl ik mijn best deed om aan de wens van Ruth te voldoen, sprak de dominee met mevrouw Decker over mijn laatste week en hoe die ingevuld moest worden.

Ze verzuchtte dat mijn komst een beproeving van God was geweest. 'U begrijpt het als geen ander, we leven enkel en alleen bij Zijn gratie en alles wat op ons pad komt zullen we dragen en verzorgen.'

Ik ging naar mijn kamer om mijn paspoort en ticket te pakken, nam wat geld uit de lade van mijn nachtkastje en propte wat kleding in plastic zakken.

'We kunnen gaan hoor, dominee, ik heb alles wat ik nodig heb.'

Mevrouw Decker tikte mij op mijn schouder. 'Ik neem aan dat je de laatste dagen bij ons doorbrengt?'

Ik knikte, al was het niet van harte. Mijn kunstwerk werd door Ruth grondig bestudeerd.

'Dag lieve Ruth, tot vrijdag.'

'Dagdag, QuinnQuinn!'

'Tijd om te gaan, dag mevrouw Decker.'

Meneer Bauer draaide zich om en liep resoluut de voordeur uit.

'Ik mag het als dominee misschien niet zeggen, maar het zijn niet mijn type mensen. Mag ik de sleutels van de auto? Ik rij, we nemen een andere route.'

Ik vond het jammer dat ik niet terug mocht rijden, maar was benieuwd wat hij van plan was.

'Heb je geld op zak?'

'Jazeker.'

'Mooi zo.'

De Ford Bronco reed door verschillende buitenwijken tot we bij een klein vrijstaand huisje stopten.

'Uitstappen, we zijn er.'

'Wie woont hier?'

'Dat zie je zo wel.'

We liepen naar de voordeur, maar nog voor we aan konden kloppen zwaaide deze open.

'Mij ga je niet bekeren Bauer, daarvoor heb ik te veel op mijn kerfstok.'

Ik schrok, maar dat verdween toen ik de lach van de dominee hoorde en zag hoe zijn uitgestoken hand hartelijk werd geschud.

'Ken je deze jongeman nog?'

De man had iets bekends, maar ik kon hem niet direct plaatsen.

'Jij bent toch die knul van Decker, we hebben elkaar op de braderie ontmoet.'

Het was de konijnenman! Ineens herkende ik hem en nu begreep ik ook waarom de dominee mij vroeg of ik geld op zak had.

'Heb jij nog konijnen?'

'Voor de kerst of plezier? Hoewel het voor de kerst eigenlijk ook plezier is natuurlijk.'

'Niet voor de kerst, gewoon twee lieve konijnen voor een klein meisje, toch, Quintin?'

Ik trok de dominee aan de mouw van zijn jas, hij leunde voorover en ik fluisterde dat de familie Decker dat nooit als afscheidscadeau zou accepteren.

'Daar heb je gelijk in, daarom geef ik ze ook. Het is aan jou of je Ruth duidelijk gaat maken dat ze de konijntjes van jou heeft gekregen.'

De konijnenman nam ons mee naar zijn achtertuin. 'Kies maar twee mooie uit.'

Er zaten wel twintig konijnen in een grote ren. Sommige zaten rustig te eten, of lagen in een hoekje te slapen, terwijl andere als gekken achter elkaar aan renden. Twee konijntjes, een bruine met een wit staartje en een grijzige, zaten samen aan een krop sla te knagen. Ik ging gehurkt naast de twee dieren zitten en scheurde wat blaadjes sla af. Zonder een spoor van angst sprongen ze op mijn schoot.

'Ik neem deze!'

'Een goede keuze, het zijn dwergkonijntjes dus ze worden niet groter. Ik heb ze overgenomen van een dierenwinkel dus ze zijn aan mensen gewend; deze twee verdienen een nieuw thuis en geen plek op het menu.'

'Wat krijgt u van me?'

De konijnenman krabde achter zijn oren en dacht even na.

'Enorme hoofdpijn en zes dollar voor beide.'

Ik overhandigde hem zijn geld en hij slofte naar de nabijgelegen schuur om een doos te halen. De diertjes verdwenen erin en ik nam ze voorzichtig op schoot voor de korte reis naar de familie Bauer.

Ik gaf de dominee wat geld. 'Haalt u maar zoveel zakken voer als mogelijk, zolang de familie Decker geen kosten hoeft te maken, hebben ze ook geen reden om te zeuren.'

'Goed idee, maar niet nodig, ik betaal het wel.'

Ik schudde beslist mijn hoofd. 'Nee. Ik wil het echt zelf kopen, u hebt al te veel gedaan.'

Ik propte het geld in zijn zakken en keek strak voor mij uit, zodat hij wist dat ik van geen wijken wilde weten.

Thuis trokken we een hok uit de garage tevoorschijn en zetten het in de tuin. Ik opende de doos en de twee diertjes hupten achter elkaar hun nieuwe woning in.

'Zo te zien is mevrouw Bauer thuis, tijd voor koffie.'

In de keuken stond mevrouw Bauer bij het aanrecht glunderend naar de garage te kijken.

'Zo netjes is de garage nog nooit geweest! Ik vermoed dat ik jou daarvoor mag bedanken, Quintin?'

Ik haalde verlegen mijn schouders op en zei niks omdat ik de dominee niet wilde afvallen. Hij zei me mee te lopen naar zijn kantoor. 'Kom, we gaan alles in orde maken, dan hebben we dat achter de rug.'

Omdat ik een open ticket had moesten we de datum voor mijn terugvlucht nog regelen. De eerstvolgende mogelijkheid was voor de daaropvolgende dinsdag. Ik zou 's ochtends mijn eerste vlucht naar Minneapolis nemen, om daar over te stappen op de vlucht naar Amsterdam.

'Wij vertrekken diezelfde dag met de jongens naar de bergen, dan hebben ze wat afleiding, dat lijkt me fijn voor ze.'

Toen we terugliepen naar de keuken kwam Mike binnen. Joshua volgde in zijn kielzog.

'Wat moeten wij nou met konijnen?'

Ik vertelde dat we die voor Ruth hadden gekocht en dat we bij mevrouw Decker mijn paspoort en ticket hadden opgehaald om mijn vlucht te boeken.

'Heb je dat al gedaan dan?'

Ik knikte.

'Er is geen weg terug dus, wanneer vertrek je?'

'Dinsdag, als jullie op vakantie gaan.'

'Ik vind het nog steeds stom dat je vertrekt.'

Nadat ik mijn ouders gebeld had om te vertellen hoe laat ik aan zou komen besloot ik buiten bij de konijnen te gaan zitten, zodat ik een plan kon bedenken om Ruth duidelijk te maken dat ze Hieperdepiep en Hoera van mij had gekregen.

'Hulp nodig bij je snode plannen?'

Mike stond naast me en samen kwamen we tot een goede oplossing voor mijn probleem.

'Dus we hebben alleen nog een lijst nodig?'

'Ja, dat denk ik eigenlijk wel.'

'Gaan we regelen. Kom, het is etenstijd en ik wil nu verder even niks meer horen over je vertrek, oké?'

We aten gehaktbrood. Ik had het nog nooit eerder gegeten en vond het heerlijk.

De dagen die volgden kabbelden voorbij. Een afscheidsfeestje wilde ik niet, het voelde om de een of andere reden niet goed. Wat het dichtste in de buurt kwam was een tripje naar het winkelcentrum samen met Becks, Laura en Josh, om nog één keer samen milkshakes te drinken. Vlak voor ons vertrek gooide ik een plastic zak in de laadbak.

'Wat zit daarin?'

'Afscheidscadeautje voor Kapapa.'

Mike knikte en samen met Joshua reden we naar het winkelcentrum. Voor het eerst sinds lange tijd draaiden we geen muziek, we haalden herinneringen op en spraken over de mogelijkheid dat Mike een keer naar Nederland zou komen. Joshua bedankte voor de eer.

'Mij krijg je de lucht niet in, ik ga liever gewoon dood.'

Bij de parkeerplaats stonden de meiden ons al op te wachten. We bestelden allemaal de grootste milkshake die er op het menu stond.

'Waar proosten we eigenlijk op?'

Laura stelde de vraag en omdat niemand wat zei kwam ik met een suggestie.

'Op nooit afscheid nemen?'

Mike hief zijn glas.

'Daar ben ik het mee eens! Op nooit afscheid nemen. Proost!'

We proostten mee en hadden het daarna over onze plannen voor de toekomst. Laura en Becks wilden studeren, maar twijfelden nog over welke richting. Joshua moest nog een jaar op de middelbare school doorbrengen en vond het vooral vervelend dat hij dat zonder zijn broer, de liefde van zijn leven en Laura moest doen.

Mike had geen idee en wilde het liefste een jaartje gaan werken.

'Fletcher schijnt zonder personeel te zitten, dat lijkt me nou echt iets voor jou!'

Mike stak zijn middelvinger naar mij op en zei dat hij nog liever ging naaktzwemmen met piranha's.

Laura lachte en liet daarbij haar hoofd op Mikes schouder leunen. Hij legde zijn wang tegen haar hoofd en daarmee was hun liefde ineens wereldkundig gemaakt. Joshua verslikte zich in een stuk banaan en vroeg al hoestend hoelang dit al aan de gang was.

'Sinds een week, en we houden het nog onder ons, oké?'

'Jij bent ook echt een meester in je mond houden! Waarom vertel je zoiets niet?'

Ik stompte Mike tegen zijn schouder en die gaf, zoals gewoonlijk, geen krimp.

'Ik was van plan om het je tijdens ons kampeertripje te vertellen, maar jij moest zo nodig weer terug naar Nederland.'

'Ik ben blij voor jullie. Laura, als jij deze man geen glimlach kan bezorgen, dan kan niemand het.'

Joshua deed zijn best om Rebecca het goede voorbeeld van haar vriendin te laten volgen. 'Kijk nou eens naar die twee, zo leuk zouden wij het ook kunnen hebben!'

'Geen denken aan, jochie, jij wil te graag.'

Daarmee werd al zijn hoop de grond in geboord. Om zichzelf te troosten bestelde hij nog een milkshake.

Tegen vijf uur liepen we naar de auto.

'Doe de groetjes aan Kapapa, zorg je wel dat je op tijd bent voor het eten?'

Ik stak mijn duim omhoog, pakte de plastic zak uit de laadbak en rende terug naar het winkelcentrum om bij het koffietentje een laatste bestelling te plaatsen.

'Twee koffie voor jou en de indiaan?' Het meisje achter de kassa kende mijn gebruikelijke bestelling.

'Ik ga terug naar Nederland en wilde eigenlijk vragen of ik een paar koffies vooruit mocht betalen, zodat hij de dag met iets warms kan beginnen.'

De manager kwam naast zijn werkneemster staan.

'Wat wil jij precies?'

Ik herhaalde mijn voorstel en zag de twee kort overleggen.

'Hoeveel koffie wilde je vooruitbetalen?'

'Voor vijfentwintig dollar als dat mag, hij mag alleen niet weten dat het van mij komt. Als u hem op koude dagen gewoon een koffie kan brengen zou dat geweldig zijn.'

'Eigenaardig voorstel, maar wel heel erg mooi.'

Mijn geld werd aangenomen en ik kreeg alvast een koffie voor hem mee.

We schudden elkaar de hand en daarmee was de afspraak wat mij betreft bezegeld.

Ik liep naar Kapapa voor ons laatste koffiemoment.

'Alstublieft, meneer Kapapa.'

'Nog steeds geen whisky?'

'Niet van mijn geld.'

'Wat zit er in die tas?'

'Een afscheidscadeautje.'

Kapapa zette de koffie naast zich neer en opende de plastic tas.

'Als jij denkt dat ik dit ga dragen, heb je het goed mis.'

Ik reageerde quasibeledigd terwijl ik mijn skipak uit de tas haalde. 'Deze parel van warmte weigeren? Ik vind het ondankbaar.'

Terwijl ik het zei vouwde ik het paarse gevaarte een paar keer dubbel en knoopte de mouwen eromheen zodat de boel vast bleef zitten.

'Kunt u even gaan staan, alstublieft?' Ik schoof de paarse, zelfgemaakte poef onder de indiaan, die voorzichtig weer plaatsnam.

'Warm en zacht.' Hij trok de conclusie met een tevreden glimlach. 'Dank je.'

De rest van ons afscheid verliep in stilte, ik nam zijn lege koffiebekertje aan en gooide het in een nabijgelegen prullenbak.

'Alles wat je niet dient in het leven moet je weggooien, Quintin, onthoud dat goed.' Hij stond op en propte de zelfgemaakte Scapino-poef weer in de plastic tas. 'Ik ben hier heel blij mee, tot ooit, Kleine Raaf.'

Hij liep weg en ik keek hem glimlachend na.

De laatste dagen bij de familie Bauer genoot ik van hun gezelschap. Ondertussen bereidde ik me met Mikes hulp voor op mijn afscheid van de familie Decker. Hij had een mooie lijst van zijn vader gekregen die ik mocht hebben. In de werkkamer lag een stapel grote enveloppen en ook daar mocht ik er een van meenemen. Op de vraag wat ik ermee ging doen antwoordde ik dat ik een mooi bericht voor meneer Decker wilde achterlaten, wat op een opgetrokken wenkbrauw van de dominee kon rekenen.

'Ik wil het, geloof ik, niet weten.'

'Nee, beter van niet inderdaad.'

Die avond zette Mike mij af zoals hij dat de afgelopen maanden al zo vaak had gedaan.

'Ik zie je zondag.'

Bij het wegrijden liet hij de hele straat weten dat ik er weer was door keihard te toeteren.

Het was al laat en alleen meneer en mevrouw Decker zaten nog aan de keukentafel. Ze wilden mijn tijd bij hen graag evalueren en weten wat ik geleerd had.

'Dat in het leven niets is wat het lijkt, meneer en mevrouw Decker.'

Mijn antwoord stemde hen, tot mijn verbazing, tevreden.

'Zou ik een tekening die ik samen met Ruth gemaakt heb mogen inlijsten voor haar?'

'Wat voor tekening?'

'Momentje alstublieft, ik zal hem even pakken.'

Ik liep naar mijn kamer en werd bij binnenkomst in mijn gezicht geslagen door de natte kussensloop van mevrouw Decker, van wie alleen de initialen mij bekend waren. Vanonder mijn bed pakte ik het tuinmagazine dat er maanden had gelegen. Het kunstwerkje lag er nog volledig kreukvrij in en ik liet het aan de keukentafel zien.

'Kijk, samen met haar heb ik de familie getekend.'

Ik had erop gegokt dat ze er nauwelijks naar zouden kijken en dat klopte. Een vluchtige blik van meneer Decker was voldoende om goedkeuring te geven.

'Er zit bij haar bedje nog wel ergens een kleine spijker in de muur, daaraan kan je het ophangen. Niet inpakken of iets dergelijks, cadeautjes geven we alleen op verjaardagen. Hang het op als ze slaapt, dan ziet ze het wel wanneer ze wakker wordt.'

'Dat doe ik dan de avond voor mijn vertrek, is dat goed?'

Mijn voorstel werd met een onverschillig handgebaar goedgekeurd en ik trok me terug in mijn kamer.

Met de familie Bauer was afgesproken dat Mike mij dinsdag om vier uur in de ochtend zou ophalen om me naar het vliegveld te brengen.

De dagen die mij restten liep ik op geen enkel vlak uit de pas. Ik zong uit volle borst mee in de kerk en deed een gulle, opzichtige gift in de collectezak en wel op zo'n manier dat meneer Decker het zelfs opbracht om mij goedkeurend toe te knikken. De ochtendpreek ging over het vermogen van God om niet datgene te schenken waar je om vraagt, maar waarvan Hij, in al Zijn wijsheid, vindt dat je het nodig hebt.

Tijdens het middageten bleef meneer Decker erover doorgaan en gebruikte het onderwerp om zijn eigen kinderen duidelijk te maken dat alleen God schenkt in overvloed. Ik knikte instemmend. Ruth las ik zoveel voor als ze wilde, maar tot haar grote teleurstelling zonder stemmetjes. Dat maakte ik weer goed door tientallen stokpoppetjes te tekenen.

Het was maandagavond, tegen etenstijd, toen er werd aangebeld. Ik zat al met de kleintjes aan de keukentafel klaar toen de dominee enthousiast de keuken binnenkwam, op de voet gevolgd door een nerveuze mevrouw Decker. Hij gaf een knipoog die alleen voor mij zichtbaar was en werd door Ruth begroet.

'Godmeneer hoera!'

Ze werd direct door haar vader tot de orde geroepen.

De dominee gebaarde dat dit niet nodig was. 'Om eerlijk te zijn kom ik voor dit kleine wondertje van God. Ik heb een cadeau voor haar.'

Terwijl hij het zei vroeg ik me af of God dit zou beschouwen als een leugen. Technisch gezien was er niks aan zijn formulering wat niet klopte. Ik wist inmiddels hoe de familie Decker over onverwachte cadeautjes dacht, maar hier ging het om meneer Bauer en dan was het overduidelijk een ander verhaal.

Mevrouw Decker was de eerste die iets wist uit te brengen. 'Dominee, dat kunnen we toch niet aannemen?'

'Jazeker wel, daarbij helpt u mij ook, want zo krijg ik weer wat ruimte in mijn garage.'

Ook dit was geen leugen en ik kreeg steeds meer bewondering voor de dominee.

'Wat is het eigenlijk?'

'Dat zal ik u laten zien. Helpt u even mee, meneer Decker, de Ford staat voor uw garage.'

De hele familie liep naar buiten. Ik tilde Ruth op, die leek aan te voelen dat er iets bijzonders te gebeuren stond.

'Kijk, als u deze punt pakt, klim ik erin en tillen we hem er zo uit.'

Decker deed wat er van hem gevraagd werd. Zelfs als hij had willen weigeren, zou hij dat nooit hebben durven zeggen.

'Zullen we hem op de veranda zetten? Dan zitten ze droog en beschut tegen de wind. Ik heb ook extra zakken voer en hooi. De komende maanden zal het ze aan niks ontbreken.'

Het hok werd neergezet en Ruth liep voetje voor voetje naar voren en mompelde zachtjes een paar keer 'hoera'.

Meneer Bauer hurkte naast haar neer en wees naar de konijnen. 'Kijk, lieve Ruth, dit krijg je van een vriend van God.'

Of ik een vriend van God was wist ik niet, maar in de ogen van de dominee was ik dat wel en dus had hij het gepresteerd om onze list zonder bedrog te laten slagen.

Het kleine meisje drukte haar gezicht bijna door het gaas van blijdschap en huilde van geluk.

'Ruth blij.'

Ik tilde haar op een van de terrasstoelen en zette de beide dieren op haar schoot. Ze bleven rustig zitten en met een teder handje aaide ze de konijnenoren.

'Hoe ga je ze noemen, Ruth?'

'Hieperdepiep, Hoera!'

Voor even was alles goed en precies zoals het moest zijn.

De dominee nam afscheid, gaf mij een stevige hand en keek mij indringend aan.

'Het ga je fantastisch, jongen, jij deugt, ook al vind je zelf van niet.'

Hij reed al zwaaiend en toeterend de straat uit.

'Nou, weer een last die we de komende jaren moeten zien te dragen. Tijd om te eten, Ruth, kom mee.'

De konijnen werden door meneer Decker terug in het hok gezet. Na het eten hoefde Ruth geen verhaaltje. In plaats daarvan stond ze in haar pyjama bij haar nieuwe vrienden en voerde gesprekken die alleen kinderen en dieren van elkaar begrijpen.

'Tijd om te slapen, morgen kan je weer kijken.'

Ik ging tegen halftien naar mijn kamer. Meneer en mevrouw Decker maakten ook aanstalten om te gaan slapen en deden alle lampen uit. Uit de rommella van de keuken pakte ik een pen en een Pritt-stift en nam die mee naar beneden.

Ik besloot eerst mijn koffer in te pakken en trok hem onder het bed vandaan. De tandenborstel die Ruth in de mortel had gedoopt lag als een fossiel in de hoek. Ik legde hem op het nachtkastje en liep naar de stapel tijdschriften in de kast. Tussen het vijfde en zesde magazine van onderen viste ik het geheim van meneer Decker tevoorschijn.

Ik knipte met een schaar de voor- en achterkant van een van de tuinmagazines af en plakte die zorgvuldig op het blootblaadje. Ik was tevreden over mijn handenarbeid. Niets wees op een magazine gevuld met naakte mannen tot je het open zou slaan. Ik schoof het in de envelop en pakte pen en papier. Meneer Decker was altijd als eerste wakker en zou de post op de tafel zien liggen. Bij het openen van de envelop zou hij wensen dat hij mij nooit had begluurd tijdens het douchen.

Ik dacht even na en schreef toen een kort briefje in mijn netste handschrift.

Meneer Decker.

God ziet alles... en ik ook.

Groetjes, Quintin.

Ik sloot de envelop zorgvuldig en pakte het lijstje voor Ruth. Ik had nog een laatste taak te volbrengen.

De tekening van de stokpoppetjes lag op het bureau. Ik pakte de pen en voegde nog een klein detail aan het gezinsportret toe. Deed het toen in het lijstje en sloop met brief, kunstwerk en tandenborstel naar boven.

De envelop met meneer Deckers lectuur legde ik op de keukentafel. Ik sloop op mijn sokken langs de slaapkamerdeur van meneer en mevrouw Decker en wist de badkamerdeur zonder geluid te openen. Daar wisselde ik de tandenborstel uit het stenen tijdperk om met de blauwe van meneer Decker.

Toen ik voor de tweede keer langs de ouderslaapkamer liep hoorde ik hun mompelende stemmen. Ik voelde mijn hart in mijn keel kloppen, maar kon het niet laten mijn oor tegen de deur te drukken. Mevrouw Decker fluisterde iets waar meneer Decker mompelend op antwoordde. Nog een keer haar gefluister, deze keer iets harder.

'Ander keertje, Boudina, ik heb hoofdpijn.'

Ik zag de kletsnatte kussensloop met de intialen B.D. voor me en terwijl meneer Decker voorsorteerde op een droom over mannen met snorren, wist ik dat de kinderen voorlopig niet hoefden te rekenen op een achtste broertje of zusje.

Ik moest mijn best doen om niet hardop in lachen uit te barsten en liep naar de kinderkamer van Ruth en de tweeling.

Ze sliepen zo vast dat ik ter plekke nog een gat in de muur had kunnen boren. Door de reeds aanwezige spijker bleek dat gelukkig niet nodig. Ik schoof het oogje erover, hing de tekening recht en keek nog eenmaal naar het kunstwerkje.

Daar stonden ze: de complete familie Decker. Voorzien van een zwetende vader, melkvlek-jurk dragende moeder, Ruth met ballon en naast haar, een nieuw familielid. Net zo slecht getekend als de anderen, maar met langere haren en in zijn hand een hoge hoed waar vier konijnenoren uitstaken.

Ik liep naar mijn kamer en kroop daar voor de laatste keer in mijn bed.

Over vierenhalf uur zou Mike voor de deur staan.

29

Ik was al voor de wekker wakker en telde de tegels in het systeemplafond van de slaapkamer. Vierentwintig stuks grauwheid, verbonden door witte plastic randen, deden mij denken aan de hokjes waarin ik geplaatst was door school, de kerk, een psychiatrische instelling, maar misschien nog wel het meeste door mijzelf. Door niet om hulp te vragen had ik mezelf afgezonderd en vastgezet, waardoor ik gevangenzat met mijn nare herinneringen als enige gezelschap.

Ik douchte voor de laatste keer in drie minuten tijd. De stoel van Decker had ik buiten de badkamer voor de deur geparkeerd. Kon hij daar lekker gaan zitten met zijn geniepige ogen. Mijn handdoek bleef voor het eerst op de wastafel liggen en mijn vermoeden dat de hele familie nog op één oor lag bleek juist. Ze hadden voor het slapengaan afscheid genomen. Een eenvoudige handdruk begeleid door een 'het beste voor de toekomst' was voor mij meer dan genoeg.

Mijn koffer leek minder te wegen dan bij mijn aankomst in Canada, zonder enige moeite tilde ik hem de trap op en zette hem bij de achterdeur met mijn rugzak ernaast. Ik maakte een kop thee en een boterham met kaas. Ik had hem voor de helft opgegeten toen er in de deuropening een klein wezentje verscheen.

Haar haar zag eruit als een vogelnestje, het nachthemd was verwassen en enkele maten te groot, ik vermoedde een afdankertje van Esther. Haar handjes wreven de slaap uit de ogen en de peutervoeten tapdansten op de ijskoude vloer.

'Jij bent er vroeg bij, kabouter.'

'QuinnQuinn weg?'

Ze keek naar de bagage en liep ernaartoe.

'Ja.'

Ze liet het even op zich inwerken, speelde met de ritssluiting van de koffer, trok die een stukje open en gluurde door de smalle opening naar mijn kleding.

'Niet meer bij Ruth?'

'Nee.'

Haar complete arm stak ze in de koffer en op de tast ging ze op zoek naar een souvenir. Het deed me denken aan de eerste bevalling die ik bij Fletcher had moeten doen. Geconcentreerd ging Ruth, met het puntje van haar tong uit haar mond en één oog dichtgeknepen, te werk. Haar ogen lichtten op toen ze beet had, met enige moeite trok ze haar arm terug. In haar knuistje hield ze de mouwen van mijn gebreide trui, alsof het de twee pootjes van een kalfje waren.

'Voor Ruth?'

Ik trok haar de trui over haar nachthemd aan en sloeg de mouwen om. De col trok ik over haar gezicht, wat haar aan het lachen maakte. Zo hoefde ik mijn verdriet niet aan haar te laten zien.

Ik tilde haar op, liep naar haar kamer en legde haar in bed.

'Had je deze al gezien?'

Ik wees naar het kunstwerk, ze kwam half overeind. Een voor

een gingen haar vingertjes langs de stokpoppetjes.

'Hete papa, mama en baby Jacob, Esther, Zacharias, Abel, Daniel, Sarah, Ruth en...'

Ze tikte met haar wijsvinger op mijn stokpoppetje met de konijnen.

'Oooo, QuinnQuinn en goochelkonijn?'

'Hieperdepiep en Hoera. Als je wakker wordt mag je ze weer knuffelen. Moet je nu lekker gaan slapen, oké?'

Ik dekte haar toe en liet voor de laatste keer een spinnetje langs de rand van het ledikant lopen.

Giechelend pakte ze mijn hand en vroeg me het nog een keer te doen. Ik vervulde haar wens en stond toen op. 'Ik moet gaan.'

Bij de deur draaide ik me om en zag haar naar me kijken. Ze zwaaide met haar wijs- en middelvinger naar me die, als twee konijnenoren in het gras, boven de deken uitstaken.

'Dag lieve Ruth, ik zal je nooit vergeten.'

'Hoera...'

Het was niet meer dan gefluister en bij het sluiten van de deur zag ik haar ogen dichtvallen.

Ik hoorde het geronk van Mikes truck en gooide mijn rugzak over mijn schouder, greep mijn koffer, liep naar de auto en wierp hem in de laadbak. Mike had zijn kampeerspullen achterin gelegd en een krat met eten verraadde plannen voor een langdurig verblijf.

'Had er iemand een lift nodig?'

'Ja, graag, tijd om te gaan. Waar is Joshua?'

'Die kreeg ik met geen mogelijkheid uit bed, hij zei dat je maar een minder achterlijk tijdstip had moeten uitkiezen om te vertrekken.'

Daar was ik het wel mee eens. 'Ik zal er in het vervolg rekening mee houden. Ga je nu alleen kamperen?'

'Ja, ik wil op een paar plekken een nachtje staan en dan sluit ik me aan bij de rest.'

Tijdens het rijden hadden we het over mijn toekomstplannen, zijn verkering met Laura en spraken we af om contact te blijven houden.

'Is er daar een nummer waar ik jullie kan bereiken?'

'We zijn ruim een week van de radar, er is in de blokhut geen telefoon. Ik bel je zodra ik terug ben.'

'Fijn, afgesproken.'

'We zijn er. Wil je nog een kop koffie drinken?'

'Nee, ik haat afscheid nemen, wil het niet rekken.'

Hij parkeerde de auto en we stapten uit om mijn koffer te pakken.

'Nou, je avontuur zit erop... nog een laatste wens?'

Ik dacht even na en controleerde ondertussen of mijn paspoort en ticket nog in het zakje onder mijn trui zaten.

'Moest je nou lachen bij het maken van de schoolfoto?'

'Wat denk je zelf?'

'Ik heb geen idee. Af en toe ben je best wel een lul, weet je dat?'

Mike knikte. 'Dat hoor ik sinds kort vaker, maar liever een lul dan een eikel.'

'Ik ga je missen.'

'Ik jou ook. O, voor ik het vergeet, ik heb nog iets voor je!' Mike stapte in de auto, opende het dashboardkastje en haalde er een washandje uit. 'Hij is niet nieuw, maar hij doet het perfect. Ik gebruik hem niet meer sinds ik de truck heb. Er zit een kleine kras op, maar daar hoor je niks van.'

In het washandje zat een walkman van Sony, zwart met op de voorkant drie schuifjes waarmee je het geluid kon regelen. Op het venstertje waarachter je het cassettebandje kon zien draaien, zat inderdaad een krasje. De koptelefoon leek wel ongebruikt en de kussentjes waren zacht.

'Dit kan ik niet aannemen.'

'Als jij geen stomp op je gezicht wil, zou ik dat ding nu heel snel in je tas proppen. Anders moet je straks aan de stewardess uitleggen waarom je een tas vol cassettebandjes maar geen walkman hebt. Bovendien ziet het er heel raar uit als je met een blauw oog in Nederland aankomt.'

Mike sloot het portier om er zeker van te zijn dat ik het cadeau niet terug zou geven, hij draaide het raam een klein stukje naar beneden.

'Quintin.'

'Ja?'

'Afscheid nemen is stom.'

'Dat ben ik met je eens.'

Mike stak zijn duim omhoog.

'Tot zo?'

'Tot zo.'

De motor werd wakker geschud en de truck kwam in beweging. Ik keek Mike niet na.

'Paspoort en ticket alstublieft.'

Mijn terugreis was volstrekt anders dan de heenvlucht. De stewardessen leken in de verste verte niet op Melanie en naast mij zaten mensen met wie ik niet wilde praten. Ik luisterde muziek en sliep af en toe wat.

Bij de laatste controle op Schiphol zat ik nog zo met mijn hoofd in Canada dat ik de vragen van de douanier in het Engels beantwoordde.

'U bent weer in Nederland, meneer. Welkom thuis.'

Ik bood mijn verontschuldigingen aan en liep door de schuifdeuren. Mijn vader en moeder stonden achter een hek op mij te wachten. Ik keek ze recht in de ogen. Door een groeispurt, het lange haar en beginnende baardgroei herkenden ze mij niet. De jongen die ze een halfjaar daarvoor op het vliegveld hadden afgezet, was in Canada achtergebleven. Mijn broer vloog me om mijn nek. Zo blij om mij te zien had ik hem nog nooit meegemaakt. In een reflex greep ik hem vast en tilde hem van de grond.

'Jij weegt ook niks, je moet wat meer eten.'

'Ik herkende je als eerste, wat is je haar lang, te gek!'

Mijn vader leek nog kleiner dan in mijn herinnering en klopte mij op mijn schouder. Hij moest er zijn arm voor strekken. Mijn moeder kwam wat zenuwachtig over en leek zich af te vragen waar haar kleine jongen was gebleven.

Van de rit naar huis kreeg ik niks mee. Ik viel als een blok in slaap en droomde over varkensstallen die uitgemest moesten worden. Mijn moeder maakte me wakker door zachtjes in mijn been te knijpen.

'Quintin, we zijn thuis.'

Ze hadden de voortuin opnieuw aangelegd en ik dacht aan Fletcher die dit ongetwijfeld een 'postzegel' zou hebben gevonden.

'Heb je honger? Wil je eerst nog wat eten?'

Ik had enorme trek en mijn vader haastte zich om wat pasta op te warmen. Ik schepte twee keer op. Hij keek glunderend toe bij elke hap die ik nam.

'Moet je even laten weten dat je veilig bent aangekomen?'

Ik schudde mijn hoofd en zei dat ik Mike en zijn familie zou spreken als ze weer terug waren.

'Ik begrijp het. Nou, je hebt anders genoeg om naar uit te kijken want we hebben volgende week een afspraak op een nieuwe school. Je moet een toelatingstest doen, en als je dat goed doet begin je volgend schooljaar op dezelfde sociaalpedagogische opleiding als je broer.'

Ik knikte, zonder emotie. Mijn ouders waren voortvarend te werk gegaan en ik wilde hun enthousiasme niet temperen. Bovendien had ik weinig andere opties. Voordat het vliegtuig was geland had ik mezelf voorgenomen dat ik mijn beste beentje voor zou zetten en er alles aan zou doen om er wat van te maken. Dat was het minste wat ik voor mijn ouders kon doen.

Het weerzien met beppe was heerlijk. Ik kroop weg in de veiligheid van haar broze armen. Alles ketste af op het schild van haar liefde.

Ik vertelde haar over de nieuwe schoolplannen en dat ik me zorgen maakte of ze me wel zouden accepteren.

'Jij kunt alles bereiken wanneer je besluit je kop te gebruiken, de vraag is alleen of je ook echt naar die school wil.'

Ik had geen flauw idee wat ik wilde. Een intakegesprek volgde, net als een toelatingstest. Die ik, tot mijn eigen verbazing, met vlag en wimpel doorstond. Niets stond mij nog in de weg om het nieuwe schooljaar te beginnen. Ik vermoedde dat mijn broer er wat mee te maken had. Hij was erg geliefd, bij zowel de docenten als de leerlingen. Ik denk dat ze verwacht hadden dat ik een kopie van hem zou zijn.

De dagen na mijn terugkeer gingen langzaam voorbij.

Ik was zo gewend om hard te werken, dat het nietsdoen me zwaar viel. De mensen uit het dorp reageerden vreemd op me, en het verbaasde me dat ze in een halfjaar tijd zo veranderd waren.

Zoals gewoonlijk was het mijn oma die een ander licht op de kwestie wierp. 'Nee, jonkje, niet zij, maar jij bent veranderd en dat is helemaal goed.'

Aan de kant van Mike en zijn familie heerste radiostilte. Ik was teleurgesteld omdat ik het gevoel had gehad dat ons afscheid tijdelijk zou zijn. Na een dag of tien belde ik, het antwoordapparaat van de familie Bauer nam op en de vrolijkheid van de stemmen maakte me gek genoeg verdrietig. Ik hing op zonder een boodschap achter te laten.

Mijn vader en ik brachten veel tijd in de tuin door met klussen. Wanneer hij met zijn auto in de weer was rommelde ik in de garage of hielp ik hem met snoeien en grasmaaien. Soms wilde ik vertellen wat me allemaal in Canada was overkomen, maar ik was bang voor de teleurstelling in zijn ogen en zweeg.

Ik was inmiddels twee weken thuis en had een middag op mijn nieuwe school mee mogen lopen. De stad Groningen beviel me een stuk beter dan de buitenwijk Vinkhuizen waar de school lag, en ik ging al na de eerste pauze met wat oudere jongens naar het centrum om te poolen. Bij thuiskomst had ik me voorbereid op een confrontatie met mijn ouders omdat ik het had klaargespeeld om te spijbelen op mijn proefdag.

Ik liep de oprit op en zag ze via het raam al op de bank zitten. De zachtheid waarmee ik werd verwelkomd was een verrassing.

'Dag lieverd, wil je thee? Er is een brief voor je gekomen.'

Ik keek naar de schoorsteenmantel waar de post werd bewaard. Mijn naam was in sierlijke letters op de envelop geschreven en de Canadese postzegel herkende ik meteen. Op de achterkant stond de postcode en straatnaam van de familie Bauer.

Ik rende dolgelukkig naar boven en opende de envelop zo voorzichtig mogelijk. De brief voelde zwaar, mijn hand trilde toen ik de inhoud uit de envelop trok.

Ik herkende direct het blonde haar van Mike en zag dat zijn wenkbrauwen voor de verandering eens niet gefronst waren. Het was de schoolfoto. Ik bekeek het blije gezicht op de kaart.

Het was er een zoals ik nog nooit eerder had ontvangen. Ik zag Mikes geboortedatum, de datum eronder was recent, pas twee weken oud.

Een Bijbeltekst verzekerde mij van het feit dat Mike overleden was.

Johannes 11:25-26
'Ik ben de opstanding en het leven. Wie in mij gelooft, zal leven, ook al is hij gestorven.'

Er was een korte brief van de dominee bijgesloten.

Lieve Quintin,

Wat had ik graag gewild dat ik je deze brief nooit zou hebben hoeven schrijven. We moeten je tot ons grote verdriet vertellen dat onze lieve zoon, broer en jouw trouwe vriend is herenigd met Samuel in het koninkrijk van God. We hebben je meerdere malen proberen te bellen, maar kregen steeds geen gehoor.

Ik vind het heel erg dat ik je dit verschrikkelijke nieuws op deze manier moet vertellen. Toch is ons hart ook vervuld van grenzeloze dankbaarheid. Een paar dagen na zijn overlijden kregen we de schoolfoto opgestuurd. We hebben het vermoeden dat jij degene bent geweest die zijn prachtige lach teweeg heeft gebracht.

Je hebt geen idee wat dit voor ons betekent.

Bel ons alsjeblieft, we willen je graag spreken.

Heel veel liefs van de familie Bauer

Mijn moeder kwam naar boven rennen omdat ze me hoorde schreeuwen. Alles wat stuk kon sloeg ik kort en klein. Ik voelde een woede die groter was dan ik ooit eerder had ervaren.

Ik keek naar mijn moeder terwijl ze in de deuropening stond. Ik zag hoe ze schrok van de blik in mijn ogen, net zoals ze geschrokken moest zijn toen ze de envelop met de grijze rand op de deurmat aantrof. Zelf had ze dergelijke post al tientallen keren ontvangen, toch had ze me niet durven waarschuwen. Ze pakte de rouwkaart van mijn bureau en keek naar Mikes stralende portret.

'Laat los!'

Ik trok Mike uit haar handen, rende het huis uit en dook de tuin van de buurman in. Daar verstopte ik me tussen de bomen en struiken. Ik vervloekte God en alles waar Hij voor stond en zwoer Hem nooit te vergeven.

Ik weet niet hoelang ik buiten heb gezeten maar het was al donker toen ik weer binnenkwam.

Donker in Nederland betekende licht in Canada.

Zonder wat te zeggen liep ik met de rouwkaart naar de slaapkamer van mijn ouders en nam de hoorn van de telefoon die naast hun bed stond. Hij ging twee keer over en toen hoorde ik de stem van mevrouw Bauer.

'Ik ben het...'

Mijn keel voelde alsof hij dichtgeknepen werd en ik voelde me net zo gebroken als mijn stem klonk. Mikes moeder barstte direct in huilen uit en overhandigde de telefoon aan de dominee.

'Dag, lieve jongen, waar was je nou?'

Ik haatte de zon die ervoor had gezorgd dat ons leven zich buiten had afgespeeld. Ik haatte mezelf dat ik niets had ingesproken op hun antwoordapparaat toen ik daar de kans voor had gehad. Gelijktijdig haatte ik mijn ouders, omdat wij zelf niet zo'n apparaat hadden en de dominee daardoor niet een bericht voor me had kunnen achterlaten.

Ik vroeg hem wat er gebeurd was. Het kostte meneer Bauer moeite om erover te praten en hij moest vaak pauzeren.

Mike was verongelukt. De dag van mijn vertrek was hij rustig aan zijn reis begonnen. Hij had gekampeerd op de geplande tussenstops en de tocht was voorspoedig verlopen. Zo hoog in de bergen was het voorjaar later op gang gekomen. Hoewel alles er in volle bloei stond, was het ijs nog niet overal verdwenen. De achterbanden waren door de onverwachte gladheid hun grip kwijtgeraakt en de kampeerspullen in de laadbak waren gaan schuiven.

Mike verloor de controle over het stuur en viel zo'n vijftien meter naar beneden in een ravijn.

Een aantal bomen bracht de zware pick-uptruck met een klap tot stilstand. De bestuurdersstoel schoot uit zijn rail en Mikes bovenlichaam werd met geweld tegen het stuur geperst. De claxon van zijn auto schreeuwde om hulp.

'Mike leefde toen nog. Het vermoeden is dat het nog zo'n tien uur duurde voor hij uiteindelijk stierf en God hem in Zijn almachtige wijsheid tot zich nam.'

'Dat gelooft u toch godverdomme zeker zelf niet.'

De dominee nam me mijn woede niet kwalijk en bleef vriendelijk, zoals hij altijd was geweest. 'Ik herken je pijn, lieve jongen, het spijt me zo.'

Ik wilde zoveel zeggen, maar voelde alleen maar een diepe boosheid. De begripvolle stem van de dominee klonk alsof hij God vergeven had, dat maakte mijn woede nog groter, ons gesprek duurde dan ook maar kort. Ik verbrak de verbinding en ging in foetushouding op mijn bed liggen. Ik weigerde elke toenadering van mijn ouders en trok me terug. Ik vergat hoe het was om blij te zijn en wist niet meer hoe ik moest huilen.

Met de wedergeboorte van Mikes lach stierf de mijne.

30

Maanden gingen voorbij en ik viel terug in oude patronen. Ik was verbaal agressief of trok me volledig terug en zei dagen niets. Ik at niet mee en trok mijn eigen plan. Thuis wonen was geen optie meer. Mijn broer en zus wezen mij op het feit dat ik elke maand gratis geld, in de vorm van studiefinanciering, en een jaarkaart voor het openbaar vervoer zou kunnen krijgen. Enige voorwaarde was dat ik uit huis moest.

Een kennis tipte mij over een flat vlak bij mijn nieuwe school. Samen met mijn broer ging ik poolshoogte nemen bij een kamer op de negende verdieping. We werden rondgeleid door een opgewekte meneer van de woningbouwvereniging.

Het was een vierkante ruimte zonder sfeer, maar met balkon. Op de muren van de badkamer zat schimmel en het plastic douchegordijn was doorzichtig, iets waar meneer Decker ongetwijfeld blij van zou zijn geworden. De keuken was een smerige bende met een berg afwas op het aanrecht. In een van de pannen dreef een laagje olie boven op het vuile afwaswater. Een schuursponsje met restjes pastasaus lag in de gootsteen. In de koelkast waren de boodschappen bestickerd, met de namen van mijn nieuwe huisgenoten, 'Pieter' en 'Gerrit'. Ik vond het maar raar, maar volgens mijn broer was het doodnormaal.

Terwijl hij mijn nieuwe verblijf nog eens grondig onder de loep nam, verwisselde ik enkele van de stickertjes op de levensmiddelen. Geen idee waarom ik dat deed, misschien was het een manier om mijn stempel op mijn nieuwe leefomgeving te drukken. In gedachten zag ik Mike zijn hand voor zijn hoofd slaan en mij met rollende ogen aanstaren. Ik grinnikte en werd gelijktijdig verdrietig omdat zijn verontwaardigde blik de mijne nooit meer zou kruisen.

'Wat sta jij dom te grijnzen? Als ik jou was zou ik deze plek nemen, op korte termijn zie ik je niet snel iets beters vinden.'

Ik knikte. Mijn broer had gelijk.

Binnen een paar dagen was alles geregeld. We verhuisden mijn spullen in een busje van Friesland naar Groningen en ik richtte mijn nieuwe verblijf in met de halve inboedel van mijn ouders. Ze hadden zelf nieuwe meubels gekocht, en mijn nieuwe thuis leek nu op de oude woonkamer van mijn ouders. Dat we alles naar boven moesten sjouwen omdat de lift stuk was deed me niks. Een bank met zijn tweeën omhoogtillen was half zo zwaar niet als een stoeipartij met Drum. Na een lange dag stond uiteindelijk alles boven.

Ik vond het lastig om op mezelf te wonen. Hoewel we op dezelfde school zaten, had ik geen klik met mijn huisgenoten en voelde ik me eenzaam. Ik kwam vaak 's ochtends mijn bed niet uit en binnen enkele weken verscheen ik vaker niet dan wel op school.

Ik verveelde me kapot. Om de tijd te doden slenterde ik dagelijks door de stad en gaf ik mijn geld uit aan onzin. Dat ik daarbij mijn geluksmoment bij het afrekenen al zag verdwijnen nam ik voor lief.

Ik voelde me schuldig, naar mijn ouders, mijn oma, maar vooral naar Mike. Terwijl ik alle kansen kreeg om iets van mijn leven te maken, was dat van hem abrupt geëindigd. Toen ik op een dag bijna omver gereden werd op een zebrapad, was het alsof Mike mij vanuit de hemel een enorme stomp gaf. Ik liep naar huis en besloot, voor de zoveelste keer, dat het tijd was geworden om iets van mezelf te maken. Om te beginnen moest ik geld verdienen.

'Hoor jij niet ergens op een school te zijn?'

Er was een vast patroon in mijn route door de stad ontstaan. De man die mij de vraag stelde zette net het vuilnis buiten voor de deur van zijn café. Ik had hem al vaker gezien, maar verder dan een voorzichtige knik was het niet gekomen.

'Nou? Moet jij niet met de neus in de boeken zitten? Ik zie je bijna elke dag voorbijlopen.'

Ik schudde van nee en hing een onzinverhaal op over een tussenuur.

'Daar heb jij er dan wel heel veel van, hoe oud ben je?'

'Achttien.'

'Dat vind ik moeilijk te geloven.'

Ik loerde over zijn schouder bij de openstaande deur naar binnen. De bruine planken van de houten vloer liepen naadloos over in de toog, waar een tiental krukken tegen de bar aan stond, sommige lagen op de grond. Naast de bronzen tapkranen vielen vooral de glimmende palen op die vanaf de bar in het plafond geschroefd waren. Ik vond het een raar gezicht, en zag het nut er niet van in.

'Kiept de bar zonder die palen om?'

De kroegbaas sloeg me joviaal op mijn schouder. 'Nu weet ik zeker dat je geen achttien bent! Die palen zijn voor de dames die op de bar dansen. Ik verkoop bier en vertier, als je oud genoeg bent tenminste.'

Ik had nog nooit meisjes op een bar zien dansen en begreep er vrij weinig van.

'Wil je helpen opruimen? Om zo een zakcentje te verdienen?'

Ik knikte en vanaf dat moment zou ik vier ochtenden per week in een kleine stripclub werken waar er, naast kleding, ook met enige regelmaat barkrukken door de ruimte vlogen. Elke week moesten er nieuwe glazen besteld worden omdat de zoveelste vechtpartij ervoor had gezorgd dat er weer een deel van de inventaris was gesneuveld. Het leek de barman niets te kunnen schelen; terwijl ik stond te poetsen maakte hij met glunderende ogen de kassa op. Iedere ochtend maakte ik de kroeg weer toonbaar, zodat die de illusie van een onbereikbare liefde kon verkopen. Tijdens het schoonmaken probeerde de barman met het vertellen van schuine moppen en sappige anekdotes mij aan het lachen te krijgen. Hoewel ik ademloos luisterde, lukte het hem niet om mijn mondhoeken omhoog te laten krullen. Zelfs de flauwste glimlach bleek een brug te ver.

Ik werkte hard en kreeg wekelijks tussen de vijfenzeventig en honderd gulden in mijn handen gedrukt. 'Je deelt in de fooi met de meiden, ze zijn blij met je poetskunsten en ik ook.'

Met het verdiende geld ging ik naar de bioscoop, kocht ik kleding en at ik bijna iedere dag een broodje van Bakker Bart. Op woensdagen hoefde ik niet te werken omdat de meiden dan nieuwe dansjes instudeerden en ik te jong was om ze te ontmoeten. Hoewel ik bleef volhouden dat ik achttien was zette de kroegbaas mij keer op keer lachend zijn zaak uit. Na een drietal pogingen hield ik het voor gezien en sliep ik op de woensdagen uit.

Het was op zo'n vrije ochtend dat de deurbel ging. Ik veerde op uit mijn bed en liep naar de intercom op de gang. Ik verwachtte niemand en mijn ergernis was overduidelijk. 'Ja, hallo?!'

'Nou, vriendelijk is anders. Ik dacht je even op te zoeken, zin om wat leuks te doen?'

Zonder wat te zeggen drukte ik op het knopje en hoorde hoe er tegen de deur op de begane grond geduwd werd. Na een kleine vijf minuten werd er hard op het keukenraam geklopt. Ik opende de voordeur. Mijn broer duwde mij met een verhit hoofd opzij en liep direct naar de koelkast om iets te drinken te pakken.

'Is die kutlift nou alweer stuk?'

'Nee, nog steeds.'

We gingen naar mijn kamer, hij plofte op de bank en knikte naar mijn bed.

'Latertje geworden?'

Ik zei niks en haalde mijn schouders op. 'Wat kwam je eigenlijk doen?'

'Schilderen!'

'Hoe bedoel je?'

'Nou, dit hok kan wel een verse lik verf gebruiken en ik ruik de schimmel op de gang, ik vermoed dat de badkamer ook wel aangepakt kan worden. Kleed je aan, dompel dat lelijke hoofd van je onder de kraan en poets je tanden, anders gaan we niet naar de winkel.'

Ik was zo verbaasd dat ik zonder tegensputteren deed wat me werd opgedragen. Zwijgend liepen we naar de winkel. Met een emmer latex en wat kwasten stonden we even later bij de kassa.

'Wat leuk, hetzelfde, maar toch zo verschillend.' Het meisje achter de toonbank nam ons van top tot teen op.

'Hoe bedoel je?'

Mijn broer vroeg het terwijl hij zijn portemonnee trok.

'Jullie zijn een tweeling, toch?'

Van de zenuwen begon ik te lachen, hoe kwam ze erbij? We leken in niets op elkaar. We hadden allebei lang haar, maar dat van mij zat los en dat van hem in een staart. Verder konden we niet meer verschillen, zowel in uiterlijk als in karakter. Mijn broer glimlachte en deed geen moeite om haar beeld van ons te ontkrachten. Dat gaf me een fijn gevoel en ik durfde niks te zeggen om het moment niet te verpesten. We kochten op de terugweg een broodje dat we van mijn broer pas mochten eten als we hard hadden gewerkt. Ik merkte dat ik het prettig vond om wat sturing te krijgen en knikte gehoorzaam.

'Vuilniszakken op de vloer leggen en vastplakken, heb jij een oud T-shirt dat ik aan kan doen?'

Ik wees naar het dressoir dat ook dienstdeed als kledingkast en liep naar de keuken om een schaar te pakken. Toen ik terugkwam stond mijn broer met zijn handen aan de onderkant van de katoenen stof te trekken, met zijn hoofd opzij bekeek hij zichzelf in de spiegel. Het T-shirt was hem veel te groot, net zoals het dat bij mij was geweest.

'Wat is dit? Hoe kom je hier nou weer aan?'

Ik zag Mikes lachende schoolfoto voor me.

Die lach die een leven lang mee zou gaan vertelde me dat ik zijn rots in de branding was geweest. Ik begon te huilen en kon niet meer stoppen. Geschrokken trok mijn broer mij tegen zich aan. Mijn hoofd rustte op zijn schouder, waar het witte katoen me deed denken aan een zondagse zakdoek. Ik veegde mijn tranen af en haalde diep adem.

'Ben je oké?'

Ik knikte, keek naar het T-shirt en deed mijn best het advies van de door mij herschreven tekst op te volgen.

SMILE! JESUS LOVES MEAT LOAF.